ハリー＝ジョイス
ラント＝ブリオート

アントン=セレンソン

目次

おでん屋春子婆さんの偏屈異世界珍道中 2

紺染 幸

BRAVENOVEL
ブレイブ文庫

開店　お見限り

商売をやっていると天気や時間に関係なくふっと、客が来なくなる凪《なぎ》のような時間が訪れることがある。

『見えねえのかい。今神様が来てんだよ』

客がないのを同業に冷やかされそう答えていたラーメン屋の親父は、そういえばどうしているのだろう。最近ずいぶん顔を見ない。

春子の屋台も今は凪。もちろん春子は慌ても騒ぎもしない。そういうものだからだ。そして待ってればいずれそれは終わる。理由はわからないが、そういうものなのだ。

くつくつくつ。おでんが静かに踊っている。


「や」

「いらっしゃい」

そんな時間を破り暖簾《のれん》をくぐって現れた常連客に顔を上げ、春子は微笑むでもなく声を返し皿を取った。

「いつもの」

「はいよ」

たまご、大根、ちくわ。

冷たい酒をコップについで、置く。客はいつもどおりちくわを真ん中までがぶりとやり、やっぱりこれだなあと嬉しそうに笑う。

「あ、春子さん、その皺《しわ》。もしかしてずいぶんとお見限りだったじゃねえかって皺？」

「見分けがつくんなら上等だ」

客は笑い、自分の腹を撫でる。

「こないだ職場でバタンして、即入院、手術。病院の飯ってのは味気なくて、嫌になっちゃうね」

「お疲れさん。こっちは客の数が減らなくてなによりだ」

「ひどいな。でもありがとう。覚えていてくれて。休むってのは大事なんだなって、今回痛感したよ。まあこの年にもなるとあれだね。人をさ、なんだか最近ずいぶん見ないなと思うと、実は病気してたり死んでたりするから気が抜けない」

「まったくだ」

そう答え汁を混ぜながら、ふっ、と一瞬春子は別のことを思った。客は何かを察したようだ。

「ずいぶんお見限りな客がいる？」

「無理に食うもんでもねえさ。どっかでよろしくやってりゃそれでいいよ」

「そうだね。元気なら。便りがないのはなんとやらだ」

客が大根を割る。汁とともに飲み込んで、はあ、と息を吐く。

春子は灰汁《あく》をすくう。もち巾着がそれをじっと見ている。

また暖簾が上がる。一人入れば次が来る。そういうものだ。

ほかほかほか。出汁《だし》のにおいをいっぱいに放って、おでんが煮える。

狐のお休み　入学式と薬師の休日

アステール、中央グランセントノリア。

本日はセントノリス中級学校の入学式である。

見事今年のセントノリスの合格通知を摑んだ賢く幸運な少年たちは、皆揃いの真新しい制服に身を包み、頰を染めている。

同級生は百三十八名。組分けは教科ごとに、成績順に細かく行われる。

部屋から連れ立って歩くハリー＝ジョイス、アントン＝セレンソン、ラント＝ブリオートを指差し、ひそひそと話している派手な集団がいた。

「なんだろう」

「貴族だと思うよ。今年は一号室を平民が独占しちゃったから、高貴な方たちの逆鱗《げきりん》に触れてるんだろう。僕らは今や大注目の平民だ」

「正面から言やいいのに」

「そんな体面の悪いことするものか。面子《めんつ》で生きてるんだよ彼らは」

言ったそばから前から歩いてきた生徒に肩が当たった。もやしっ子のアントンは見事に吹っ飛んだ。

ぶつかった背の高い生徒は足を止めもせずスタスタと去っていく。アントンは尻もちをついたまま目を見開く。

「……正面から来た……！」

「大丈夫？」

「飛んだなあ」

アントンはラントの手を取り立ち上がり、パンパンとズボンのほこりを払う。

「大丈夫。ありがとうラント。むしろ僕は今とても感動している。今の奴顔覚えたからな。あとで話しかけに行こうっと」

「なんでだよ」

「なりふりかまわない負けん気があっていいじゃないか。この中では一番普通で弱っちそうな僕を狙う陰湿さも嫌いじゃない。正々堂々と勝負して、僕は意地でも一号室をキープするぞ」

「楽しそうな奴だなあ」

ハリーが笑った。彼が手ぶらなことに気づきアントンは眉を寄せる。

「ハリー、首席のスピーチ原稿は？」

「頭の中」

彼は涼しい顔で言って笑う。

「まったく嫌味な男だ。思わず僕でも肩を当てに行きたくなる」

「吹っ飛ぶのはそっちだ」

「間違いない」

縦に並べられたそれぞれの椅子に腰かけた。

お偉いさん方の含蓄がありためになるスピーチが続き、生徒たちに安眠が訪れようとする中、新入生の首席スピーチのときがきた。

『新入生代表、ハリー＝ジョイス』

「はい」

ハリーが立ち上がり、歩み出した。

平民の首席を品定めするように、会場はしん、と静まり返っている。

その視線の中を力む様子もなく平然と、ハリーが壇上に向かって歩む。

『ハリーってやっぱりかっこいいいね』

『そうだろう』

えへんと何故かアントンは胸を張った。

壇上で背の高いハリーが背筋を伸ばし、深緑の制服の胸を張る。

緊張した様子はなく、台の上から落ち着いて全体を見渡している。ゆっくりと礼をし、口を開いた。

「本日、この栄えある役目を頂戴しましたことを誇りに思うとともに、この場をご用意してくださった皆さまに、心より深く感謝申し上げます」

ゆったりとした伸びのある、いい声だ。

『感謝から入った。よし』

『よしなの？』

『よしだよ。あとは学長と貴族を持ち上げて……』

「僕ハリー＝ジョイスは、貧しい平民です。いつも鉄の音の響く、乾いた砂の舞い上がる鉱山の町に生まれ育ち、父は落盤事故で死にました。その町にいたとき僕は、この世に初級学校よりも上の学校があることも、自分にそこに入る機会があることも知りませんでした。大人になれば自分は当然に土にまみれて働き、自分もいつか、父のように死ぬのだろうと思っていました」

『……』

『……』

形式を踏まないスピーチに、会場がわずかにざわめいている。

壇上のハリーは動じない。

「ある日、友が、そうではないと僕に教えました。この素晴らしい学園の門が、学びたいと願うすべての者に対し平等に開かれていることを教え、笑って導きました。そして本日、僕はこの制服を着てこの場所に立っています」

雲が取れたのか、日光が差し込み彼の左頬を明るく照らし茶の髪を金色に染めた。

知性が宿る真剣な青い瞳、わずかに微笑む余裕の唇。歳に見合わぬ彼の落ち着きに、ざわめきが息を呑むように静まる。

青い瞳が煌《きら》めいて、会場を見渡している。

「目標に向かって頑張るのは義務じゃない、それは権利だと、僕は知っている。この世には戦争や貧困、無知により、頑張りたくとも頑張ることさえできないたくさんの人がいることを僕は知っている。ここにいる皆はそれを持ち、重んじながらこの場所に続く道を自分の足で歩み続けてきた人間であることを、僕は知っている。だからこそ僕たちはこれからこの場所で、互いを認め合い、本気で競い合い、高め合っていけると信じています。毒をもって制したり、足をかけるような卑怯な行いをする者はここにはいない。ここにいる一人一人が、自らの努力で研ぎ続けた白刃を掲げて進み、戦い、勝ち抜き、伝統あるセントノリスの門をくぐり抜けてここに立つ、誇り高き知の戦士なのだから」

ふっ、とハリーの表情が柔らかくなった。

「けだるい午後、開かれた本の上の素晴らしい解法の数式を辿り、わくわくしてそれが導き出すものの新しさに震えれば、それが何百年も前に解かれた解で驚いたりする。歴史の書を開けば大昔の英雄の勝鬨《かちどき》の声がする。美しい詩に感動してふと隣を見れば、友が同じページを開いて涙している。もうこの世にはないすさまじい知の数々に、わずか数枚の紙をめくるだけで、僕たちは何度でも出会い直すことができる。僕たちはなんて豊かな、楽しい旅をしているのだろう。僕はそういう興奮を、喜びを、これからここで友たちと分かちあいたい。セントノリスという同じ船に乗り、先生方、先輩方に学び、まだ出会ったことのない知識に出会う新しい旅に出られることの喜びに、胸を高鳴らせています。その一員になれたことを誇りとして抱き、慢心せず、頑張ってもいいという素晴らしい権利を決して手放すことなく、学び続ける所存です」

すっと息を吸った。

「等しくこの美しき学び舎の門をすべての者に開かんと尽力してくださったすべての方に。その門が決して閉じぬよう内から押さえ、支え続けてくださったすべての方に、心から感謝申し上げます。新入生代表、ハリー＝ジョイス」

背筋を正し、深く、深く彼は一礼した。

『なんで泣いてるの、アントン』

『わからない』

アントンは震えるハンカチで目元を押さえた。

まだ頭を下げているハリーを、必死に見つめる。

『……わからない……』

アントンは泣いた。震え歯を食いしばり、嗚咽《おえつ》を必死で飲み込んで。

かつて、彼が大嫌いだった。声も聴きたくなかった。自分にないものをすべて備えた、太陽みたいな彼が眩しすぎて。

あの日彼が牛乳を持ってきてくれてよかった。彼と話せてよかった。

彼は本当に、かっこいい。

自分が彼の友であることが今、とても悔しくて、心から誇らしい。

『……ハリーはかっこいいだろう？　ラント』

『うん』

『そうだろう。ハリー＝ジョイスという男は、いつもひどく眩しくて、誰よりかっこいいんだ』

静かな拍手が、徐々に大きくなっていった。

戻ってきたハリーが、泣いているアントンを見てなんでだよと噴き出した。

アントンも笑った。泣きながら笑った。

「好きだハリー＝ジョイス！」

「駒としてな」

「もちろん。最上級の褒め言葉だろう」

ぽんぽん、とアントンはハリーの肩を叩いた。

「これからもよろしく」

「おう」

「かっこよかったよハリー」

「ありがとう」

「まあまあだったぞ」

「どうも」

こちらを見ている生徒たちの中に、先ほどアントンにぶつかりに来た体格のいい黒髪の男がいるのを見つけてアントンはにやりと笑った。

すごく嫌そうな顔をして目を逸らされた。

せっかく同じ船に乗ったのだ。仲良くしようよアデル＝ツー＝ヴィート君、と、今見た名札のフルネームを、アントンは心の中で呼びかける。

◇　◇　◇　◇　◇

アステール、グランセントノリア。

薬学研究者エミール＝シュミットは窓から差し込む朝の光を浴びて気分よく伸びをした。

今日は休日。昨夜はすっかり本を読みすぎてしまった。が、寝過ごしてはいない。今日は朝から一日かけて読みたい別の本があるのだ。なんなら昼頃、昨日読んだ本に書いてあった薬草を探しに買い物に行ってみようかとうきうきと考えていたところで、こんこん、とノックの音がした。

「はい？」

かちゃりとドアを開ければ。

「……いい朝だなエミール＝シュミット」

元同級生の元同僚、リーンハルト＝ベットリヒの幻影が一瞬見えた気がしたので扉を閉めた。

「違います」

「何がだ！」

エミールは鼻をつまんで低い声を出す。

「シュミットさんなら三軒隣ですよ」

「嘘をつけ前に来たし今目が合っただろう！　三軒隣は扉の前で禿頭の筋肉男が上半身裸で妙な踊りを踊っていたぞ！」

朝っぱらからうるさい。やかましい。存在自体がもううざったい。今日のエミールは優雅に読書と決めている。

しん、となったのでああよかったと朝食の準備をしようとしたところに。

「……駒鳥亭の燻製《くんせい》肉があるぞ」

扉を通す囁《ささや》き声。

「！」

エミールは勢いよく扉を振り向いた。並ばないと買えない、並んだとしても財布の中身を思うと買えない、超高級こだわり燻製肉である。もちろんエミールは快く扉を開けた。

「おはようリーンハルト。いい朝だ。寒いね早く入りたまえ。燻製肉が風邪を引いてしまう。今朝はなんという奇跡のような朝だろう。君の右手には高級燻製肉、左手にはふかふかで有名なパン、そしてここには料理のできる僕。朝食一緒に食べるかい？」

にこやかにエミールは高級燻製肉を家に迎え入れた。

とんでもなくうまかった。

せっかくなのでこれでもかと分厚く切ったそれを炙《あぶ》れば脂と肉汁が溢れ出し自ら表面をこんがりと焼き、たまらない匂いと音でエミールを誘う。

軽く焼いたパンに、さくっとした葉物野菜。からしとともにのせ挟んで味見味見と行儀悪くかぶりつけば。

「ああ……」

滴《したた》る、弾ける、香り立つ。

肉ぅ！　脂ぁ！　である。

非常に柔らかいがこの味なら顎が砕けたとしてももっと食べたい。

暴力的に肉ぅ！　脂ぁ！　だ。これは肉すぎる。

「……俺の……」

「ああ失礼。今焼くよ。朝だし、あっさりと肉は薄いほうがいいよね」

「なんでだ。同じにしてくれ」

「チッ！」

「なんでだ！」

なんでこの男は何もしないくせに共同厨房までついてきたのだろうとエミールは思った。部屋で大人しく待っていてくれれば、エミールの肉の厚みはばれなかったのに。

「余った分は荷物になるから僕がもらっておこう。荷物になるから」

「……まあ、いいさ。家に持ち帰っても仕方ない」

「よし、ならサービスだ。チーズも入れてあげよう」

「単価が違う」

ジュウジュウジュワジュワ。ジュワジュワジュワジュワジュワワワワ。

こうして作った極上サンドイッチを、冷めないうちにと慌てて部屋まで持ち帰ってかぶりついている。うますぎてつい欲張ってざくざくわしわしと口に入れすぎる。

「いったいどうして僕は昨日のうちにピクルスを仕込んでおかなかったんだ？」

「確かに……欲しい。一度さっぱりしてからもう一口いったら、無限に食べられそうな気がする」

「そうだろう。僕は悔しいよ」

ざくざくわしわしぺろりと食べ終えた。

口の中に肉の余韻が幸せに残っている。

「ふー、幸せだった。よし、じゃあ帰っていいよリーンハルト。よい休日を」

「あんまりだ！」

リーンハルトが叫んだ。そういやこの男は何しに来たんだ、とエミールは思った。

先日ポッポケーロさんはマスターしたはずだ。そういえばあのときの肉もうまかったなとエミールは思い出した。

あのときはマッシュポテトが足りなかったのが反省点だった。食べ始めてから気づくなんて、あまりにも迂闊《うかつ》だった。

「僕に高級燻製肉を与えにきたのではないなら何なんだ？　僕はお皿を洗ってもう少しおなかがこなれたら読書の時間に入るからその前までに言ってくれ」

「まったく時間がないな」

「約束もないのに休日の早朝に来るほうがどうかしてる。これで今日僕が君の片思いの女性と一緒に寝てたらどうするつもりだったんだ」

「ジュディと⁉」

「不要な情報をありがとう。君は彼女に嫌われてるから頑張ってくれまあ十割方自業自得だ。さあこなれてきたぞこなれてきたぞそろそろお皿を洗いに行くぞ」

「じゃあ、はい」

「自分の皿は自分で洗うものだ。ごちそうさまでした」

「……ごちそうさまでした」

そうしてお皿を洗いに行った。

エミールは本を読んでいる。

リーンハルトは体を縮めて薬草を刻んでいる。

彼は恥知らずにもエミールの薬草用の小刀を借りるつもりで薬草以外手ぶらで来たらしく、一度器具一式を家に取りに帰させた。エミールは自分の道具を人に使わせる気はまったくない。先輩方ならまあ我慢もするが、この男にだけは死んでも貸すつもりはない。どれもちゃんと、自分に合った絶妙な角度に毎日きれいに研いであるのだ。


ぴよぴよぴよぴよ、と鳥の鳴き声の笛の音がした。

あれはお祭りで買った。もう彼が口をつけてばっちいのでプレゼントしようと思う。

リーンハルトの声だと無意識に無視してしまう気がしたので渡しておいた。こちらを睨《にら》みつけている彼の険しい顔からするに案の定無意識に何度も無視したようなので正解だった。

一つしかない椅子と机を優しいことに譲ってやっているので、エミールはベッドに腰かけている。今すごくいいところだったが、仕方なく本にしおりをはさみ歩み寄る。

「完璧かい」

「……」

「おお、これはひどい。君はタミエルの葉に親でも殺されたのか」

「……両親は健在だ」

バラバラに刻まれた茶色のタミエルの葉をエミールはむしろ感心して見つめた。いったい何をどうしたらここまでできるのか一向にわからない。

小刀に何か秘密が？　とじっと見つめるが、綺麗に研いである。綺麗すぎて、研ぎをプロに任せていること、普段全然練習していないことまで一瞬でわかる。

これは無理かもしれないなとエミールは思った。

『刻みの工程を入れて作る薬が、どうしても上手くいかない』

それが本日エミールの優雅な休日の予定をぶち壊しにした迷惑男の勝手な訪問理由だった。

そんなものは立派な父上に言え、と言いかけてああ立派な父上には見限られてたんだっけと思い出し、じゃあ友人か仲のいい同僚に聞けと言いかけてああ友人も仲のいい同僚もいないんだっけと思い出した。

授業料の燻製肉はもう食べてしまったし残りはおいしすぎて返す気にもなれなかったので仕方なく相談に乗っている。

乳鉢で素材を粉にする作業とは別の刻みの作業は、素材を濾《こ》して作る水薬を作るときによく使う。刻んだどれからも同じ重さで同じ量の成分が出るよう、それは常に均一でなければならない。

リーンハルトの手元をよく見ようという発想がこれまでなかったから気づかなかったが、彼の刻みはひどすぎた。見事にバラバラ、これは『不器用』『練習不足』で済む話なのだろうか。

練習嫌いなのはピカピカな小刀でわかったが、小さい頃から英才教育を受けていてこれかと、見れば見るほど救いようのなさにエミールは何も言えなくなった。

「……そんなにか？」

深刻な顔で押し黙ったエミールに、不安そうにリーンハルトが言う。

「……少なくとも僕は、君の作った薬を飲みたいとは思わない。大切な人に飲ませたいとも、思わない」

「……」

嫌味でも軽口でもないことを察したのだろう。リーンハルトの顔が硬く、白くなった。部屋の空気が重くなる。

とりあえず作業は終わったことだし、薬草から出た細かい粉を吸い込まないよう換気をしようと開けた窓から、ピュウと風が吹き込んだ。

「あ」

何枚か寝る前に思いついたアイディアを書いた紙を窓辺に置いていた。

風に巻き上げられた一枚がリーンハルトの顔めがけて鋭く飛んだ。

ぱし、と彼は、それを左手で受け止めた。

「……」

「……」

リーンハルトは、しまったという顔をしている。

なんだ、とエミールは思った。

「君は左利きか」

十人に一人くらいの確率で、左利きは生まれる。そして一定以上の位のある家庭ではほぼ確実に、小さな頃に矯正される。年齢や階級が上がるほどそれは『みっともない』『しつけがなってない』

こととされ、忌み嫌われるのだ。

あいにくエミールは庶民の生まれなので、利き手が人と違って何が悪いのだ、と思っている。そう生まれる者がいるのだ。それにはきっと何かの意味があるはずだ。生まれ持ったものを無理に曲げようとするほうがおかしい。まあいろいろ、階級や制度の中で生きるためには、必要なのだろうが。

「もう治った。……筆記も、食事も、右で何も問題ない。下手になるのはこれだけなんだ」

「『これ』が問題だから今僕が困ってるんだろう。ああだから君はやたらと人目を気にするのか」

「……それもあるし、昔はひどい吃音《きつおん》もあった。よく笑われて、馬鹿にされた」

「笑われて馬鹿にされるのが嫌だった奴が人を笑って馬鹿にする大人になるとは驚きだ。アスクレーピオスも吃音で、左利きだったという説があるよ」

「……そうなのか」

「ああ。だから彼は最期まで人に心許せず、誰にも製薬の場を見せなかったんじゃないかと。食事もいつも一人でとったそうだ。彼の小刀を見たことがある人の『なんだか不思議な形だった』という証言が残ってる。右と左では刃の向きが逆だからね」

「……」

はあ、とエミールはため息を吐いた。

「今日は優雅な休日の予定だったのに、仕方がない。薬器具店に付き合ってやろう。ちょうど買いたいものもあるし。この前見たけど左利き用の小刀は置いてあった」

「俺に人前で、素材を左手で刻めと言うのか」

侮辱にもほどがあると言わんばかりの顔で震えるリーンハルトを、エミールは正面から見据える。

「他に何ができる。まがりなりにも薬学研究者ともあろうものが、こんな幼児のいたずらのような刻みを行うほうがよっぽど恥ずかしい。君はこれを見て、素材に失礼だとは思わないのか。タミエルの葉は君にこんなふうに惨殺されるために摘まれたんじゃない。やわらかいうちに割けないように丁寧に根元から摘まれ、天日に干され、幾人もの人の手をかけ、薬になるためにこれは僕たちのもとまで運ばれた。まともな薬師の手でまともに刻まれ使われれば、毒消しにも痛み止めにもなれる立派な薬草だった。その可能性のすべてを、さっき君の手が壊した。君のプライドとこだわりが、素材とそこまでの人の努力を無駄にした。これは人を助けるものになるはずだったのに。君も薬学研究者ならば、まずそのことを自覚してくれないか」

「……」

「左で刻めば父上が怒るか？　人に笑われるか？　周りをよく見てみろ。皆自分のやるべきことに一生懸命で、誰も君の手元など見ていない。自分で買った愛着ある器具の手入れを自分で真剣に始めてみれば、君はウロノスの器具の手入れの丁寧さ、細やかさに気づくはずだ。もっと作業に真摯《しんし》になれば、ジュディの事前準備の念入りさ、作業の進め方の神経質なほどの慎重さにも。諸先輩方の持つ、数え切れないほどのさまざまな美点にも。君は今まで自分のことばかり考えて周りを見ていなかったからそれに気づかなかったし、周囲から何も学ばなかったんだ。だから簡単に人のことを軽んじて、怒鳴ったり馬鹿にすることができたんだ。いい加減そろそろ長い思春期を脱却して、構ってくれなくなった父上の羽根の下を出て、一人前の大人になったらどうだい」

「……この間もそうだが、どうして俺に構う」

「構いたくて構ってないよ構ってほしくて君が来ただけだろう約束もないのに休日の朝に！　僕は今日優雅な休日の予定だったのに。……まあ、あえて言うならば」

『天神の涙』の研究はここのところ加速している。

『できました』が来る日は遠くないとエミールは固く信じている。

「『天神の涙』が完成し、もし万が一不幸にもそれが必要になってしまったとき、素材を刻める専門家の手は一本でも多いほうがいいからだ。それに君は実技は今のところからきしだけど、知識の量はダントツに多い。さすが筋金入りの、幼少からの英才教育だ。何かを持った誰かがそこにいることで、偶然に何かが作用してうまく行くことがある。僕はその可能性を、少しでも多く残したい」

「……」

「きっと『その日』は突然に来る。夜中かなんかに叩き起こされて、腕が上がらなくなるまで、所長まで含めた職員総出で素材を刻み続けることになるだろう。頼むから調合表《レシピ》を見ただけでそのとおりに再現できるよう、しっかり基礎を練習して腕を上げてほしい。僕が元同僚として君に期待するのはそれだけだ。外套を着てくれ。買い物に行こう」

「……」

何も言わずに立ち上がり、リーンハルトは高そうな外套を羽織った。


外に出る。ペラペラの薄い外套しかないエミールはとても寒い。

風に赤と桃色、白の花びらが交ざっている。

春になってこれが咲くと不思議に寒さが戻るので、かつてのエミールにとってこの花は、死の象徴のように思われたものだった。

「エミール＝シュミット」

「なんだいリーンハルト＝ベットリヒ。君はふつうに人の名前が呼べないのか」

歩き、手袋をしながら答える。手袋だけは厚い革のいいものを買っている。手はエミールにとって大事なものだからだ。

「どうして薬の道に進んだ」

珍しい。人と見れば偉そうに怒鳴るか命令するだけだった男が、質問ときたか。

別にはぐらかしてもよかったが、エミールは正直に答えた。

「僕は子どもの頃、ひどい喘息《ぜんそく》持ちだった。何度も呼吸が止まりかけたよ。夜中、咳が出るたびに息が詰まって、死が自分のすぐ隣にいることを感じた。朝起きるたびにホッとして、また夜が来ることが怖かった。もう二度と目覚めることができないかもしれないと思って、震えながら眠った。六歳くらいのときに隣に魔女が越してきて僕に薬を作ってくれた。発作が起きたらそれを吸えば、たちどころに咳はおさまった。当時の僕には魔女に見えたけど、彼女は年を取った薬師だった。成長が遅くて同い年の友人のいない僕の遊び場は彼女の家だけだった」

可哀想に、と周囲には思われたかもしれない。

少しも可哀想じゃなかった。あれは幸せな、夢のような記憶だ。

あの色鮮やかな美しい世界を思い描きながらエミールは天を見上げ、白い息を吐く。こんなにも胸いっぱいに深く息をしても一つの咳も出ない。かつて死ぬほど恐れた春の花が交じる冷たいこの空気を、エミールはもう恐れなくていい。

「僕の遊びは薬草を上手に刻むこと、粉にすること。目の前で色が変わる水を、混ぜ合わせられて輝く粉を見て育ったんだ。その道に憧れるなというほうが無理だろう。魔女は僕が十歳くらいのときにまたどこかへ引っ越してしまってそれきりになったけど、その頃にはもう咳も出ないし体も丈夫になっていた」

エミールの夢は終わった。

それでもエミールに残ったものがあった。

「僕の命は母が産み、薬が、人の知恵と技がこの世に残してくれたものだ。僕は薬というものを愛しているし、それが必要とする人のもとに、一つでも多く届いてほしいと願っている。製薬のための精密な器具を作ってくれる人、素材を集めてくれる人。薬を運んでくれる人、日々薬を作り、よりよくするために真剣に研究に取り組む人たちを、心から尊敬している。だから正直に言って君のような、器具や素材や人を大事にしない、すべてが自分のためにそこにあって当たり前だと信じ切って何もかもを雑に扱う恵まれた甘ったれは、好きじゃない」

「……」

「きっとそうなったのは君のせいばかりでもないんだろう。君には君の苦しみがあるんだろう。それでも好きではないのは変わりないけどね。だけど皆、生まれも、人生の初期に与えられるものの何一つも選べない。今持っている体、手の中にあるものでうまくやるしかないんだ、君も。左利きがどうした。お父様に見限られたからってなんだ。好きな女性に嫌われてるからどうしたっていうんだ君は今こんなにも健康だ。アスクレーピオスになるなよリーンハルト。君の荷物はひょっとしたら人より重いのかもしれないが、人より恵まれている点が大いにあるのだから。君はいつでも貧乏な僕にいい燻製肉を買ってくれていいんだ」

「……ピクルスも」

「ピクルスも」

エミールは深く頷く。

「だけど早く一人くらい友人を作ってくれ。元同僚に、困るたびに頼られちゃ迷惑だ」

「えっ？」

まじまじと見られてエミールは眉を寄せた。そんなふうに驚かれるようなことを言った覚えはない。

「何か？」

「……一人はいるだろう？」

「へえ、いたんだ。おめでとうよかったね僕もとても嬉しいよ。次からはぜひそっちに行ってくれ」

「……」

朝のにぎわいに満ちる街を行く。

「……」

今欲しいもののうちどれを買おうか頭の中で楽しく悩んでいるエミールに、店に着くまでリーンハルトは何もしゃべらなかった。

◇　◇　◇　◇　◇

ドリス＝ヒューベンタールは年老いた女の薬師である。

同じく薬師だった父の作るさまざまな色の粉薬、水薬を幼い頃から見て育ち、女なのだから黙って嫁に行けばいいのにという周囲の声を無言で押しのけて、薬師になった。結婚も、子を産むこともせず、この歳までずっと独り身だ。

父から引き継いだ旧式の古ぼけた器具に囲まれながら、今日も薬を作っている。

前住んでいた家は古すぎて雨漏りがするようになったので引っ越した。薬に湿気は大敵だ。

ここもまた古いが落ち着いた家だ。新しすぎてピカピカのところは、ドリスのほうが落ち着かない。

朝起き、そこらじゅうを羽根ぼうきで払い、いつもパンに決まった野菜とチーズをのせ軽く焼いたものを、これまたいつも決まった茶を飲みながら食べる。

服は黒ばかり。製薬のときはこの上に白衣を着る。昔からの習慣だ。

変化は嫌いなはずなのに、何年か経つとふらりと別の場所に行きたくなって引っ越ししてしまう。

昔からの癖だ。

ドリスの作る薬は古くからの固定客がいて定期的に注文が入るから、女が一人暮らす分には何の問題もない。本を読みたいときは本を読み、薬を作りたいときに薬を作る。

親しい友人はない。古い友に、年に数回会うくらいだ。

ドリスは、孤独が嫌いじゃない。

なのでドリスは薬とともに暮らしている。ずっと一人で。

あれはここに越す、何軒前の家のことだったろう。隣の家に子どもがいるらしい、とドリスが気づいたのは、そこに越してから半月くらいたってからのことだっただろう。

六歳の男の子が横の家にいると知っていたら、ドリスはその家を選ばなかったかもしれない。それぐらいの子どもというのは騒音の塊《かたまり》のようなものだ。ドリスは静けさが好きだ。

その子どもには生気というものが感じられなかった。大人しくて、いつも地面を見ているなまっちろい子どもだ。六歳というが、背が低くて痩せているので、もっと幼く見えた。

その子の母親が悲しげに、一度咳が出ると止まらなくなる病気なのだと語った。一度お医者さんに見せたけど、薬代があまりに高くて、続けて飲ませてあげられないとも。

ドリスを薬師と知ってのことかと思ったが、どうやらそういうわけでもないらしかった。母親も働きに出ており、昼間は家で一人ぽつんと過ごしているらしい。

このままならあの子は死ぬだろう、とドリスは思った。

ドリスは薬師だ。だが製薬は慈善事業ではない。ドリスの薬はさまざまな素材と、多くの知識と長年の技によってできている。価値あるものには、当然にふさわしい対価が支払われて当然と思っている。

だから自分がどうしてあんな気まぐれを起こしたのか、ドリスにはいまだにわからない。

『昼のうちなら、うちに来てもいいよ』

『……』

こちらを見上げる暗く陰った黒い瞳の中に、死と近しい者にだけ宿るほの暗さがあった。激しく動いたり走ったりすると咳が出るのだろう。同世代の子と遊ぶでもなく、彼はいつもぽつねんとしている。昼間には一人、部屋でこんこんと咳をしながら、死の足音を聞きながらうずくまっているのだと思った。

子どもを可愛いなどとは思わない。

ただ、哀れだった。

病とはなんなのだろう。長年薬を作ってきたのにわからない。

どうして突然、選ばれてしまった者だけにそれは降りかかるのか。

ある日を境に頭の上に黒雲がかかり、それが降らせる冷たい雨が、その者だけに降り落ち続ける。晴れの中で笑っている人々の中にあってその者だけは一人濡れ、凍え続ける。払おうとしてもつきまとう黒雲の中で一人、涙を流しながら。

常に冷静であろうと願いながら、時折そのあまりの理不尽さに、ドリスは天に向かって石を投げつけたくなるときがある。

翌日から子どもは家に来た。

来てもいいとは言ったが遊んでやるとは言ってない。ほったらかしにしていても文句も言わず、騒ぎもせず、子どもはじっと素材や、まだ読めないだろう本の絵や、ドリスの作業を見つめていた。ときどき咳き込みそうになるのを必死で飲み込もうとして飲み切れていないので、薬を渡した。

咳が出たら吸う対症薬と、夜寝る前に飲む予防薬。

『うるさいからね。わたしは静かなのが好きなんだよ』

『……』

受け取るのを一瞬躊躇《ためら》ったのでそう言った。

はかったように出た咳に、ドリスは黙って薬を吸わせた。

咳は止まった。

信じられない奇跡に出会ったような顔で、子どもはドリスを見た。

『……ありがとう』

子どもは泣いた。初めは小さく、それから初めて子どもらしく、大声で。

ああ、泣かなかったんじゃない、泣けなかったのだと思った。大声で泣いても笑っても、止まらなくなる咳が出るから。

子どもは泣いた。それまでその黒い目の中にあり続けた死への怯えが、涙とともに溢れ流れていくように見えた。


何が楽しいのか子どもは毎日来た。ドリスの毎日は変わらない。

朝起き、部屋中に羽根ぼうきをかけ、パンと野菜とチーズの朝食を取り、本を読んだり、薬を作ったり。そこにぽつんと小さいのが、余計に一人いるだけ。

もう習い性なのだろう。咳が出ないとわかっても、やっぱり静かな子どもだった。

あの子どももまた、静けさと孤独が仲の良い友達である類の人間なのだ、きっと。

ある日ふと思いついて試しに葉を刻ませてみたら、なかなか筋がよかった。

ふと思いついて素材をすり潰させてみても。

水の量を、粉の量を量らせてみても。

薬代だと思って簡単なところからやらせた。文句も言わず、真剣にやった。目を輝かせて。


ときどきドリスは独り言のように、素材や薬についての話をした。

とげのある植物の蕾《つぼみ》を集めていたものが、そのとげに触れ毒に当てられ死んだ話。ただひとつまみの花びらが、金よりも高く取引されていた花の話。

長い研究の末に、最後の奇跡のような偶然により完成した薬の話。古い文献から百年の時を超えて見出された、今となっては一般的となっている薬の話。

今目の前に当たり前のようにあるものは何一つ当たり前ではないという、当たり前の話。

目の奥に星のような好奇心を煌めかせながら子どもは真剣に聞いた。

自分の命が今ここにあることもまた当たり前ではないということを、あの子は知っていたんだろう。


そうやって過ごしたのはたった三年だ。

ふらりと別の場所に行きたくなってしまういつもの気分に任せ、ドリスはその家から越した。

すっかり元気になった子どもは、見送りの日ドリスに、深々と礼をした。

あの日気まぐれを起こさずあのままであれば、この世から消えるはずだったもの。

あの日あの子に与えた薬は、ドリスが理不尽な天に向かって投げつけた、一つの石だったのかもしれなかった。


あれから十数年経った。ドリスはずっとあの子には会っていない。でもわかる。

あの子はきっと大きくなって、あの日と変わらぬ真剣な目で、どこかで葉を刻み、すり潰し、混ぜ合わせ、薬を作っていると。

あれはあの子どもの、きっとその命を得るのと引き換えに背負ってしまった宿命だから。

朝起き、部屋中に羽根ぼうきをかけ、パンと野菜とチーズの朝食をとる。本を読み、薬を作りながら、薬師ドリス＝ヒューベンタールは時折、かつてそこにいた小さな子どものことを思い出すことが、ある。

十六皿目　トマス公

今日も今日とてがんもどきを置いている。

お皿はあれ以来ずっと月の絵柄の欠け皿である。

ふふんと笑って春子は手を合わせた。しばらくお呼ばれしていないので余裕だ。

今日も礼などしない。春子は人に頭を下げるのが嫌いなのである。

パン、パン。

「どなた様ですか？」

「……おでん屋だよ！」

久々にちいっと高らかに舌を打った。

くるんくるんである。

けぶったような金色の髪がカタツムリの殻のようにくるんくるんと渦を巻いて、黙ってぱくぱくおでんを食う男の目を隠している。

若く見えるが三十代だろう。雰囲気は静かで穏やかだが、よく見れば鍛えられたなかなかいい体をしている。

「実に美味です。おかわりをお任せでお願いします」

「はいよ」

たまご、がんもどき、昆布。

ぱかりとたまごを割って口に運んだ。

「しまった。……これは最後だったか」

一人で呟く。

口に運びつうと汁を飲み、どうやら目を瞑《つむ》ったらしい。見えないが。

指を髪の毛の中に入れ、そっとおそらく眉間を揉んだ。

「……やはり酒もお願いします。冷たいのを」

「はいよ」

とっとっとっとっとと一升瓶を傾ける春子を、何が面白いのか男はじっと見ている。

「なんと精緻な」

「そうかい」

ただの酒屋からのもらい物の年季の入ったコップを、男はまじまじと眺めている。

「はいおまち」

たんと置けばコップを回してにおいをかいでから傾けた。いちいち妙な動きをする男だ。

ごくりとやり、やがてふうと息を吐いた。

「芯まで澄み、実に芳醇《ほうじゅん》でまろやかです」

「そうかい」

春子は汁を混ぜた。

じっと男がその様子を見ている。

静かに男は昆布を食《は》む。がんもどきを割って口に運び汁を飲み、酒を飲む。

広いが装飾の少ない部屋の中である。空気が、春のそれだ。花の匂いがする。

しばらく来ないうちに季節も変わっちまったかと春子は思う。まあ、どうでもいい話である。

はあ、と男は深いため息を吐いた。

「……参りました。あなたがいらっしゃったか」

「こちとら来たくて来てねえよ」

ふんと春子は鼻息を吐いた。

ふっと男が笑う。

そして口元を引き締める。

「ご婦人」

「はいよ」

「常に穏やかで優しいと言われる人間は、本当は誰よりも冷たい者であるとはお思いになられませんか」

「どうだかね」

「きっと彼は、人に何も期待していない。だから何をされても怒りを感じないし、優しくできる。人などどうなろうが、何をしようが腹の底ではどうだっていいからです」

「へえ」

割った残りのがんもどきを口に運び、喉仏を動かしてきれいに汁を飲み切った。

「おかわりをお願いします。お任せで。スープは多めにお願いします」

「はいよ」

牛筋、はんぺん、焼き豆腐。

じっと男は酒を見ている。

「彼はいつもどこにいても冷たい傍観者だ。本の整理をするように、心なく人を見、必要に応じて並べ替えているだけ。だからいつだって、穏やかで冷静だ。そんな愛のない、情熱のない者が為政の長であっていいはずがない」

そっと焼き豆腐を割る。いちいちお上品である。

「だからあの勢いの塊のようなフィリッチが就くべきだと推して逃げるつもりでした。彼ならば前王のような派手で勇ましい、勢いのある政治を行うことでしょう。それを望む人々も多いはずだ。ただただ面倒で、重たい、被った瞬間に私という人間を殺される冠など戴くものかと。器ではないと逃げるつもりでした。私は私の領地でやりたいことがある。それは大変穏やかでやりがいがあり、実に面白いことだ」

豆腐を口に運び、汁を飲み、酒を飲む。

「何をやっても文句しか言われない、きらきらしい悲しい国民の奴隷。太い黄金の鎖で首をつながれた、いつ首が落ちてもおかしくない時代の生贄《いけにえ》。進んでなりたいと思うほうがどうかしている。はたから見て文句だけ言っている立場の、どんなに気楽で幸せなことか」

淡々と言って牛筋の串を持って口に運ぶ。

噛み、酒を飲み、ふうと息を吐く。

「だがあなたは今日、私のもとにいらした。とても残念ですよ」

「そうかい」

「……」

はんぺんを食べ汁を飲む。

くいと男はコップを傾け空にした。

「……仕方がない。私もまた時代の、大いなる流れの中ということか」

空になったコップの底を見ながら、ふっと男は笑った。

春子はうんともうんとも言わない。これは独り言だからだ。

「ええ、私も本当はわかっています。この状況で劣化した前王のようなあの男に手綱を握らせて、この国が明るいほうに進むはずがないと。前王のときでさえ、派手で勇ましいその輝かしさと激しさの裏でどれだけのものが傷つき、引きちぎられ涙したことか。どれほどの尊いものが失われてきたことか」

とん、とコップを置いた。

「生まれながらに持たされた金色からは逃れられぬ。たとえ個として、何を大切にしたくとも。そういうことなのですね」

天を見上げ長く息を吐き、空いた食器を男はきれいに並べた。

「ご馳走様でした。冷たい男にうまく国を動かせるとお思いですか」

「いちいち大騒ぎする馬鹿よりは静かでいいよ」

「なるほど」

何かを考え、やがて楽しそうに男は笑った。

「ならば私は歴史書に名も残らないような、凪の王を目指しましょう。『何もない』ほど尊いことはない」

「そうかい」

男は立ち上がる。

これからいろいろと、やらねばならぬことがあるからだ。

歩み出した男の後ろで、屋台はふっと消えた。


後日、王宮。

美しい絨毯を正装の男が歩む。

「トマス＝フォン＝ザントライユ様の御成りです」

「入れ」

トマスは玉座に向けて礼をする。

「近う」

「はい」

トマスは顔を上げ、微笑んだ。本日はずいぶんとお顔色がよろしい。

『女王の金天秤』補佐官ジョーゼフ＝アダムスも、陛下の横でどこか嬉しそうな顔をしている。

子どもの頃から親しんだお方だ。最上級の礼節を尽くすべきとわかっているのに、トマスはつい気安くなってしまう。

「何か良いことがおありで」

トマスは敬愛するお方に尋ねる。

「年甲斐もない。懐かしき夢を見た。美しく、あたたかな夢を」

「あたたかな夢ですか。あたたかいものならばわたくしも先日、いただきましたよ」

互いにふっと笑う。

ジョーゼフ補佐官も頷く。

「受ける気になったか、トマス」

女王は穏やかな顔でいきなり核心を突いた。

もう顔色で、トマスの心などお見通しなのだろう。

「猶予を十年頂戴したい」

「長い」

「では五年」

女王は沈黙した。

「五年、か」

ふ、と彼女は遠くを見た。トマスは畳みかける。

「ホルツ領領主を義弟に。わたくしは五年後のその日までの間、陛下の補佐官を務めさせていただきたくお願いに参りました」

「なんと」

声を上げたのはジョーゼフだった。金天秤も揺れるのだなとトマスは笑った。

「今のわたくしは国政を行うにはあまりにも未熟。陛下のお傍につき、お支えし、学び。五年の間にいずれ自身の手足となる人材を見出したく存じます」

「許す」

「えっ」

きっぱりと女王が言い、また金天秤が揺れた。

「ご体調が……」

「先日のあれはほんのわずかな気の病だ。体は問題ないと医師も言っておっただろう」

「……フィリッチ公派が、五年もじっとしておりましょうか」

遠慮がちに、心配そうにジョーゼフが言う。ふっと女王が笑った。

「髪を上げよ、トマス」

「……」

目にかかる、くるくるの髪をトマスはかき上げ、紐で結んだ。

光の中に浮かぶのは、意志の強そうな眉、大きな深い二重の氷のような瞳、高い鼻と神経質そうな唇。

「……」

ジョーゼフが声を失っている。女王エリーザベトが微笑んだ。

「王家に流れる血の恐ろしさよ。在りし日の父に瓜二つであろう」

「……なんと……」

トマスの祖母は前王の姉である。祖母自身はそのすべての特徴を持たなかったはずなのに、何故か孫のトマスに色濃くその血は表れた。

「この男がこの顔で王宮で働いてみよ。一年も経てば皆が寝返ろう」

「老人は皆懐古主義のロマンティストですからね」

ふっと笑ったトマスの顔に、ジョーゼフは複雑な表情をした。

「……申し訳ございません。……複雑な心持ちでございます」

正直に言い頭を下げたジョーゼフに、トマスは首を振って応えた。

この忠臣は、先代の王の行いが女王の治世にどのような影響を与えているか、骨身に沁みて知っているのだ。

「良いのです。そう思ってくれる貴方が陛下のお傍にいることが、わたくしは何より嬉しい。ですがわたくしに先代のような獅子王の働きを期待するのはやめていただきたい。わたくしは歴史に残らぬ凪の王を目指すのだから」

「そなたらしい。一つ尋ねる」

「は」

「何がそなたに心を決めさせた。そなたはホルツを、離れたくはなかったはずだ」

女王のすべてを見通し、なおいたわりに溢れた視線が、トマスに向けられる。

「……もとより己がすべきことは理解しておりました。強いて言うならば、自身のほんの手違いがでございましょうか」

ふっとトマスは笑う。

うっかり先に割り、たちまちスープを濁らせたあのたまごの黄身。

それはそれでうまかった。が、トマスはあのぬるりとしたもの、ふわりとしたものの味を澄んだスープで純粋に味わいたかった。それはそれでうまいだけに妙に悔しかった。

「物事には何事も、為されるべき正しき順序がある。これまで陛下が積み重ねて来たまさにこれから為されんとするものの数々を、あの能天気な太陽男に簡単に別物にされるのが、急にひどくもったいなく思われました」

「……そうか」

女王と補佐官に、共犯者のような微笑みが浮かんだ。

そのお顔を見ながら、トマスは思っていた。

自分が人というものに失望したのは、自らに流れる血と自分の顔を嫌いになったのは、きっとこのお方を、とても好きだったからだと。

このお方が必死に行うことを、表では微笑み褒めたたえながら裏で罵倒する大人たちを見て育ったからだと。

そんな報われない、悲しいものになりたくないと心底思っていた。

だが五年後。王冠を脱ぐこのお方には、笑っていていただきたい。

やるべきことをやりきったという安堵の顔で、それを渡していただきたい。

わたくしはやりきった。あとを頼む、と。

優秀な人材を集めよう。トマスは人を並べることだけは得意である。

女王が立ち上がる。

トマスは跪《ひざまず》き礼をした。

「トマス＝フォン＝ザントライユ。本日をもってホルツ領領主の任を解き、わたくしの補佐官に任ずる」

「は」

「励め」

きらり、微笑む女王の王冠が輝いた。

箸休め　リスとセントノリス

「あら、いいじゃない」

「上品で、前よりセクシーだわ」

野太い声が、軍部文官ミネルヴァ＝アンベールを囲み褒めたたえる。

セクシーかなあとミネルヴァは首をかしげた。

前の赤いのと似た形のワンピースだ。紺色の柔らかい生地で、露出は多くない。

襟の後ろが先日のものよりも深めに切れていることに、ミネルヴァは気づいていない。

じっと皆の視線がうなじに注がれていることにも。

「紺となめらかツルツル白の対比よ……」

「これはこれは。お真面目軍人殿には刺激が強くないかしら」

「二回目までにこんなに間が開く大ボケ野郎ですもの。ハッパをかけてやらなくっちゃ」

ふっふっふと低い声でマダムカサブランカが笑う。

ビオラが化粧道具を持ってミネルヴァに向き合った。

「じゃあお化粧しましょ。今日はどこに行くんでしたっけ」

「券が余ったそうで植物園に。そのあと、食事に。果実酒と、燻製肉のおいしいお店があるらしくて」

「つかー！」

「甘ずっぺぇなぁあ！」

「そう都合よく余んねえんだよ植物園の券なんてな！」

完全におっさんの声が響く。

「じゃあ目じりに少し、色をのせましょ。花やら小鳥やらリスやらの小さいものを並んで見つめるわけだから、そりゃ自然に距離も近づくわねエロい男。ふん、赤くしておこう。せいぜい悶えなお真面目軍人殿」

「許しておあげなさいよ。男なんてそんなもんよ」

美容師デイジーがうんうんと頷《うなず》く。

「花なんか見てるわけねぇわ。視線が自分通り越しすぎてリスもびっくりだわ」

マダムカサブランカが頷く。

「はいできあがり。やだ可愛い。口紅この色で正解だわ」

「やだ可愛い。清楚でセクシー」

「やだ可愛い。エロい。んもう食べちゃいたいわ」

「……ありがとうございます」

ぽっと頬が熱くなるのがわかった。ミネルヴァは褒められ慣れていない。

仕事だから褒めてくれるのはわかっているのだが、それでも褒められればやはり嬉しいものだ。

「髪は本当に切っちゃってよかったの？　伸ばさないのね」

デイジーがミネルヴァの髪を撫でる。

今日はデイジーの美容室で切ってもらってから服を選んだ。

さっぱりと、それなのに不思議にいつもよりも女性らしく仕上がっている。

「忙しいと泊まりになることもありますし、長いのに手入れができないとみっともないから。これはもう、仕方ないです」

「ショートが似合うのは美人の特権だもの。いいと思うわ」

「ええ、こんな綺麗な紅一点が、周りの野郎どもと同じ軍服でしょう？　中性的こそエロスの極みよ」

「泊まり……こんな可愛い子が、小汚ねぇオスの中で⁉」

「一応仮眠には別室をもらえてます。狭い倉庫だけど」

「鍵ちゃんとかけんのよ！　あんた可愛いんだから！」

うふふとミネルヴァは笑う。この人たちは褒めすぎなのだ。

「じゃあ上を着て。いい、脱ぐのはお店に入るときだけよ。夜よ。まあそのあとまた脱ぐかもしれないけどそれはそれでいいわ脱ぎなさい。頑張って」

「はい、ありがとうございました」

差し出された伝票の金額を支払った。今日はコートと靴の分がないからこの間よりも安い。

というか非常に良心的な価格だ。いいのだろうか。

マダムカサブランカがミネルヴァの戸惑いに気づいたように笑う。

「下手な商売はしてないわ。伝票どおりよ」

「ありがとうございます」

ホッとして微笑んだ。今月は欲しい本があるのだ。

手を振って扉を閉めた。

綺麗な服を着ると、外を歩くのも楽しい。

待ち合わせに向かう街の中。

セントノリスの深緑の制服に、指定の茶の外套を羽織った可愛らしい男の子たちが、頬を染めて店先を覗き込んでいる。

それぞれに個性豊かな皆が額を突き合わせてあれこれ何かを言い合っている仲良しで楽しそうな様子に、くすりとミネルヴァは笑った。みんなすごく可愛い。


途中、大量の布を持った五十代くらいの女性がいたので声をかけて、運ぶのを手伝った。

無事運び終え扉を閉め、彼女はミネルヴァの服を上から下まで見て、『もらいものので、若すぎるデザインで使わないから』と小さな真珠が揺れるイヤリングをくれた。

ありがたくいただきその場でつけてみた。女性は微笑んで、『やっぱり似合う』と言った。手を振って別れた。力強くて、かっこいい女性だった。

この町には優しいもの、素敵なものがたくさんある。今まで知らなかったたくさんのことが、ミネルヴァには楽しい。

待ち合わせ場所にはやや早めについたはずだが、すでに彼はいた。

「お待たせ」

「ううん、俺も今来たところ」

照れたようにクリストフが笑う。

じっとミネルヴァを見る。

「髪切った？」

「うん。短いのが短いのになっただけだけど」

「……似合うよ。服も、……みんな可愛い」

「ありがとう」

最後のほうが小声で、ちょっと聞こえなかったがミネルヴァは微笑んだ。

「じゃあ行こ……」

歩き出そうとした彼が足を止めた。

「……マルティン……」

目線の先を見れば、優しげでふんわりとした雰囲気の、同い年くらいの男性がいた。手にふわふわで有名なパン屋さんの包みを持っている。

「……今、聞いてたか？」

「……何も」

そっぽを向いて平静を保とうとした白い顔が笑いをこらえて赤くなって震える。

「『俺も今来たところ』……！　僕がパン屋さんに行く前からいただろクリストフ。限定パンに急いでたから声かけなかったけど！　パン屋さん結構遠いのに！」

「マルティン！　しーっ！　しーっ！　同期への情けはないのか」

「ああごめん。僕行かないと。パンを食べてから東の砦に君の幸せに関する報告書を書かないと。書いたらレオナールが今度ごはんを奢《おご》ってくれるんだって。優しいよね。じゃあね！」

「書くなマルティン！　それはレオナールの罠だ！」

男性がクリストフの伸ばした腕をすり抜け猛ダッシュした。

空に向けて呆然と腕を伸ばしているクリストフに、ミネルヴァは歩み寄った。

「お友達？」

「……同期だ。軍の」

「仲良しね」

「昨日までは仲良しだったはずなんだけど、まさかこんなにあっさりネタとして売られるなんて」

「楽しそうだった」

「マルティンは楽しいと思う」

言い、ミネルヴァを見てふっとクリストフが笑った。

「まあいいか。確かに俺は幸せ者だから笑われるのくらい我慢する。行こう。リスが可愛いらしいよ」

「へえ、触れるかしら」

「ああ見えて意外と噛むらしい。歯が鋭い」

「だったら見るだけにしよう」

「いい戦略だ」

微笑み合って明るい街を二人で歩く。

日陰はときどき寒いけど、だいぶ日の光があたたかくなってきた。

本当の春はもうすぐ。それでもちょっと先のようだった。

貴族の少年フェリクス＝フォン＝デ＝アッケルマンはセントノリスに入学し、毎日さまざまな発見をしている。

◇◇◇◇◇

フェリクスは国の西境にある領地を治めるアッケルマン家の次男である。

六歳上の兄は優秀な人物で、家庭教師による教育を終了し、すでに父のもとで領地経営の補佐を行っている。兄がそのまま父から地位と領地を引き継げば、次男であるフェリクスは余る。将来余らないようにこうやって領を出て進学し、文官を目指すことにしているのだ。

乾いた土の広がる、広くて眺めはいいが正直面白みの少ない場所だった。西側の防衛のために強きアッケルマン家がそこを任されたのだと胸を張る、質素にして剛健を常とする家の中では口が裂けても言えないことだが。

領内でフェリクスは領主の次男として顔を知られているから、これまで人生において羽目を外すことはなかった。

フェリクスにとってこの進学は、人生初の土地と名前からの解放なのだ。

早朝。フェリクスは妙に早い時間に目が覚めた。時間を確認し寝直そうとするも、どうしても眠くならない。

仕方なくベッドを出て誰もいない風呂場で顔を洗い髪と身だしなみを整え、朝の散歩にでも出ようとして玄関脇の広間に誰かがいることに気がついた。

色白で、さらりとした黒髪に、黒色の目。

女子のような、線の細い見た目の少年。アントン＝セレンソン。

この寮で初めてフェリクスに話しかけてきた、平民の生徒。

一号室、学年三位の。

彼はまだ朝日も昇っていない早朝の広間《コモンルーム》の隅の椅子に腰かけ、燭台の光のもとで何かを書いている。

「……」

とても集中しているようなので、フェリクスは邪魔をしないよう声をかけずそっと歩み寄った。

勝手に手元を覗き込むのも何か卑怯な気がして、目をそらして、咳などしつつ彼が気づくのを待ってみる。まったく気づかれない。

「……おはようアントン」

彼は手を止め、顔を上げ、フェリクスを見てぱっと顔を明るくした。

「フェリクス。おはよう。早起きだね」

少しの眠そうな様子も見せず、にこりと笑った。

「君もだ。何を？」

「昨日の復習、と今日の予習」

「部屋でやればいいだろう」

「明かりや音で同室を起こしたら可哀想だろう」

「……」

手元のノートは書き込みで真っ黒だった。正直、ここまでやるかと気持ち悪くなるほどに。

「フェリクス、君数学得意だろう。もし時間が許すなら少しだけ教えてくれないか」

「まあ少しなら見てやらないこともない。……どこだい」

横の椅子に座った。アントンの指が教科書をめくる。

「昨日のここ、どうして解はここに線を引くんだろう。こっちじゃやり方としてダメなんだろうか」

「……ちょっと待ってほしい。ペンと紙を借りてもいいだろうか」

「どうぞ」

しばらく静かな広間にペンを動かす音だけ響いた。

そしてフェリクスはついに観念しペンを止め、恥を忍んで言った。

「すまない。僕もこちらでも正解のような気がするが、確実かと言われるとわからない」

「いいんだ、ありがとう。授業の前に先生に聞いてみる。聞いたら教えに行くね」

「……いいのか」

「このままじゃ君が気持ち悪いだろう。ありがとうフェリクス。お出かけの邪魔をしてごめんよ」

「いや。役に立たず申し訳ない」

「いいや」

黒い目が、自分で引いた線をじっと見ている。

「悪いけど、実は少しホッとした。ごめんね。健やかに寝ているうちの連中は聞けば全部即答するから、僕は肩身が狭くて仕方がない」

「……」

アントンはまた手を動かし始めた。

中級一年生の二学期に入っている。期末試験を終えても、一号室の顔ぶれは変わらなかった。

ハリー、ラントがずば抜けてるのは一緒に授業を受けていればわかる。頭の次元が違う人間がいるということを、フェリクスは知った。地元では自分こそがそうであると信じて疑っていなかったというのに。

説明から真理を理解する早さ、正解に辿り着くまでに必要な情報の量が違う。彼らが一の時間でできることにフェリクスは三かかり、一の説明でわかることに、フェリクスはやはり三必要なのだ。

彼らといると、自分がとんでもない馬鹿に思えてくる。同じ場所で努力することすら阿呆らしく思える。

だが失礼だがアントンからはその次元の違いを感じない。一号室に入るならば抜くべきはこの男だとわかる。

でも彼はそこを譲らなかった。こうして早起きして、一人でノートを黒くして、気持ち悪いほどの努力を止めないことで。

「……苦しくなることはないかアントン。彼らといて」

フェリクスは思わず尋ねた。

アントンは手を止めずに、微笑んで答える。

「あるよ。でも同時に彼らの眩しさが嬉しい。僕は譲らなかっただろうフェリクス。次も負けない。僕は彼らが、あそこがとても好きなんだ」

「……そうか」

彼の動かすペンがノートを染める。黒く。黒く。止まることなく。

「彼らは疑いようもなく天才だけど、凡人には凡人のやり方がある。高い素材で作った料理がおいしいのは当たり前だけど、安い素材でおいしい料理を作るには、知恵と技がいるだろう。僕は今その知恵と技を日々磨いているんだ。卒業するころには僕は名料理人だフェリクス。そして世の中には天才よりも凡人のほうがはるかに多いのだから、その知恵と技は水平的に、いくらでもほかに役に立てることができる。一番遠くの景色を見られるのは、人より早く歩き出した者や今一番早い者じゃない。足を止めずに誰より長く、諦めずに歩み続けた者なんだ」

「……」

「僕は彼らがあっさりとよけた穴に気づかず落ちることがあるだろう。彼らがひょいと簡単に飛び越えた川に、わざわざ橋を架けなきゃ渡れないことがあるだろう。僕はそのたびに穴から這い出て、橋を架けて、諦めることなく歩み続けるんだ前を行く背中がどんなに遠くても。歩き続ければいつかまたきっと見える。天才は一度穴に落ちたら抜けにくいのさ。だって落ちたことがないからね。『なんだ君、穴の抜け方も知らなかったのかい』と、きっといつか彼らを引き上げながら僕は笑うんだ。君がしょげそうになったら言ってくれ。一人よりも大勢のほうがより遠いところまで行けるから、同じ方向に進む君を、僕は手伝う。君の足音はへこたれそうな僕を、いつだって前へ前へと進ませてくれる大切な音だから」

「……」

静かに言う同級生の顔を見て、フェリクスは泣きそうになった。

武に優れた家に生まれながら、フェリクスには剣の才がまったくなかった。本当なら次男でも、国のため高位軍人を目指すべき立場だったのに。絶望的にその才のないフェリクスに、それでもそうさせようとする父を兄が止め、母が止め、自分は勉強ならばできるからと必死で主張し勉強して、このセントノリスに入った。

それなのに平民に負け、抜き返すこともできず、四位という微妙な順位を保ち続けている。三位になり一号室に入れたからといってなんなのだろう。その先など、進める気もしない。敵うわけがないのにと、最近ではなんだか努力すること自体が空しく思えていた。今日、ここで、彼と話すまで。

足音は、届いている。フェリクスの歩みは空しいものなんかじゃない。

「あ、それとフェリクス。今度一緒に図書館に行ってくれないかい。君の字はとても品があってきれいだから。とても古いうえに悪筆すぎて、写しの手本を書いてほしい本がいくつかあるんだ」

「……」

アッケルマン家は質素にして剛健を常とする。

よってフェリクスに送られてくる小遣いもまた、非常に質素である。下手すると仕事をしている平民の彼らより、フェリクスの月の可処分は少ない。

「……そこまで言うなら、行ってやらないこともない。だが僕が書くのはあくまで手本だ。貴族が平民に交じって金稼ぎなどできないからな」

「ありがとう。万が一手違いで手本を売ってしまったらまたお願いする。無論売上は君に戻す。そのときはどうか、うっかり者の僕を許してくれ」

「仕方がない手違いは避けてほしいが、申し出を受けよう。では失礼する。邪魔をして悪かった」

「こちらこそ」

やはり手を止めずに彼は言った。

フェリクスは朝日が差し込み始めた玄関の扉を開く。

今日の空は今のフェリクスの心のように、晴れ晴れと澄んでいる。

はたして先日から店先で眺め続けている葡萄酒色のペンを買うのに、何冊『手本』は必要だろうか、と頬を染めて、フェリクスは歩き出した。

◇◇◇◇◇

貴族の少年アデル＝ツー＝ヴィートはセントノリスに入学し、ときどき驚きを発見している。

アデルはヴィート家の三男である。

大陸の東のほうにある、海にも国境にも接していない、平和でこれといって特徴のない領地だ。

強いて言えば果物がよくとれる。

長兄は銀髪の柔らかい物腰の優しい兄で、父の下で次期跡取りとして立派に勤めている。同じく銀髪の気質の穏やかな次兄は貴族学校を来年卒業予定で、卒業後は聖職者を目指すという。

そして黒髪のアデルの三兄弟。母はいまだに『息子は可愛い。でも一人くらい女の子が欲しかった』と嘆く。

比較的小柄な人が多い家族の中、アデルは何故か大きく、いかつく育ちつつある。曾祖父によく似ているそうだがアデルは曾祖父を見たことがない。

もっと幼い頃は家族の皆と違う自分の顔を不思議に思い、鏡の中の目つきの悪い目を一生懸命指で下げた。だがそんなことでそれが優しくなることはなく、『何か怒ってる？』とよく聞かれる。アデルは怒っていない。

アデルは歴史が好きだ。全部好きだが特に過去勇敢に戦った戦場の英雄たちが好きだ。自分自身も軍人になるという夢がある。歴史書という歴史書、過去の英雄に関するあらゆる書に目を通したアデルは、活躍した英雄たちの名と出陣した戦場から好きな食べ物までそらで言える。言う相手もいないので言わないが。

剣も習った。普段は領主の子どもだからと遠巻きにされがちなのに、練習場では周囲との距離が途端に近くなるのが楽しかった。そこでは同世代の平民とも交わり、屋敷の中だけでは知らないような知識と楽しさを得た。

軍人になる夢は家族に反対された。皆穏やかで、争いごとを好まない、平和な人たちなのだ。

軍の幹部候補生が通う軍官学校の受験資格は十五歳以上。まだそこまで三年ある。学校に行かずとも現場の下っ端として入り働き選抜試験に受かりながら上を目指す方法もなくはないが、こちらは上がれる可能性が低いし危険性が高い。

　すぐにでも軍に入りたかったアデルは後者を希望したが、家族は認めなかった。まずはヴィートの家に生まれた者の責務として、一定以上の偏差値の中級学校に受かること。そうしたうえでどうしても気が変わらないのであれば十五歳になったら軍官学校を受験すればいい、と。

　子どもの夢だ。三年の間に気が変わることを祈っているのだろう。あいにくアデルにそんなつもりはない。今からせっせと軍官学校の受験勉強を進めるつもりだ。早く十五歳になりたい。

　なのでアデルはセントノリスでの生活に正直興味がない。親しい友人もいらないし、面倒そうな成績争いに参加するつもりもない。ただただ何事もなく早く終わってくれればいいと思っていた。

　それなのに。

　おかしな奴に、目をつけられた。


　いや、あれはアデルも悪かった。三十二位で受かったら部屋が四人部屋で、貧乏ゆすりをする奴、でかいいびきをかく奴、歯ぎしりをする奴と同室だった。

　アデルだって地方とはいえ貴族だ。当然それまでずっと一人部屋だった。長い移動のあとなのに人の立てる音に気が休まらず寝不足で、入学式は半分寝ているようにぼんやりしていた。

　歩きながらあくびを噛み殺し、眠気によろめいたら誰かの肩に体がぶつかった。

　相手は飛んだ。驚くほど吹っ飛んだ。人間が、肩がぶつかったくらいであんなに飛ぶはずない。

　彼がたまたま何か用があって後ろに飛んだのだろうと思ったので歩き続けた。しばらく行ってから後ろがざわついているので振り向いた。彼は倒れ、友人らしきものに助け起こされていた。アデルは驚いた。いやまさか、だって自分はなんともないのに。

そこですぐに戻り謝ればよかったのだろうが、驚きと混乱のあまり、逃げるようにアデルはそこを去った。

彼が学年三位の平民、アントン＝セレンソンだと知ったのは後からだ。首位の平民と楽しそうに笑っているのを思わず見ていたら目が合い、すさまじく楽しそうな顔でにやっと笑われた。

何故か背筋がぞっとした。


『お初にお目にかかります、アデル＝ツー＝ヴィート様』

声をかけられたのは翌日だった。目を上げれば、アントン＝セレンソンだった。積極的に友達作りもしていないので選択制教科で一人で座っているアデルの隣に、彼は当たり前のように座った。

『アントン＝セレンソンと申します高貴なお方。でもここは身分の垣根なき、セントノリスの門の中。君と僕とは同級生。だから親しみを込めてアデルと呼んでいいかなアデル。入試の社会の成績一位なんだってね満点で。尊敬する。今後ともよろしく』

『……』

にっこりと笑った、自分よりも小さくてひょろひょろのその男を、何故か恐ろしいと思った。

アントン＝セレンソンと隣になるのは歴史の授業だった。

今日こそ早めに行って前のほうのいい席にいれば、誰か隣に座るだろうと座っていても誰もアデルの横に座らない。アデルは怒っていないのに。

セントノリスの生活なんてどうでもいいとはいえ、さすがのアデルもこうなると悲しくなってくる。と、隣に誰か座ったのでアデルは思わずぱっと顔を明るくしてそちらを見た。

そして肩を落とした。もはや見慣れた顔がそこにあった。

「……セレンソン……」

「やあアデル。今日もよろしく」

机に教科書とノートを広げながら、アデルを見てにっこりと嬉しそうに彼は笑う。

なんだろう。彼はいつもアデルをものすごく楽しそうに見る。

最初のとき以来は挨拶以外特に話しかけてくるでもないので、特にアデルも何もしゃべってこなかった。何度も何度も横に座って授業を受けている。

もう、きっぱり謝ってしまおうとアデルは思った。そうしたら彼ももうここには座らないだろう。

静かに、静かに。何事もなくアデルはセントノリスの三年をやり過ごすのだ。

「君に謝罪する。アントン＝セレンソン」

「なんのことだろう。僕は君にそんなものは求めていない」

「……じゃあ何故君はいつも俺の隣に座る」

「初めて見たときから、僕は君のノートの熱烈なファンだからだ」

「ファン……？」

尋ねれば彼は顔をアデルに向けた。輝いている。とても楽しそうだ。

「失礼。触れて開いても？」

「……ああ」

彼の指がアデルのノートに伸び、ページをめくる。

「ああこれこれ。戦いの箇所に書き込まれる、実際に使われた戦法の図と当時の地形、将軍名、将軍が参戦した別の戦争の名前。なんと将軍の好物までもが書かれる魔法のノート。どうして僕がそんな素敵なものを見逃すと思うんだ」

「……？？？」

「『目玉焼き（固焼き）』なんてそんなはずがないと思ってギギーレ将軍の伝記を読んだら本当にそう書いてあったときの僕の感動を君に伝えたい。地理も、戦術も、すべてが正しかった。このノートは本当に、歴史の宝物をぎゅっと凝縮した魔法のノートだ。それが目の前で出来上がるさまを見られる幸せ、いったいどう言ったら君に伝わるのだろうか」

うっとりと白い指にアデルのノートの表面を撫でられ、アデルは戸惑う。

うまく言葉が出てこない。アデルは結構口が重い。歴史に関すること以外は。

「……歴史、好きなのかセレンソン」

目を輝かせてノートのページをめくるセレンソンを前に、アデルは聞いた。

セレンソンが微笑む。

「うん。今にまで脈々と連なる人の偉大さと愚かさの記録だもの。きっと闇に葬られたりもみ消されたものもあるだろうけど、それを見つけるために裏返して読むのも大好きだ。どんなに偉大なものもいつかは滅びるという痛烈な皮肉のきいた分厚い人間の教科書。現在に残る不思議な無駄やムラの原因の記録集。実に大好きだよ。でもどうやらこれまで僕は神の視点で歴史を見てた。だから君の、上から見下ろすのではなくその場所に立って水平に、遠くまで見るような視点が新しくて、すごく面白い。ここに座ると、君のノートから吹いた時代の風に髪を揺らされているような気さえする。君のおかげで僕はますます歴史が楽しくて好きになった。心から感謝しているよ」

「そうか……」

嘘を言っているようには見えない。とりあえず彼はあれを恨んでネチネチ言いたくてここに座っていたのではないようだ。

彼はじっとアデルのノートを見ている。

そして顔を上げた。目が輝いていて頬が赤い。平民の彼は、貴族のように気持ちを隠したり取り澄ますこともない。

「アデル。話せて嬉しい。先約がなくて嫌でなければ、今日授業のあと一緒に食堂に行かない？僕は君が語る歴史の話を聞きたい」

アデルは昼も一人で食べている。周りもいつも空いている。別に怒っていないのに。

こうやって同級生と話すのもひさびさだ。しかもセレンソンは歴史の話を所望だという。

頬を染めたままアデルを見上げ、セレンソンはアデルの答えを待っている。

自分はどうしてこんな小さくて無邪気な少年を恐ろしいなどと思ったのだろう。アデルはふっと笑った。

「誘いを受けようセレンソン」

「ありがとう。アデルは肉が好きそうだね」

「なんでも食べる」

「僕は野菜と魚が好きだ」

「渋い」

「あ、ノートはこう置いてくれ。僕に見やすいから」

「俺が書きにくい」

「それは困る。じゃあいいよ。僕が伸びれば済むことだ」

「……食堂でゆっくり読めばいい。なんなら解説だってする」

ぱっとまたセレンソンの顔が輝く。

悪い気はしない。アデルは微笑む。

彼も微笑み、自分の左肩をアデルに差し出した。

「ありがとう。お礼には、そうだな肩でも貸そうかアデル」

「やっぱり根に持ってたかセレンソン」

じっと見た。

思った以上に彼は細いのだ。もっと肉を食うべきだと思う。ひょっとしたら家が貧しくて食べられなかったのだろうか。可哀想に。

確かにこれではふんばりもきくまい。貴族の自分が、剣で鍛えた大きな体で可哀想な平民の彼に当たれば、彼が吹っ飛ぶのは当然のことだった。

軍人ともなれば彼もまた守るべき国民。傷つけたことを恥に思うべきである。助け起こさなかったことも、今まで謝らなかったことも。

「言い訳になるがあれは事故だセレンソン。眠くてふらついてたら君に当たった。その場で助け起こし謝罪しなかったことを、今謝罪する。事故とはいえ俺のような大きなものが、小さい君に、実に申し訳なかった」

「君の謝罪を受け入れる。でも小さいは余計だアデル＝ツー＝ヴィート」

じっと彼はアデルを見上げた。

そして何故か残念そうにため息をつく。

「僕としてはもっと陰湿で嫌な男でもよかったんだけど、思ったよりまともで優しくて拍子抜けだ。これじゃあただの寡黙《かもく》ないい男じゃないか。でもノートがとても素敵だから、いいよ」

「何を期待されていて何に認められたのかわからない。始まるぞセレンソン」

先生が入室する。授業が始まる。

手元を思い切り覗き込まれていることを知りながら、アデルは情報を紙の上に広げ続ける。

なんだかいつもより自分の文字の勢いがいいような気がした。

横の男がそれをじっと目を見開き穴が空くほど見ながら、自分の手を動かしている。

十七皿目　発明家トトハルト＝ジェイソン

今日も今日とて春子はがんもどきを置いている。

お皿はススキの絵柄の欠け皿に替えた。

ふふんと笑って春子は手を合わせた。

最近はまた春子の連戦連勝。あの変なところにはここのところしばらく行っていない。

だから余裕の微笑みで手を叩いた。

パン。

パン。

「……どちらさまで」

「……おでん屋だよ」

ちぃっ。

春子はひさびさに、高らかに舌を打った。

つなぎを着た痩せた白髪交じりの親父が、熱燗《あつかん》を傾け頬を丸く赤くしている。

注ぎ足そうとしたら中身がなくなっていたらしく、惨めったらしく背を丸め銚子を逆さにして振っている。

「おかわりいるかい」

「……熱い酒と、新しいのを適当にお願いします」

「はいよ」

つみれ、ちくわ、こんにゃくをのせてやる。逆さにした一升瓶からとっとっとっと酒が銚子に満ちる。

つみれをがぶりと丸のまま口に運び、噛みしめ、目を輝かせてから汁と残りの熱燗を流し込んだ。

「つあ――……」

ぎゅっと目を閉じ貧乏そうな眉が寄る。はいはい極楽、極楽、である。

まあ、わかってるじゃねえかと春子は頷いた。


「……わたしは、ここの工房の魔道具作者で、発明家です」

「へえ」

腹が満ちて酒が回れば、人は語る。

普段無口な人間も、何故だか語る。

人は、もとより自分を語りたい生き物なのだろう。

聞いてほしい生き物なのだろう。だからどこにも、言葉があるのだろう。

ちくわを半分かじってつゆで流し込んで、親父ははあ、と息を吐く。

「妻に早く死なれて、娘が一人。で娘が今度結婚することになりました」

「おめでとさん」

「……わたしと同じ、魔道具を作ってる工房の、貧乏男ですよ。若いだけで、夢はあっても金はない。そんな男よりももっと、言い寄ってきた別の金持ちと結婚したほうが何倍も幸せになれるってはなからわかってるのに、そいつがいいそうで。わざわざ苦労するほうにばっかりいく、馬鹿な娘です」

「ふうん」

とん、と春子は銚子を置いた。

親父の手がそれを持ち上げ自分の猪口《ちょこ》に酒を注ぐ。

あたたかい酒が湯気を出しながら白地の猪口に満ちるのを、親父はじっと見ている。

「……発明家なんてろくなもんじゃない。起きてる間も、寝てる間も、いつも新しい道具のことばっかり考えて。いつもいつも何か足りない、足りないものはなんだって、あちこちずっと探してばっかりで。そんなもんばかりきょろきょろ探してるから、女房の病気にも気づかないで」

「……」

「いつの間にかあいつはあんなに痩せてたのに。気づいたときには手遅れで、薬を買おうにもその金もなかった。ちょうど次の発明に使おうと、素材に金を使い果たしてました。つくづくろくなもんじゃない」

「そうかい」

ずっ、と親父は鼻をすすった。

「なんだって薬ってのはあんなに高いんだ。もっとたくさん作ってくれよ。安くしてくれよ。病気になるのは金持ちだけじゃねえだろう。貧乏人は病気になったらいけないのか。痩せて、苦しんで、死んじまうしかねえのかよ」

鼻をすすりながら、もぐもぐとこんにゃくを噛んでいる。

突然はっとしたように目を見開き、老眼なのだろう、手元からこんにゃくを遠ざけた。

「へえ、表面を細かく切ってるから、中に味が染みる、と」

「そうだよ」

「なるほどなあ」

涙はどこへ行ったやら、ちんまりした目をピカピカとさせている。

なんだか奥さんが、どこかでやれやれと笑っているようだった。

まったく、この人はいつもこうなんですよおかみさん、と。

親父はまたはっとし、見つめていたこんにゃくにからしをつけて、口に運んで飲み込んだ。

ぎゅっとまた眉を寄せ、汁を飲み酒を飲む。

「そうだった娘のことだった。女房が死んだとき娘は初級学校の卒業前だったから十二歳か。母親が死んだってのに泣きもしないで。次の日から台所で朝飯を作ってました。これがまた、女房の味なんだ。ちゃんと手伝いをして、知らない間に味を盗んでた。その間わたしが何をしてたかって？　工房にこもって発明ですよ。既成品を作って売って、その合間に発明発明。家族とどこに出かけるでもなく、ずっと工房にこもって発明発明。あのときは……声を残しておく機械の発明をしてたんだ。あれがちゃんとできていたらなあ。何度やっても上書きされちまうんだ」

「おかわりいるかい」

「新しいのを適当にお願いします。酒は二杯まででしたっけ」

「はいよ。だからあんたはそこまでだ」

「残念。まあ濃いから、ちびちびいってもちっとも空しくならない。はあ、いい酒だ。こんなうまい酒初めてだ」

「そうかい」

ひょいひょいひょいひょいと菜箸でおでんをつまむ。

焼き豆腐、糸こんにゃく、昆布。

お玉で汁をたっぷり。からしはいつもよりも端っこに。この親父は酒飲みのくせに汁をよく飲む。

赤らんだ頬で皿を受け取り、しんみりと親父は空を見た。

「……昨日娘とね、なんだ、花嫁衣裳を見に行ったわけで」

「優しい娘さんじゃないか。本当は旦那と行きたかっただろうに」

「そうでしょう」

焼き豆腐を食んでふっと親父は笑った。

「どっかの金持ちの娘が、ああでもねえこうでもねえって何枚も試着してるのの横で、一番安いのを、さっさと一枚選んで帰ってきました。……俺は自分が、情けない」

「……」

滂沱《ぼうだ》の涙がくちゃくちゃになった顔を伝って落ちていく。

「まだ子どもが、母親を亡くして泣かねえわけないだろう。どっかで泣いてたに決まってる。俺の見てないところでな。思えば服なんて一緒に選びにいったのなんか初めてだ。あの子は今までいつも一番安い服を買ってたんだろう。いや待て、よく考えてみればでかい服を袖をまくって着てた気がするありゃ女房の服だ。年頃なのに身を飾ることもしないで、文句も言わずに黙って家のことをやって、大きくなって」

ずびっと親父は鼻をすすりあげた。

「それでまた俺みたいな貧乏男に嫁ぐのか。衣装屋で、一番安い衣装で。……こんな話があるか。娘は美人なんだ。優しい、性格のいい娘だ。もっともっと、もっと幸せになってよかったんだ。……なんでこんなとこに生まれたんだろう。なんで金持ちのとこに嫁に行かないんだろう」

猪口を手にしたまま歯を食いしばり、親父は泣きに泣いた。

泣きに泣き、だがやはり涙は自然に落ち着いた。いくら酔っぱらっていても、人間そんなに長くは泣けないものだ。

ずび、ずびと言いながら親父は袖で目元と鼻をぬぐう。

「……もうね、自分の叶わない夢なんか諦めて、発明なんかやめて、材料も売っぱらって、安定して売れる既製品の作成だけに専念しよう。発明用に取っておいた結構いい魔石とか、高い道具も全部売れれば娘はもっとましな準備ができると思って今日古道具屋に行ったんです。ところがね途中の掲示板に」

かっと目を見開く。

「『発明王決定戦近日開催！　高額賞金有』って張り紙が！」

「……で、結局売らねぇで帰ってきたと」

「はい。で、いやいややっぱり売りにいったほうがいいんじゃないかってぐるぐる悩んでたらあなた様が」

「どうしようもねえなあ」

「はい、どうしようもない」

「……」

沈黙。

やがてくっくっくと年寄りたちは笑った。

春子が汁を混ぜ、親父が昆布を噛みしめ酒を飲む。

「……わたしは、親失格ですよね。いつも自分の夢ばかり追って、あの子に苦労ばかりかけさせて」

「叩きもせず腹もすかせずに大きくしたんなら、別に悪い親でもないだろよ。娘が元気でまっすぐに育ってるんならそれが答えだろう。はなからできもしないことを言うんじゃねえや」

「……それにしたって一番安いので、貧乏人ですよ」

「貧乏を嫌がらねえのは貧乏でも楽しかったからだろう。何の相談もなく勝手にそのてめえの夢とやらを手放してみな。そっちのほうが泣かれるよ」

「……」

「貧乏知らずが貧乏に嫁ぐなら止めもしようが、貧乏から貧乏なら心強いじゃねえか。慣れてるんだから」

「……そうですねえ」

もう冷めているだろう糸こんにゃくを親父が摘み上げた。

口に持っていこうとしたのを上げてから遠ざける。じわじわと目が開いて釘づけになる。

「……おかみさん」

「はいよ」

「……わたしの今開発中の道具はね、声を遠くにつなげる道具なんです。どんなに遠くにいてもまるで近くにいるように、瞬時に相手の声が聞こえる道具。どんなに遠く離れてもだ。素晴らしく画期的でしょう」

「……そりゃ便利そうだね」

「転移紋の技術を応用すればいけるはずなんだ。通すのは声だけなんだから、まるまる人を飛ばすような難しい話じゃないはずなんだ。紋を応用して魔石の力を使って間をつなげて、あとちょっと、あとちょっとのところなんだ。紋に入らずに逃げちまって通らない声を、集めて、小さくまとめて」

ぶるぶると親父の手が震える。

「声自身でまとめればいい。余分なものを入れるから失敗するんだ」

「そうかい」

最後にじっと見てから親父は糸こんにゃくを噛みしめた。

「細くしてあるから汁がよく絡む。真ん中はどうしたって情報量が多くみちっとになるな……うん」

汁を飲み酒をあけ、とんと置く。

爛々《らんらん》と目を見開き、ふ〜っと大きく息を吐いた。

「おかみさんお勘定！」

「ほかでもらうから、いらないよ」

「ありがたい！　ごちそうさまでした！」

「はいよ」

親父が立ち上がる。

おでんにふたをしたところで、景色が変わった。

皿の上を見れば、二つあったがんもどきが一つになっている。

フンと春子は鼻息を吐いた。

「ひさびさで腹減っちまってついってか。どうぞ、いつまでだって休んでいいんだよ」

捨て台詞を残し、やっぱり春子は今日も屋台を引きずって仕事に向かった。

箸休め　ランプと赤絨毯

「星祭りに誘われた⁉」

マダムカサブランカの衣裳店。

軍部戦略室所属ミネルヴァ＝アンベールは頬を赤くしてこくんと頷いた。

三人が目くばせをする。

「……やるじゃねえかお真面目軍人殿」

「……急展開だわ」

「何言ってんの。一回目からもう半年は経つじゃない。頃合いだわ」

「やることがお堅いというか……古風というか」

「今時いるのねそんな正攻法で来る奴。やだあたし、背中がぞくぞくするわ」

「腹出して寝てるからよ」

「出してねえぞ」

星祭り。

獅子月にあるそのイベントは、この国の大切なお祭りだ。

天の星が降るように落ちる不思議なその日、国民は出店でにぎわう広場に集まり、または大人しく家で、近くの公園で、大切な人とともにその星の雨を見上げる。

星祭りの夜に男性から小さな星の形をした赤いミネットの花を女性に贈り、女性がそれを髪に挿すことを了承すれば、それは愛の成立を意味する。この日にカップルになった二人は幸せになると言われている。

そして同じ流れ星を見た二人が口づけを交わせば、末永くその愛は続くとも。

『一緒に星祭りに行きませんか』

それはもう、その言葉自体が、すでに愛の告白なのだ。

先日とは違う鶏のトマト煮のおいしい店を見つけたからと誘われて食事をした昨日の帰り道、ミネルヴァは、何故か怖い顔をしたクリストフにそう誘われた。

家の前まで送ってもらって別れるときだった。ミネルヴァは自分がどんな顔をしていたのかわからない。

とりあえずこくんと頷いて、顔を上げたときのクリストフの嬉しそうな顔が頭に焼きついている。

あんな顔。

彼にあんな顔をしてもらえるような人間なのだろうか自分は。

きっとクリストフは女性にもてるだろう。背が高くて、整った顔をしていて、いつも紳士的で、それなのに親しみやすくて。

「……」

ぽとりと涙が落ちた。

ぐっと唇を噛み締めても、それは止まらない。

「うっ……」

泣くミネルヴァを皆が静かに見ている。

「胸を貸しましょうか？」

マダムカサブランカに言われ、ミネルヴァは頷いた。

大きな体に縋りつき、ミネルヴァは泣く。

一度出てしまった涙は、自分でも驚くほどに止まらない。

「うう……」

「よしよし。いい子いい子」

マダムカサブランカの体はやわらかく、あたたかかった。香水の甘いにおいがする。

そっと包むように、マダムカサブランカがミネルヴァを抱きしめ、優しく背をさすってくれる。

「何がこわいの？」

「……また、ああなったら、どうしよう」

また恋をして。

人を心から大好きになって。

ある日突然、『お前なんかいらない』と突き放されたら。

自分がやっぱり、誰からも愛されない存在なのだとまた思い知らされたら。

その相手が、クリストフだったら。

彼の手が他の女の腰を抱き、ミネルヴァを怖い顔で睨みつけたら。

人殺しのことばかり考えてる女なんかいらないと言われたら。

想像して、胸が斬りつけられたように痛くなった。

唇を噛み締めても、噛み締めても、ぼろぼろと涙が落ちた。

「……嫌だ。きっと私今度こそ、彼を殺しちゃう」

「死んじゃうじゃないところがこの子のいいところよね」

「まったくだわ」

「うっ……うう……」

「困った子ね。……そうよね。こわいわよね。一度深く傷ついたのだもの。たくさん血が出て、まだかさぶたなのだもの。こわいに決まってるわね」

よしよしと優しい手がミネルヴァを撫でてくれる。

優しい。やわらかい。あたたかい。

おかあさん、と呼びたくなった。今まで誰にも、一度もそう呼びかけられなかった言葉。

もしミネルヴァにお母さんがいたら、こんなふうにしてくれたのかもしれない。

優しく抱きしめて、髪を撫でて。穏やかな声で慰めて。

いい加減泣き止まなきゃと思うのに、ミネルヴァの涙は止まらなかった。


ぼーっとミネルヴァはあたたかいお茶を飲んでいる。

赤い、甘いお茶だった。多分たっぷりとお砂糖が溶かされている。

「はいどうぞ」

「わあ」

思わずミネルヴァは声を上げた。大きなお皿の上に色とりどりの、ありとあらゆる甘いものが置いてある。

マダムカサブランカが微笑む。

「女は砂糖で動くのよ。あたしの秘蔵のお菓子だけど常連さんに特別にちょっとだけ分けてあげる。さあ盛大にお食べ」

「いただきます！」

遠慮すべきだろうがしなかった。わっしわっしとミネルヴァは菓子を食べた。最高に甘く、絶対に食べすぎちゃいけないやつだとわかる。なんという背徳的なおいしさ。

「……」

もぐもぐ口を動かし頭に砂糖を送りながらミネルヴァは思う。

自分は恵まれていると。


先日ついにミレーネ女史とお話しすることができた。少しだけだったけれど。

クリストフが教えてくれたお店の一番奥の席に座っている彼女に、ミネルヴァは緊張のあまり震えながら声をかけ、敬礼し、許しを得てから着席し事情を説明した。

相槌の柔らかい人だった。噂で聞くような怖い人なんかじゃなかった。

軍部の文官の中で、個人用の執務室を与えられているただ一人の女性だ。かつてはミネルヴァと同じ戦略室に務め、実際に戦争で使われた数々の戦略を編み出したすごい人だ。

『その状況にありながら憎しみを燃やすのではなく、自らを変えたいと願うその心の有り様を、私は称賛します』

背筋を伸ばし静かに、優しい目で彼女は言った。

『お昼休みではなくゆっくりお話がしたいわ。しばらく出張があるので、帰ってきたらあなたを夕食にお誘いしてもいいかしら』

ミネルヴァは赤くなって一生懸命頷いた。

時間だからと去ってしまった彼女の背中を見送り、おいしいシチューとパンを食べた。いつもの三倍かかった昼飯代を払おうとしたらミネルヴァの分まで支払われていた。

まだお礼も言えていない。

お戻りになるのはいつだろう。ミネルヴァは楽しみで仕方がない。


目標となる人がいる。

困っていれば話を聞いてくれる人がいて、泣いていれば見守り慰めてくれる人たちがいる。

会えると嬉しい、食事をしていて楽しい、裏切られたら心底殺したいと思う人が、あんな顔で星祭りに誘ってくれる。

「……馬鹿みたい」

ふふっとミネルヴァは笑った。

いったいどこに、これ以上の幸せがあるのだろう。

戦場に行くのではない。誰かを行かせるのでもない。誰にも結果を予想できないその先に何があったとしても、傷つくのがミネルヴァだけならば、何かがあったときにまた泣けばいいだけだ。たくさん食べて、またたくさん頑張ればいいだけだ。

臆病を根拠にする愚かな撤退など、戦術家ミネルヴァ＝アンベールは自分に許さない。

「……マダムカサブランカ、素敵な服が欲しいです」

「あら、どんなのかしら」

にっこりとミネルヴァは笑う。

「ミネットの花が映える服」

おおっしゃ！　と野太い声が上がった。

店の中が活気づき、どたどたと音が響きわたる。


星祭り当日。

ミネルヴァは緊張していた。


『これしかねえわ』

マダムカサブランカは迷いなく一つの服をミネルヴァに差し出した。

『……きれい』

白い、袖が肩で切れたワンピース。飾りも奇抜さもない、一見普通のワンピースなのにどこか気品があり、なんともいえず美しい。服に疎いミネルヴァにもそれがわかる。

『名前は伏せてあるけどこれじゃバレバレ。基本的にはお高い奴ら専属で、ドレスしか作らない女のデザインなんだけど、これをこの値段で市場に卸すなんて何の遊び心かしらね。あの歳で、どん底から遊べるくらい復活するなんてホント、しぶとい女。そういう女大好きよあたし。初めて見たときから、これはあなたに似合うと思った。まるであなたのイメージで作られたみたい。これにしなさい』

『袖が……』

『暑いんだからいいじゃない。汗だくじゃ艶消しでしょう』

『……』

『髪とお化粧はどうする？　待ち合わせの前に寄っていく？』

『……自分でやります』

化粧品も少しずついくつか買った。塗り方も教えてもらった。ミネルヴァだって少しはできるようになってきた。

『やってみて、でも不安だから、先に見せに来てもいいですか……？』

『……本当に可愛い子ね、あなたは』

うふふふふと三重の低い声で笑われた。

『もちろんよ』

そういうわけで白い服を着て、以前かっこいい女性にもらった真珠のイヤリングをお守りのようにつけて、必死でお化粧して、皆に大きな丸をもらって、ミネルヴァは待ち合わせ場所に向かって歩いている。

夜になっても暑い。星がきらきらと瞬いている。

「ラント、あっちに串焼きの屋台があるよ！」

「パルパロのはあるかな」

「多分ないよ！　でもおいしそうだった」

「人がすごいな。星なら寮から見られるだろ」

「だってお祭りだもの！　賑やかなほうが絶対に楽しいよ」

「暑い……僕は何か冷たいものが食べたい」

「どうして君の服は全部襟があるの？　氷のお菓子があったけど高かったよ！　一つ買ってわけっこしようよそしたら余ったお金で他のも買えるじゃないか」

「品のない行いだが、まあそこまで言うならやってやらないこともない」

「アデルどこいった？」

「まずい、迷子だ。さっき本屋さんがあったから多分そこで止まってると思う。呼んでくるから待ってて」

「先にランプ屋にいるからな。買うんだろ？」

「もちろん！　行ってくるね」

男の子たちがわいわい楽しそうにしている。


「……おい、今のウロノスとジュディじゃなかったか⁉」

「暑い……人が多い……帰りたい」

「どういうことだ⁉　ジュディを誘ったら『用事があるから』って断られたんだぞ⁉」

「今まさにその用事中なだけだ。キョロキョロしてないで早く来てくれ。祭りに付き合ったら何か五つ買ってくれるって言ったのは君だろう。僕は薬草を買いすぎて昨日から水しか飲んでないんだ今にも倒れそうだ。すぐ五つ買ってすぐに各自家に帰ろう」

「広場で星を見ないのか」

「なんで君と馬鹿みたいに口を開けて星を見なきゃいけないんだ。あ、この串焼きにしよう。すいませんこの一番いい肉三本ください。あとエールと葡萄酒、どっちも一番大きいカップで一つずつ」

「もう終わった！」

青年たちもわいわいしている。


だいぶ早く来たのに彼はやっぱりいた。

なんだかおかしくなってしまって、ミネルヴァはクスクス笑いながら歩み寄った。

「お待たせ」

「……」

クリストフの持つランプの明かりがミネルヴァを優しい橙色に照らす。

星祭りは、星形の窓の開いたランプを手にして楽しむ。心配ないよ、下にも星があるよと、落ちてくる星が落ちている間心細くないよう教えるためだ。

彼は二つ持っていた。一つをミネルヴァに渡してくれる。

「今来たところ。……すごく可愛い」

「……ありがとう」

今日は聞こえた。暗くてよかった。赤くなった顔はランプの光ということでごまかせる。

「お店でも冷やかしていこうか」

「うん。さっきすごくおいしそうな串焼き屋さんがあった」

「へえ、行ってみよう。……足元が暗いから、良ければ」

「ありがとう」

そっと彼の腕に腕を置く。その肩越しに天を見る。


星が瞬いている。

夏の空気の中に食べ物の甘い香り、香ばしい香りが混じる。

人がたくさんいる。

皆手に星のランプを持ち、幸せそうに、楽しそうな声を上げている。

不意に泣きそうになってミネルヴァは驚いた。ちっとも悲しいことなんかないはずなのに。

「どうしたの？」

「ううん。なんでもない。あ、今一つ星が流れた」

「え、見逃した」

「ほら、今もあっち」

「……くっ」

「クリストフ目が悪いの？」

「悪くない。悪いのは多分タイミングだと思う」

「そう」

「……」

じっとクリストフがミネルヴァを見ている。

「なあに」

「……お祭りを楽しんでからにしようと思ってたんだけど、緊張しすぎてどうにかなりそうだから先に。タイミング悪くて結局言えなくなりそうなのも嫌だから」

「……」

「あっちで話してもいいかな」

「うん」

少し賑わいから離れた、静かなところに落ち着いた。

多くの人ががやがやと歩くお店のある道が、きれいで幻想的な無数の光を放っている。

「ミネルヴァ＝アンベールさん」

「はい」

二人は向き合って立った。

彼は胸ポケットから小さな赤い花を取り出した。

緊張した真剣な顔を、木の枝にかけたランプが照らし出している。

「君が好きです。俺はこの花を、君の髪に挿したい」

「……」

涙が出た。

何の涙なのか、わからない。

「……肩ひじ張って張り合って、人殺しの話ばかりしてる女でも？」

「違う。君はいつも一生懸命、人を守るための話をしている。一つでも多くの命を守るために、君はいつも必死に考えて、そのための討論をしている。人を守りたいと心から願い、日々自分の仕事を一心に頑張っている人の、いったい何が悪いんだ」

「……」

真剣に言い切る彼を見つめた。唇が震え、涙が溢れた。

それでも笑って、ミネルヴァは答えた。

「ありがとう。……とても嬉しい。もちろん、喜んでお受けします。クリストフ＝ブランジェさん」

「っ――――！」

クリストフがガッツポーズをしたまま、ミネットの花を持っている右手だけ上げ膝から崩れ落ちた。歩み寄りしゃがみこんで彼の顔を見る。

「……大丈夫？」

「……ミネットは大丈夫」

「そう」

「……」

「……」

彼の顔が上がり、目が合う。手が伸び、そっと髪にミネットの花が挿される。

そこを押さえてミネルヴァは笑った。

「これをつけて歩くのね」

「……恥ずかしい？」

「……すごく嬉しい」

互いに笑う。

「あ」

「え？」

二人で見上げた空を、すっと星が走った。

「見えた？」

「……見えた」

星祭り。

同じ流れ星を見た二人が口づけを交わせば、末永くその愛は続く。

間近で目を合わせ、笑った。

「タイミングがよかった。優しい星だ」

「そうね」

あたたかなランプの光が胸にも灯ったような気がして、ミネルヴァはやっぱり笑った。

人々の楽しそうな声が響く。きらきらと、星が降っている。

◇　◇　◇　◇　◇

新年を迎えるとき、服飾協会は王に衣裳を一枚献上する。

その年最も優れたデザイナーがデザインした、その年最も優れていると認められた衣装を。

ジャンピエトロ＝アルマニーニは新鋭気鋭の若きデザイナーである。

彗星のごとくデザイン界に現れ、流行の最先端を生み出し続ける才気溢れるデザイナー。

今をときめく、まさに時代の寵児《ちょうじ》。常に新しいものを、常に刺激的なものを生み出し続ける天才デザイナー、ジャンピエトロ＝アルマニーニは今波に乗っている。

ジャンピエトロはデザインの才に加えて美形である。

背はスッと高く、金の巻き毛とエメラルドのごとき瞳は自分でも美しいと惚れ惚れすることがある。母方の先祖に貴族がいて、父方の先祖にはちょっと色っぽい職業の方がいて、なんとなく気品と、色気もある。と、ジャンピエトロは思っている。

顧客を取られた。どうせ顧客のおばさんの愛人なんだろうなどという根拠もない誹謗中傷を向けてくる古いデザイナーたちもいるが、そんなものはすべて負け犬の遠吠え。ただの嫉妬。

まあ採寸などしているときにちょっと手が触れたり、そうして間近で目が合ったときには微笑んだりはするが、残念ながらあんなドレスを歪ませる醜い体つきの年増たちに手を出すほどジャンピエトロは趣味が悪くない。この人気はすべて、ジャンピエトロのセンスとアイディアによるものだ。

今日はデザイナーたちによる新作ドレスの発表会だ。デザイナーたちと、彼らが連れてきたスポンサーかその候補の金持ちどもで、会場はギラギラと賑わっている。付き合いは面倒だがこういう席を欠席すると何をヒソヒソ言われるかわからないので、ジャンピエトロは自分でデザインした体にぴったりとした衣装を身に纏《まと》い、人々の笑いさざめくなかかっこよく杯を傾けている。

部屋の端にはずらりと各デザイナーの新作ドレスが並ぶ。

当然ジャンピエトロの新作が最も話題を集めていた。天才なので当然である。

寄ってくる者皆が口々にジャンピエトロを褒めたたえる。

じゃらじゃらと着飾り、にっこりと笑いながら。ジャンピエトロに降り注ぐ富と名声の分け前をもらおうという浅ましい顔を隠しながら、親しげに笑っている。


なんだか疲れたなあ、とジャンピエトロは思った。にっこりと微笑みながら。

新しいもの、奇抜なもの、ひたすらそれだけを考える毎日。

もはや敵もなく、こうやって担ぎ上げられ、油っこい料理を口に運び、酒を飲む。

名声を得るまでは楽しかった。とにかく夢に向かって燃えていた。

貧乏でも、空腹でも構わなかった。デザインを描いている間は無心だった。

今となってはどうだろう。デザインを考える際に浮かぶのは金のことだけ。どうしたらもっと受けるかということだけ。

富と名声を得た。でも何か、とても得難い何かを、ジャンピエトロは今確実に失いつつある。

扉が開き、場がざわめいた。

女王陛下がいらっしゃった、とジャンピエトロは思った。

堂々たる佇まい、圧倒されるほどの威厳。その身に纏うは美しき古典正道に、過ぎ去った時代時代のエッセンスを抽出し、品を欠くことなく加えた、古く新しき正道のドレス。

「お久しぶり」

女王の横から、滑らかな深い紫を纏った影が現れた。否、影ではない。ジャンピエトロがかつてその座を奪い取った、古き時代のデザイナー、クイーン・バイオレットが嫣然《えんぜん》と微笑んでいる。その手のひらが伸び、横の女王を示す。

「こちらは皆さんご存じね。元舞台女優にして人気脚本家のリタ＝ハーレイ。今度彼女が主催する舞台の衣装の選定で悩んでいるというから、僭越《せんえつ》ながら今日私のデザインした衣装をお貸ししてお連れしたわ。彼女の舞台で着られれば、人気爆発間違いなし。売り込みたい方はどうぞご自由に」

かつて輝くほどに美しかったことを容易に予想させる、女王の衣装を纏った元女優が微笑み、優雅に礼をした。長らく商売に身を置いたものしか持ちえない、柔らかなのに隙のない冷静な目で、周囲を見ている。

ジャンピエトロは声もない。上から下まで、まじまじと目の前のドレスを見る。なんという美しさ。そして正しさだろう。いくつもの線の中から正しいものだけを選べばこうなるだろうと思う。そしてこのドレスを若い娘に着させたらきっとここまでにはならなかっただろうとも。

経験、年月。大いなる自尊心を積み上げた彼女が着るからこそこれはこうなっている。

そしてそれは女王陛下もそうなる。いや、ここに女王の本物の気品が加わればもっとすごいことになるだろうと、すんなりと予想ができる。

いや待て、もう少し改善できるはずだと思わず考え始める。ふと老いたデザイナーが、そんなジャンピエトロを見ていることに気がついた。デザイナーはその微笑みを崩さない。よくわかったな小僧、これはこんなもんじゃすまない。これからこれをより良くすることが楽しくて楽しくてしょうがないとその顔が言っている。

「年末の品評会、楽しみにしているわ。正々堂々とデザインで勝負しましょうね。若き天才、ジャンピエトロ＝アルマニーニさん」

迷いなく高みを目指す情熱的な瞳に、ゾクリとした。

ジャンピエトロは思う。今、彼女はきっとジャンピエトロが飛んでいる空よりも、高いところを飛んでいる。きっとそこには余計な雲がなく、ジャンピエトロが見たことのない澄んだ世界が広がっている。

自分もそこに行きたいと、ジャンピエトロは思う。

クイーン・バイオレットはその光の余韻を残し背筋を伸ばしてジャンピエトロの前を去った。

「……」

「……まあ……お聞きになりまして？　落ち目の、いいえもう終わったデザイナーが、この天才アルマニーニ様になんてこと」

「……いや、でもあのドレスは……」

「年寄りの冷や水ですわ。まあ確かにあれはまあなかなかですけれど……偶然の、最期の奇跡の一枚というやつでしょう」

「……ペンと紙を……」

「え？」

周りの人間たちが若き天才ジャンピエトロを見上げた。

頬が熱い。ジャンピエトロの胸に、失われかけていた瑞々しい、美しい何かが満ちていく。

僕もあそこに行きたい、と胸の中で誰かが大声で叫んでいる。

「ペンと紙を！　今すぐに！」

ジャンピエトロはもどかしくなって杯を置く。

体にぴったりとした窮屈な服のジャケットを脱ぎ、襟元のボタンを外しタイを緩めて走る。

描ける、と天才デザイナージャンピエトロ＝アルマニーニは思った。

今なら描ける。もっといいデザイン、もっと素晴らしい服の設計図。

誰か、この胸の熱が消える前に、どうか一秒でも早く。

「ジャンピエトロに今すぐペンと紙を！」

近所の服屋さんに飾られる綺麗な服がただ大好きだった頬の赤い少年に戻って、ジャンピエトロ＝アルマニーニは走る。

◇　◇　◇　◇　◇

『うっ……うう……』

押し殺したような声が部屋から聞こえる。

部屋に戻ろうとしたラントは、部屋の扉の前に座っているハリーと、その中から聞こえる声に足を止めた。

『う……ぐ……えぇ……』

「……どうしたの？」

大人びて整った横顔が、そっと唇の前に人差し指を立てた。

「……アントンが四位になった」

「……あぁ……」

そういえば本日は中級一年三学期の期末試験の順位発表日であった。

ラントは発表を見に行くのを忘れていたが、そういうことなのだろう。

「……アントン泣いてる？」

「かれこれ一時間。……まとめてるんだろ、荷物」

「……それでずっとハリーはここにいるんだね」

「入れないだろこんなん」

彼は茶色い髪をかき上げる。

怒ったような、困ったようなその顔に、ふっとラントは笑った。

「パルパロ分《わけ》の友だね、ハリーとアントンは」

「わかんないぞ」

「いい友達ってことだよ」

「ふうん」

ハリーの横に、ラントも腰を下ろし膝を抱えた。

『……う……うう……』

「……」

「……」

苦しげな泣き声が部屋から響く。

「……風邪ひいてたねアントン」

「……それも実力のうちだ」

「早起きしすぎるんだアントンは。もっと寝なくちゃいけない」

「そうだなあ」

『うう……』

「……」

「……」

やがて隣の部屋の扉が開き、二人の前に誰かが立った。

「フェリクス」

ラントが呼ぶと、荷物を持った彼は気まずそうに眉を寄せた。

「……入ってはいけないのか？」

今回アントン＝セレンソンを抜き三位になったのは、このフェリクス＝フォン＝デ＝アッケルマンである。部屋が変わるので彼は荷物を持ってここに来たのだ。

「いけなくない、さあどうぞ。念のため言うけどドアってのは押せば開く」

『う……ぐ……ええええぇ……』

「……」

結局フェリクスも荷物と腰を下ろした。

「……」

「……」

「……」

やがて内から扉は開いた。目と鼻を真っ赤にしたアントンが、荷物を持ってそこに立っている。

荷物にくくりつけられた、星祭りで買った星窓のランプが揺れているのがなんとも切ない。

「……」

彼はじっとフェリクスを見上げ、やがて涙の跡にぽろりと新しい涙を零《こぼ》した。

「……」

「……僕は悪くないぞ」

「ああ、誰も悪くない。……お前も少しは隠せアントン」

「うう……」

彼も止めようとはしているのだろう。すごく変な顔だ。しかしそれでも噛み締めた唇は震え、フェリクスを見据える目からはぽろぽろぽろと涙が落ちる。

「……う……ぐ……枕は今干してるからねフェリクス。もう少し経ったら取り込んで。……シーツは、持ってって、いいよね」

「ああ。……自分のものを持ってきた」

「そう。それじゃ。……とても寝心地のいいベッドだよ」

なめくじのようにのろのろとアントン＝セレンソンは隣の部屋に進んだ。

彼が進むたびに、からん、からんと切なくランプが揺れる。

「……僕は悪くないぞ！」

フェリクスが叫ぶ。

「ああ、気にするなフェリクス。大丈夫だ。入ろう」

「そうだよ。アントンだもの」

ハリーとラントが笑い、部屋に入る。

眉を下げ、フェリクスは閉まった二号室の扉を見つめていた。


馬鹿だった。

愚かだった。

アントンはまるまる落とした数学の大問をまた勢いよく頭の中で反芻《はんすう》する。

なんだかぼんやりして体に力が入らないなとは思った。指先が熱いなとも思った。試験のあとぶっ倒れた。

大問の前提条件をとらえ間違っていたぞと思ったのは、ベッドの上で目が覚めた瞬間だった。

馬鹿だった。愚かだった。

どうしてももっとたくさん勉強したくて、このところ起きる時間がどんどん早くなっていることくらい自分でもわかっていたのに。

限度というものを考えていなかった。健康な体に生まれながら、その時期に大切な試験があると知りながら、自分の体の管理すらできない人間など努力以前の問題だ。そんな者がセントノリスの一号室に居続けられるはずがなかったのだ。

ノックし、『どうぞ』の声を聞いてアントンは二号室の扉を開いた。

「……アデル」

「……」

奇跡の歴史ノート作成者、同級生アデル＝ツー＝ヴィートが荷物を解く手を止めて一見怖そうな顔を上げた。彼は怒っていない。

そしてアントンの顔を見て、彼はそっと目を逸らした。なんていい男だろうとアントンは思う。

歴史にしか興味がなかったアデルは、ハリーやラント、アントン、フェリクスと交わることで他の教科への興味が大いに増したらしい。特に数学はハリーに感銘を受け、そこにあるどこまでも深い物語に気づいたようだった。よくハリーと二人で数式を見ながら話している姿を見て、アントンはよしよしと思ったものである。

もともと突き詰めて物事を考えるタイプだ。一度はまってしまえば、彼の成長は実に目覚ましいものがあった。

こんこん、とそこにノックの音がした。

「どうぞ」

かちゃりと扉が開き、人好きのするいい笑顔の男が入ってきた。

「サロ＝ピオラだ。よろしく」

水色の垂れた目。金色のゆるやかなウェーブのかかった髪。

背はアントンより少し高いくらいだが、なんだかなんとなく大きくなりそうな雰囲気を出している。なんとなくだ。

あまり話したことがなかったが、社交的で明るい、華やかな男だ。実家が裕福な貿易商で、数学と語学が得意。

スッと右手を出されたのでスンと鼻をすすって握手しようとしてから、きらりと何かがその手で光ったのに気づいてアントンは手を止めた。

じっと彼の手を見る。指の間になにやら細長いものが挟まれている。

「……針……？」

ちっと舌打ちの音が響いた。アントンは呆然と彼を見上げる。

友好的な雰囲気を投げ捨て、今や彼は唇を歪め不敵に笑っている。

「アントン＝セレンソン。四位おめでとう。その泣き顔、ざまあないな。いつもへらへらつるんで浮かれ騒いでるのんきなお前たちが、俺は大嫌いだったよ。同じ部屋になれて嬉しい。お前からぶっ潰してやる」

「……」

整った顔を憎々しくゆがめて彼は言う。少年らしいまっすぐな悪意が正面からアントンに突き刺さる。

　アントンは感動していた。

　なんたる逸材。

　胸が熱くなり、かあっと頬に血が上るのをアントンは自覚している。

「わざわざ針握手をするために指に仕込んできたんだねサロ＝ピオラ！　扉の前で？　まさか部屋から⁉　荷物が持ちにくかったろうに僕にチクッとさせるためだけにわざわざ！　なんて奴だだがまだまだ底が浅い！　いやがらせっていうのはもっとうまくやるもんだ裏を出すのはもっと僕が君に心を許してからにしなくちゃダメだろう！　だが方向性は嫌いじゃないそれでいい！　これからもっともっといやらしさとねちっこさを磨こう！　話せて嬉しいよろしくサロ＝ピオラ！　わあ痛い！」

「なんで知ってて握るんだやめろ恥ずかしい今何言われてるんだ俺は！」

「ほら痛い！　わあ痛い！　針準備してよかったね！　よかったねサロ＝ピオラ！　ほら見て僕は今痛い！　ああとても痛い！」

「やめろよ！　クソ！　なんで俺が恥ずかしいんだ！」

「一緒に頑張ろうもっと卑怯になろうね！　敵を蹴落とすために考えて努力するのはすごく大切なことだもの。次で必ず僕は一号室に戻るけど、部屋が分かれても君は引き続きこの方向性で頑張ってくれるよね？」

「何の話だよ！」

「……」

アデルは荷物から出した本をゆったりとしまう途中で、うっかり読んでいる。

一号室の面々が扉を開けて二号室を覗き込んでいる。

「ほらな」

「……先ほどの僕の胸の痛みを返してほしい」

「アントンだもの」

そうしてぱたんと閉じた。

セントノリスは今日もにぎやかで楽しい。

十八皿目　魔法学校教師アドルフ＝バートリー

アドルフ＝バートリーは魔法学校ガラティアの若手教師である。


この世界、十人に一人が魔力を持って生まれる。

魔法の基本は火、風、土、水の四属性。

ちょこっと風を起こす程度から大きな竜巻を作り上げるまで、その力の強さはさまざまだ。

遺伝に関係なくそれは突然に生まれる。例外的に、生まれるもの皆が魔力を持つ不思議な民族もいると聞くが、実際に見たものがいるのかも疑わしいおとぎ話のような噂である。

十歳までに各地にある鑑定石で一定以上の魔力が認められれば、十二歳から魔法学校に入学する権利が発生する。権利なので、嫌なら入らなくてもよろしい。ただし行かないと魔術師としての価値は大いに下がるのでだいたいの者が入学を選ぶ。三年制にもかかわらずなんと授業料は無料。国からの大サービス。魔法の使い方、制御の仕方、纏わる法や制度について学ぶ。

アドルフ自身は風と水が使える。二属性持ちは割と珍しい。受け持ちの生徒も風と水である。魔力の種類に性格が影響されるのか、風と水には比較的性格の穏やかな生徒が多くて大変助かっている。

ガラティアは生徒も教師も皆平民だ。貴族には貴族で私立の貴族専門の魔法学校がある。

そちらはたいそうお金のかかった豪華な施設で、建物も練習場も相当に広く、いろいろときらびやかな世界だと噂に聞く。

一方こちらは平民の寄せ集めのうちの一つ。窓の外を見れば遠くにおどろおどろしい黒山が見え、風向きによっては異常な臭気が流れ込む大変恵まれていない捨て地のような場所に、広い練習用の土地だけは確保して寝っ転がっているような学校だ。

生徒たちの就職先について、今日は三年生の担任たちが集まり職員会議を開いている。

「……はあ、相変わらず火属性は不遇だなぁまったく」

求人票を見るバーン先生が嘆きの声を上げる。彼自身も火属性で、赤毛に筋肉ムキムキのいかにも『火』の人だ。

「水はいいよなアドルフ先生。回復魔法が使える奴らはどこでも引っ張りだこだ」

「まあ、そうですね。でも『火』の子たちは、そういう穏やかな就職先があったとしてもなかなか志望しないでしょう」

「そうなんだよなあ。うちは今年も上位の奴のほとんどが冒険家志望だろうよ。まったく血の気が多い馬鹿ばっかで困る。俺としてはできれば危険がない、安定した仕事に就いてもらいたいんだが、こればっかりは」

「それを生徒たちの気質のせいにばかりするのはいかがなものかと思いますけれど」

土属性のナターシャ先生が眼鏡をクイと上げる。

焦げ茶色の長い髪を乱れのないきついお団子に結い上げた、いつも冷静でクールな女性教師だ。三十代独身。生徒たちからは心ない言葉で陰口を叩かれている。

「未完成の若者を教え導くのが我々教師の仕事でしょう」

いるからだ。

「……」

バーンが黙った。彼女に口では敵わないうえ、一言返せば五倍になって返ってくることを知っているからだ。

「……『土』の子たちはいいですねナターシャ先生。皆考え方が地に足がついていて。皆穏やかで落ち着きがありますし。農業・建築関連の求人も多いですし」

「求人に関してはそうかもしれませんが、それらを『気質』で片づけるのはいかがなものか、とわたくしは言っているのです。冒険家なんて危険な仕事、憧れるだけ無駄。可愛い教え子たちをみすみす死地に送るような仕事に憧れたりしないよう、教え導くことが我々の仕事ではないかと言っているのです」

「……そうですね」

アドルフも言葉を飲み込んだ。そうは言ってもやっぱり気質というものがあると思いますよとは言えなかった。

「ところで最近、不穏な話を耳にしましたの」

「なんです？」

ナターシャが眼鏡を上げる。

「魔力の高い子どもたちに、初任給相場の三倍の給金をちらつかせて、隣国に就職しないかと持ちかける輩がいるというのですよ」

「まじか俺らより多いじゃねえか！」

思わずといった様子でバーンが叫んだ。悲しいかな公立魔法学校教師の給料など、そんなもんである。

　キッとナターシャがバーンを睨みつける。

「……そういう問題ではないのよバーン先生。何が目的かもわからない、いかにも怪しい話。わたくしにはクラスで成績トップの女子生徒が相談に来たから発覚したものの、勧誘されても黙っている生徒もいるのではないかしら。いかにも爽やかな、頼りがいのありそうな人当たりのいい二十代中頃の男だったそうよ。若い娘ならポーッとなり、若い男なら思わず憧れてしまうような。あの子が賢い子で本当によかった」

「……いったいどこで」

「町を歩いていたら声をかけられたそうです。何故かフルネームを知っていて、にっこりと笑いながら声をかけられたから、初めは学校関連の人間だったかなと思ったそうよ」

「三倍なぁ……」

　バーンが唸っている。

「なんの仕事だというのです？」

　アドルフは問うた。

　ナターシャの眼鏡が輝く。

「言わないのですって。『我々は君の能力を高く評価している。君の才能を最大限に生かせる、素晴らしい仕事だ。君の力は素晴らしすぎて、窮屈なこの国には収まらないはずだよ。卒業後でいいから、信じて僕についてきてくれないかい』と。まったく、怪しさしかありませんわ」

「それでも、子どもには……」

「ええ、孤独、寂しさや満ち足りなさを抱えている子ならば、そう囁かれればあるいは。……魔術師の持つ慢性の病ですもの」

しんみりとナターシャが目を伏せる。

十人に一人。兄弟が十人いたって自分だけになる確率だ。

わいわい追いかけっこをして遊ぶご近所さんの子どもの集団の中にも一人か二人だけの確率。人と違う、という孤独。親にすら自分を理解してもらえない悲しみ。魔力が高ければ高いほど彼らは、『普通』から遠くなる。

じくじくした傷のようなものを持っている子どもの魔術師は多い。もっと認められたい、人を見返してやりたいという生乾きの欲望が、それにはかさぶたのように引っついている。


大人になってしまえばわかる。人は誰でも皆それぞれ違い、違うことは何一つ恥ではないということに。

魔力を持つということは職においても生きるにおいても割と優遇される、なかなか悪いことでもないことに。

大人になってしまえば。

大人になってしまえば、である。

あとたった数年の経験値が、彼らには絶対的に足りていない。

「……注意しないと。……いますよ、私のクラスにも。そういう誘いにホイホイ応じそうな寂しがり屋が」

「……カロン＝アレマンか……あいつはもう、本当になあ」

カロン＝アレマン。風と火という二属性を持ちながら、風のほうが適性が高いのでアドルフの受け持ちになっている。

彼はとても簡単に言えば、図体のでかい不良のガキである。

乱暴者で一匹狼。これで酒でも飲んで女たらしなら救いようもないがそれはない。彼は人と関わることが圧倒的に下手くそなのだ。

反抗的で、言葉遣いが荒くて、素直じゃない。人嫌いなのに寂しがり屋な、図体のでかい不良のガキなのだ。

「こないだカロンに殴られたって？　アドルフ先生」

バーンが言いナターシャが目を剝いた。慌ててアドルフは手を振る。

「事故ですよ。たまたま手が当たっただけです。すぐに治せますし」

まあ嘘だ。普通に殴られたのである。

回復魔法が使えてよかった、とアドルフは思う。生徒が教師をぶん殴ったなんて、本来であれば停学か退学ものだ。だがアドルフは教師。教え子を追い詰めるような告発はしたくない。

進路についての希望書を白紙で提出したカロンを呼び出して話していただけなのに、突然『弱ェくせに上から言うんじゃねえ』とボコンと殴られた。理不尽。実に理不尽である。

確かに彼は魔術の才に恵まれている。魔力量もコントロールも大したものだし土壇場での度胸も据わっている。だが何故そこで殴る。口で言え。理不尽である。

教師は生徒のストレスのはけ口用の砂袋ではない。人間だ。

はぁ、とアドルフはため息をついた。

「なんだかなぁ。教師なんて本当に報われない。もちろん可愛いとは思いますよ。でも一生懸命育てたところでいずれは皆旅立っていき、あとは礼の手紙も来やしない。終わりなく毎年ピヨピヨしたのが入ってきて、毎年同じようなことで転んだり凹んだり悩んだり荒れたり。……正直ずっとこれに付き合うのかと思うと、悲しくなりますよ」

「……弱ってんなあ……でもそれを言っちゃあお仕舞いだ。アドルフ先生」

「……教え導く立場のものとしてはいかがな発言かと思いますけれど……」

沈黙し、やがてはあ、と二人も似たようなため息をついた。

と、そこへ。

ボン。

何かが現れた。

「……何……？」

「おでん屋だよ」

窓の外の黒山を見て、ふんと老婆が言い捨てた。


大人三人、横並びに座り大人しく杯を傾けている。

どこに誰の耳があるかもわからないので、基本的に外に飲みに行くことはない。

バーン先生とは家で飲んだことがあるが、三人揃ったのは初めてである。

何故かアドルフが真ん中になったので、左右の空いた杯にツツッと透明な酒を注いだ。

『熱いのぬるいの冷たいの』では三人見事に『ぬるいの』で揃った。

優しさが欲しい。きっと疲れているのだ。皆。

「……はぁ……」

たまごの半分を食べてアドルフは息を吐いた。

くさみがまったくない。白身にスープが染みこみ何ともいえないいい色に染まって固く煮込まれ、快い跳ね返りでアドルフの歯を押す。

もちろんその色のとおりに広がる、中まで染みこんだ深い味わい。さらに黄身がじわりと広がり、そこに皿に残るスープを流し込めば口全体に滋味深い優しい味が広がる。

さらにさらに、そこにあたためた酒だ。

まあ、沁みる沁みる。

あつあつの飴色の野菜。ぱかりと割れば湯気が出て、口に入れればこれも中まで染みた熱いスープが溢れ出す。

どこから湧いたのだと思うほどのあつあつに、ほうっと息を吐いた。

茶色の平たい丸を口に運ぶ。広がるのは魚の風味と塩気。

そこにぬるい酒。実に芳醇。香り高く先ほどの魚の風味を包み込み口いっぱいに広がり喉と鼻を抜けていく。こんなもの。

「つあ〜……」

となるに決まっている。頬を染め、半目で。

「つあ〜〜……」

左からバーンの声がする。

「つあ〜〜〜〜〜っ……」

右からナターシャの声がする。そうだろうそうだろう。そうなのだ。

我々はお疲れなのだ。いつだって。

アドルフは天を仰いだ。

善きことをしたのだろうか。

天に認められるほど何かを。祝杯をいただくほどの何かを。

自分たちはただ毎日擦り切れるまで、自分たちなりに精一杯働いただけだ。安月給で。

湯気のあたたかさが目に沁みる。なんだかじんわり涙が出てきた。

皆お疲れすぎて、飲みの席なのに愚痴すら出ない。

ただ、ただ黙って皆、がつがつともせず、ただ飲み、食っている。

「……ヨナカゥの刑務所にまた一人収監されたそうね」

「恐ろしいなあ」

ヨナカゥの刑務所。

攻撃魔法を人に向けて放った魔術師が収監される、北にある大きな刑務所である。

『魔法』とは何か。誰にもわからない。

本来自然の力である火、水、風、地の力を、何故人が使えるのかわからない。

攻撃し、癒やし、ときに空間を歪める。そんな力が何故人間にあるのかわからない。

それなのにそれは止まることなく十人に一人の確率で現れ続け、こうやって地のうえで生きている。

魔法は本来は魔物が持つ力だ。火を吐き風を操り、彼らは弱き人を襲う。

その脅威から人を守る力なのだと言われている。か弱い人という生き物が、恐ろしい魔の力に対抗するための力。

それを人に向けて攻撃として放った者を、この世界は絶対に許さない。それをやればその者はもう人ではない。魔物と同じ生き物とみなされる。

ヨナカゥの刑務所に入った魔術師は、まずは魔力を抑える固い金属の腕輪と足輪をはめさせられるのだという。

冷たい柱に鎖でつながれ、常に暗く、骨が凍るほどに寒く、刑務所内には夜な夜な人のものとも思えないすすり泣きが響くのだという。

そしてそのまま、命が尽きる日まで拘束される。

いっそ殺せ、という地獄がそこにはあるのだという。もちろん一度中に入ってしまえば出られないのだから、これはあくまで噂である。

「……どうしてできるのかしら。そんなことが」

攻撃魔法を人に向けて放つ。聞いただけで寒気がする。

たまに魔力のない人から『なぜ？』と聞かれることもあるが、こちらとしては聞いてくる意味がわからない。魔術師にとっては当たり前のことすぎるからだ。

だがそれでは納得してもらえないので、アドルフは聞かれたらこう答えるようにしている。『あなたはナイフを持っているのに、どうしてそれを目の前の赤子の首に刺さないの？　と聞かれているのと同じです』と。

自分にその力があること、その力をもってすれば目の前の力なきものを簡単に傷つけられることは十分に知っている。だが、やらない。そんなことしたくないからだ。

どんな非常事態でも魔術師にそれは許されていない。たとえ身を守るためとしても、たとえ戦争でも。一定以上の魔力のある者は、軍人にはなれない規則になっている。

この世界の戦争は知恵と策略、剣と盾によって成される。一つの大陸を、大きくなったり小さくなったりして古くから隣人同士でやってきた国々だ。今のところそれはルールに従い行われ、いきなりテーブルをひっくり返すような真似をする国は今のところ出ていない。

今のところは。

だがこれに関してアドルフは、昔から確信を持って考えていることがある。

「……おかみさん」

「はいよ」

おかわりかいと出された手を首を振って断る。

「最近お仕事はいかがですか」

バーンが酒を吹きそうになった。ナターシャが驚愕の面持ちでアドルフを見ている。

神の使いになんという質問をするのかと二人の目が言っている。

「いかがも何も、いつもどおりだね」

「何度も目の当たりにせざるを得ない、人というものの愚かさに、飽きたり、嫌になることはありませんか」

　フンとフーリィは鼻を鳴らした。

「当たり前のことにいちいち驚いてられるかってんだ。飽きるも何も、こっちはおんなじことをおんなじようにやるだけさ」

「なるほど。繰り返すのですね。たとえ作り上げたものが、一度無に帰したとしても、初めから」

「消えものだからね。仕込みをまた最初からやるだけのこった」

「なるほど。消えても、……何度でも」

「体が動く限りはね」

「……ありがたいことです」

　フーリィは黙って汁をかき混ぜた。ほかほかと湯気が上がる。

「人というものをどうお考えですか」

「おい……酔ったのかアドルフ先生」

「そんなこと聞いてどうするよ」

「あなたのご意見が聞きたい」

　じっとフーリィはオデンを見ている。

「そこの赤髪。おかわりは」

「いただきます」

　串に刺さった肉、じゃがいも、白い三角が皿にのる。

「牛すじ、じゃがいも、はんぺん」

「いただきます」

バーンがそれを受け取った。フーリィがアドルフを見る。アドルフは目を逸らさずフーリィを見ている。

左右の二人は息を呑むようにその動きを止めている。

赤い不思議な照明の中、老婆の皺だらけのまぶたが瞬いている。

くつくつとオデンが煮えている。

フンとまた鼻息。

「うるさくて、馬鹿みたいで、めんどくせぇなと思うよ」

「なるほど」

これまた皺だらけの手が、穴の開いた不思議なさじで汁の表面を撫でている。

汁をすくえないだろうその道具で何故そのようなことをするのかはわからない。だがきっと何か、それはフーリィには必要な、大切な儀式なのだろう。

さまざまな具が、それぞれの形で躍っている。

「狭いところにいろんな奴がいるからね。そりゃあときどきは隣の奴が羨ましかったり、憎たらしくなったり、てめえが嫌になっちまうことだってあるだろうよ」

穴の開いたさじが椀に戻される。

今度は穴の開いていないさじで、具を傷つけないためだろう優しさでゆっくりと汁が混ぜられる。

「それだって、誰だって死ぬまでは生きていかなきゃいけないんだ。もうそれで生まれちまったんだから。食うために働いて、疲れたから酒飲んで、愚痴言って。泣いたり笑ったりうるさくしたり馬鹿やったり、わざわざめんどくさくして、なんとか自分が生きるのに理由つけて生きてくしかないんだろうさ生きてる限りは。仕方ねえ。そんなもんだろ」

「そんなもんですか」

「さあね。人にばっか聞いてないで、あとはてめぇで考えな」

言いながら止まることなくフーリィのさじは『オデン』を撫でる。

丸いもの、長いもの。

飛び出たもの、小さいもの。やわらかなもの、固いもの。

さまざまな色、形。狭いところで、互いにぶつかりながらぐつぐつと。

突き放すような言葉とは裏腹に、そこにあるすべてを愛おしむかのように、それらの形が異なることを許すかのように、その手はそっと優しく動く。異なるからこそ互いを補完し合いながら調和し、高め合うことを祈るかのごとく。そっと。それでいい、それでいいと。すべての形を許し、護るかのごとく、優しく。

「……」

「おかわりは」

「……いただきます」

しばらくしんみりと、教師たちは祝杯をいただいた。

しんみりと食べ、しんみりと飲み、やがて礼を言って席から立ち上がった。

ふっと目をそらしたらフーリィの姿は形もなく消えていた。

「……」

「……」

「……」

ナターシャが眼鏡を上げてハンカチで目を押さえている。

バーンとアドルフの目もまた潤んでいる。

ここにいる皆にもかつては、人よりも大きな、癒えぬ傷とかさぶたがあったのだ。大人になったから言わないだけで、決してそれは消えたわけではない。

「……帰りましょうか」

「ああ」

「……ええ」

「……あたたかかった」

「……ええ、本当に」

そのまま、静かに解散した。

胸に宿る温かいものが、全員の胸にあるのを感じながら。

翌日。アドルフはカロン＝アレマンを練習場に呼び出した。

とにかく広い、練習場とは名ばかりの荒野である。黒山が今日も遠くにそそり立っている。

カロン＝アレマンは現れた。伸ばしっぱなしの薄茶色い髪、人を下から見るような暗い瞳。いつものただ反抗的なだけの態度に加え、今日はそこに何か人を見下すような、歪《いびつ》な自尊心が見える。

「なんすか」

「進路のことで」

「あ、もう決まったんで。帰っていいすか」

「ロクレツァから誘いがありましたか」

アドルフはカロンを見据えた。

「……」

「『我々は君の能力を高く評価している。君の才能を最大限に生かせる、素晴らしい仕事だ。君の力は素晴らしすぎて、窮屈なこの国には収まらないはずだよ。卒業後でいいから、信じて僕についてきてくれないかい』と、相場の三倍の給料をちらつかせる二十代くらいの爽やかで頼りがいのありそうな男に言われましたか」

「……」

なんで知ってるんだと顔に書いてある。

やはり。どんなに生意気でも、体が大きくても、やはりまだ彼は子どもなのだ。大人に守られなければならない雛鳥《ひなどり》なのだ。

アドルフは右手をそっと掲げた。それを黒山のほうに向け、ふっと息を吐く。

爆発したような勢いで風の刃が放たれ、針のように見える遠くの大木が大きな音と砂煙を上げて倒れた。

「……は……？」

カロンの髪が乱れ、パラ、パラと舞い上がった砂と木の葉が舞い落ちる。

「『弱ぇくせに上から言うな』と君は私を殴りました。当然、自分のほうが強いと思ったんですよね？　残念ながら勘違いです。先生は君よりずっと強い」

「今、無詠唱……それに、なんであんなところまで……」

「先生たちはやろうと思えば一瞬でここを更地にすることができます。やりたくないからやってません。働くところがなくなってしまう」

「……お前ら先公なんかやってないで冒険者になれよ」

「先生は枕が変わると眠れません。バーン先生は高いところが苦手ですし、ナターシャ先生は中庭で大切に育てている花があります」

「そんな理由!?」

「どれも大切なことです。それに先生は少し疲れてうっかり忘れかけていましたが、教師の仕事が好きだったことを思い出しました。ピヨピヨ入学した子どもたちが成長し自信をつけ、晴れ晴れとした顔で胸を張って門を出ていく姿を見るのは悪くない。繰り返すことは面倒ですが、繰り返した分だけその問題に対処する自分の力が増していくということです。初心を忘れた自分が恥ずかしい」

「……」

「先日君が先生を殴った件、上に報告することにしました。半年の停学と、その間先生の仕事を手伝うことを条件に復学を許します。残念ながら君にはまだ、外に出ていいほどの翼が育っていない。ましてロクレツァになんて。ろくでもないことに使われてぼろ雑巾のように打ち捨てられる未来しか見えません。先生は正当な権力をもってそれを阻止します」

「……汚え」

「汚くない。退学でもおかしくないことを君はやったのだ。罪を犯したものは償わなくてはならない。半年の間に先生が改めて君を育てます。君はまだ子どもであり、子どもでいられる時間はおそらく君が思う以上に残り少ない。これは君が将来ぼろ雑巾にならず、ヨナカゥの冷たい鎖にも繋がれないために天より与えられた、最後のチャンスだと思いなさい」

「……」

カロンはアドルフを見、そして遠くで倒れた大木を見た。

信じていいのか、迷っているのがありありとわかる。

「人は何故人を害さないのか。魔術師ではないただの人であっても、赤子の首なら捻れるし、やろうと思えば何十人かは殺せるでしょう。だが普通はやらない。この世はこの世に生きるたくさんの人のそれぞれの理性と、優しく丸い世界で生きたいという人の切なる願いが秩序の根を支え、丸いままに保たれている」

「……」

「それでも世界はきっと一度、あるいは何度も滅んでいると、私は考えています」

「……いきなりなんだよ」

「『魔法』。この恐るべき力は、きっと十人の中で最も理性の強い者に与えられている。人を傷つけたくない、守りたいと願う魔術師の本能、魂とともに。それのない人間が魔術師を利用し、魔法を人に向けて、戦争に使用したとき世界の終わりは始まるのだと思う。どうしてこの世には今の我々には作り出せないようなモノが残っているのか。今の我々には及びもつかない技術があるのか。かつてそこに文明があったからだ。そして滅びたからだ。きっと終わりと始まりを人は何度も繰り返していて、もう神はとっくに人に飽いているものだと思っていた。どうあっても同じ種同士で争い殺し合おうとする人という愚かな生き物など、もうどうでもいいと思われていると思っていた。だが、そうではなかった。神は人というものの愚かさをお許しになり、愚かさと悲しみを思いやり、その上であたたかな、願いのような愛を注いでくださっている。私は人に向ける神の期待に、この世でこそ答えたいと思う」

じっとアドルフはカロンを見据えた。

「ロクレツァは動き出すことだろう。何年もしないうちに。おそらくこの世の終わりを始める外道の法を持って。赤子の首にナイフを突き立てるようなやり方で。我々はこれを女王に進言する。準備が必要だ。戦争には軍人が向かうことだろう。我々はその間手薄になる、対魔物の警備に当たらなければならない。協力し、脅威から人々を守らなくてはならない。これはそのために我々に与えられた力なのだから」

「……俺も役に立つ？」

「大いに。君は私ほどではないが魔力が強い。あとは心の問題です。私の下で学びなさいカロン＝アレマン。心の御し方を、私が君に教えます」

「……わかった」

カロンは頬を染め、素直に言って頷いた。なんのことはない、彼だって不安だったのだ。仕事の内容もわからないまま、知らない国に行くことが。

誰にも頼れないことが。いつもいつも、自分だけひとりぼっちになってしまうことが。

導こう。アドルフは先生なのだから。未完成の若者を教え導くのが教師の仕事だ。

窓の先で黒山が黒煙を吹いた。
そう遠くはない、爆発の予感がした。

箸休め　合戦と転移紋の管理者たち

朝。

前よりもセーブした時間に目覚めたアントン＝セレンソンはその寒さに指先をすり合わせた。同室のアデルとサロを起こさないようそうっと、寝る前にまとめておいた勉強道具を持って広間《コモンルーム》に向かう。

広間も寒い。なるべく厚着して、白い息を吐いてから、ふとした予感にそっと窓の外を見た。

白い。

トイスの町では慣れっこだった、だがこの町では初めての、雪だ。すでにふかふかの絨毯のように降り積もっているが、まだまだ降り止む様子はない。積もりやすい綿のような大きな雪が、ふさ、ふさと舞い降りている。

「……」

大急ぎでアントンは今日やるべき箇所を猛然とさらい始めた。

寒いのに、頬がぽかぽかする。

やがてペンを置き、ぱっと顔を上げる。飛び跳ねるように彼は二号室へ戻り、カーテンを引いた。

「う……」

「……が……」

二段ベッドの上に寝ているサロと、一段のベッドに寝ているアデルが身動きする。

「アデル、サロ！」

「ん……」

アデルが目を開けた。寝起きでも彼の目は鋭い。覗き込むアントンを認め、寝起きとは思えぬ鋭い眼光でアントンを睨みつけた。ちなみに彼は睨んではいない。普通に見ているだけだ。ちょっと寝ぼけ気味に。

「……どうしたセレンソン」

「雪だ！」

「……」

アデルがアントンを見ている。

アントンは二段ベッドのはしごを登りもう一人の友人を揺さぶる。

「……が？」

「サロ、サロ、サロ！　ねえサロサロサロ！」

「うるせえ！」

サロが布団を跳ね上げ飛び起きる。ウェーブのかかった金の髪が寝癖で一方に流れている。目を開けてアントンを認めた彼が、毛虫を見るかのような嫌な顔をした。

「なんだよ」

「雪だ」

「……あ？」

やがてサロが軽やかに二段ベッドの上から駆け下りた。

サロは南寄りの海辺の町の出身らしい。多分雪は降らないところだ。三人揃って窓に駆け寄った。

「おぉ……」

「白いな」

「白いだろう」

皆の息で窓が曇る。

「アデルのところは雪は降らないの？」

息は部屋の中なのに白い。

「めったに降らない。割と暖かくて、果物がよくとれる」

「へえ」

「春になったら多分たくさん送られてくるだろうから、皆で食べよう」

「楽しみだなあ」

「なあ、外出ようぜ」

「いいよ。雪合戦しよう」

「合戦？」

「知らないなら教えてあげるよ。ただし」

にっとアントンは笑う。

「雪合戦には敵が必要だ」

「うお〜……さっびい」

そう言いながらサロが鼻を赤くし、うきうきした顔で笑っている。

「結構積もったな」

「ふっかふかだ。これ食べられる？」

「食べないほうがいいよ」

「寒い……僕は何かあたたかいものが食べたい」

「なんで君の服は全部襟があるのに全部意外と薄いの？」

「サリエルの戦いは雪の中だった……そうか。こんな風景だったんだな」

外。それぞれ防寒具を着た少年たちがそれぞれにはしゃいでいる。

あのあと意味深に笑い、起こしに行こうとアデルとサロを引き連れて一号室の扉を一応ノックしたアントンは、返事の代わりにかちゃりと開いた扉の先で不敵に笑うハリーを見た。

『やっぱりか』

『来ると思った』

後ろでラントも笑っていた。

『……』

後ろでフェリクスが整えていない髪を下ろして眠そうにしていた。

かくして開催。冬のセントノリス雪合戦。ルールは簡単。木の枝に大きな葉っぱを刺して作った、互いの陣地の旗を先にとったチームの勝ち。ただし敵の雪玉に当たったらアウト。終わるまでそこで死んでること。以上。きわめてシンプルである。

木の生えているところでの勝負にした。雪玉がきたらさっと隠れれば良いのだ。

一号室VS二号室。

フェリクスの顔が白い。

「おいフェリクス。かまくら作ったからこの中いろよ。多分俺とラントで勝てるから」

「いや、僕も戦う……寒い」

「おいおいハリーがあんなこと言ってるぞ。許すなアデル、サロ！　君らであの男を雪だるまにしてやれ！」

「お前はやらねえのかよ」

「残念ながら僕は戦力にならない。僕が投げたものが狙ったところに飛んだことなんて、これまでに一度もない！」

「本当に残念だな」

「……」

かくして戦いの火蓋は切られた。ラントが素早く木と木の合間を走る。

ハリーは動かず様子を見ている。

アデルも動かない。サロは木に隠れ鼻を赤くしながらせっせと雪玉を量産している。

アントンがフェリクス狙いで投げた雪玉が後ろに飛びサロの顔に当たった。

白い息を吐きながら振り向いたアントンが真面目な顔でサロを見る。

「ごめん。でも大丈夫だサロ、同じチームの玉は当たってもセーフ！」

「へえ。そりゃあよかった」

サロがアントンに雪玉を投げ、見事にアントンの顔に当たる。

「仲間割れするな！　ラントが来たぞサロ狙え！」

「っ！」

サロがびゅんと投げた雪玉が正確にラントの顔に迫るが、彼はひょいと体を縮め見事にかわす。

「お返しだ」

「ぐえ」

ラントの投げた玉がサロに当たる。その横をすり抜けアデルが木の合間を縫い敵陣の旗に向かって走る。

しゅっとその脇を雪玉が走りアデルが足を止める。木の影から出てきたハリーがニッと悪く笑う。

ハリーに玉を投げつけようとしたアデルの頬に横からパンと雪玉が当たった。

「……」

「……戦場の、アッケルマンの血をなめるな」

フェリクスが髪をなびかせ唇を青くして微笑んでいる。

「……ぬかった」

バタンとアデルが横に倒れる。

「立派な最期だった」

後ろで頷いたアントンに、容赦なく雪玉が三つ当たる。パタンとアントンが倒れる。

「惜しかった……」

「なんも惜しくない。チーム分け考えたほうがいいぞこれ。ラント対全員とか」

「それでも負けそうな気がするんだ僕は」

「確かに」

と、そこに雪を踏みしめる足音が近づいてきた。

「お」

三号室、四号室、否部屋番号の入り乱れた、同学年の面々である。

「ずいぶん楽しそうなことをしているじゃないか！　俺たちも交ぜてくれ！」

「あれは語学の得意なフランシス＝タッペルだ。明るくてリーダータイプの男。一見外交向きだけどもう少し黒くなってもらわないとちょっと難しい」

「お前は見逃さないなあ」

「僕は今来た全員の名前と特技を言える」

「こわ」

「申し出を受けようフランシス＝タッペル！　まとめてかかってこい君たちなどこちらの天才、ラント＝ブリオート様にかかれば指一本！　気づいたときにはここにいる彼以外の全員が雪だるまだ！」

「少しは見栄を張れよ」

続々と増えるメンバーに、真っ白な雪が足跡だらけになった。

わあわあ全力で騒いで遊んでから入った朝湯は最高に気持ちよく、手と足の指がじんじんして悶

絶しながら笑って、朝ごはんの焼きたてパンと牛乳のシチューは熱く沁み込み、みんなでほっぺを真っ赤にしてブルブルした。

スプーンを手にはふはふと白い息を吐きながら、頭を寄せ合って子どもたちは計画する。

「授業が終わったらかまくらを作ろう。もっとでっかいやつ。僕あれはできるんだ一人でもできる遊びだからね」

「そうか悲しいな。よし中で焚き火して、何か焼こう」

「じゃあかまくら作成班と買い出し班に別れよう。何食おうか」

「予算によるだろう。皆、いくらまでなら出せる？」

わいわいわい、がやがやがや。セントノリスは雪が降ってもやっぱり楽しい。

◇◇◇◇◇

転移紋管理部オルガ＝マザエフはそっとため息をついた。

「……綺麗」

『転移紋の様子がおかしい』

そう囁かれ始めたのはいったい何年前からのことだっただろうか。

中心の一番円に乗ったものを瞬時にもう一方の紋へと移動させる、古来より伝わる不思議で便利なそれを、王家に仕える魔術師として管理して、早十年。書に残されたかつての管理者たちの技を読み取りながら必死に各地の転移紋の手入れを行っていたが、その声は年々増しているようだった。皆焦り、書を漁り、解決法が見出せず戸惑った。

　魔法学校を出て試験に受かり就職したものの、ここでも空間魔法の師には巡り会えなかった。もともと基本の四属性を外れた空間魔法自体、使えるものが少ないのだ。魔法学校にはオルガと、あと一人しかいなかった。


「まだ見てるのか、オルガ」

「ええ。すごく綺麗なんだもの」

　その『もう一人』。キリル＝ダリンが、しゃがみこんでいるオルガの後ろから、同じく修復されたばかりの転移紋を腰を曲げて覗き込んだ。後ろで結ばれた、彼の銀の髪が揺れる。

「ああ……本当だな」

「……ずっと見ていられる。本当に綺麗」

「これまで俺たちはいったい何やってたんだろうって気持ちになる」

「言わないで」

　困った顔でキリルを見上げ、苦くオルガは笑った。

　転移紋管理部にはもちろん先輩も、上司もいた。かつての管理者たちの残した書を教科書に、その指導を受けながらも、何かしっくりとこないような、もやもやした気持ちが常に胸の中にあった。

　空間魔術師には世界の形が他とは違って見えているのだという。そんなこと言われてもオルガにはそれしか見えていないのだから、見えていない人が何を見えていないのかがわからない。

彼らには地面から湧き上がる粒子の色や水から舞い上がる光の形、植物から舞う玉のようなものが、見えないという。

何が見えるのかと言われて説明しようにもどうしようもない。そこにある当たり前の光を指さし『まずこれは赤ですね』というと怪訝《けげん》な顔をされるのだ。相手には青に見えているのか、そもそもそこに光があることが見えていないのか、オルガにはわからない。オルガにはこれ以外の世界の形がわからない。

この世にありながら自分だけ違う世にいるような、不安な気持ちでずっと生きてきた。魔法学校に入って、キリルに会えたときは嬉しかった。初めて同じ世界に生きている人間に出会ったと思った。オルガと同じものを、彼が目で追っているのがわかった。

彼もまた孤独を感じさせる人間だった。群青《ぐんじょう》色の目はしんと澄み、世界をどこか冷たく、外から眺めるように見ている人だった。

お互いに人付き合いの苦手な者同士だったのでなかなか距離は近づかなかったが、卒業する頃には会話くらいはできるようになっていた。そしてここで同期として十年。今や大切な仲間になっている。

オルガは転移紋に触れぬよう指を浮かせ、空でその形をなぞる。

「近くに湖があるからこの形になるのね」

「ああ。この地は水が強いから。そしてこっちにつながって……こうなるか。美しすぎて背筋が寒くなる」

「洗練された美。無駄が一つもないわ」

「これを初見で一筆だ。恐れ入る」

「ええ」


テレーズ＝カサドゥシュは二年前のある日突然現れた。小さな子どもジャンを連れて。

かつての管理者の生き残りというその老婆は、まさに、転移紋の正しき管理者であった。

彼女が数枚の転移紋の写しの紙を持ち、その描き手を訪ねたので覚えのあったオルガとキリル、他数人が手を上げた。

『今手挙げた奴、これからあたしと全国行脚《あんぎゃ》だ。文句は言わせねえ。黙ってついてきな』


それ以来オルガたちは旅をしている。転移紋から転移紋へ。大きな地図に現在生きている紋を書き記しながら、修復した日を書き込みながら。どことどこがつながっているかを改めて書き入れ、すでに途切れている場合にはそれもまた書き入れる。途切れる寸前のものであれば二番円、三番円を修復すれば一年くらいでその地の魔力を取り入れ力が戻るそうなので、それもまた書き入れる。また一年後に様子を見に来るためだ。

いくつもの紋を廻りながらオルガは、本当にギリギリだったのだ、と背筋が寒くなった。あのまま彼女が現れず、誤った手入れを続けていれば、あと十年もしないうちに半分以上の転移紋が駄目になっていただろう。誰もそのことに気づいていなかったということ自体が、実に恐ろしい。

「神様の使いみたいだわ」

「ああ。そう思う」

「……学べて嬉しい」

思わず涙が零れた。

テレーズはジャンに説明をする。大きな声で、子どもでもわかるようにわかりやすく。だがそれはその賢い子に向けられた説明ではないことを、管理部の皆がわかっている。今回旅をしているのは若手だけではない。二十歳以上年上の上司もいる。部外者である彼女に頭を下げて、手取り足取りの指導をお願いできない立場の人間だ。

皆に聞こえるようにはっきりとテレーズは説明する。皆が必死に、それを聞きメモを取っている。文字の情報しかなかった知識の骨に、毎日豊かに、肉がつき血が通うのを感じている。

「俺もだ。このまま一生旅していたい」

「ええ。私も。本当に、毎日が楽しい」

「ああ。楽しい」

移動は辛い。転移紋が結ぶのは片割れの紋までの道なので、別の紋に移動するには陸を行かなくてはならない。徒歩もある。馬車もある。その土地土地の特殊な動物の背に乗ったり、人里離れたところならば野宿をすることだってある。

寒いときも、暑いときもある。でも、楽しい。オルガはこの旅で、本物の星空を初めて見た気がする。毎日が新しく、煌めく発見に満ちている。

誰よりも旅慣れているのが最年長のテレーズであることも面白い。彼女は紋だけでなく旅の知恵もまた、惜しむことなく教える。

『あたしはあと何年もは生きられまいよ』

外で炎を囲みながら、テレーズは微笑んで言った。

『覚えておくれ。身につけておくれ。そして正しく広めておくれ』

そっと、その手がテレーズが彼女に寄りかかって眠ったジャンの頭を撫でる。

『いつでも愛を忘れないでおくれ。頼んだよ』


「愛……」

「……」

オルガが呟き、キリルが何かを言いかけた次の瞬間、転移紋の一番円に何かが現れた。

「……」

「外だー！」

「眩しい！」

土にまみれた革の服、大きな黒っぽいゴーグルにヘルメット。背中で白っぽくキラキラと光るつるはし。

編み込まれた長い髪に髭、すごい筋肉。大きい男に小さい男。

「おっれたっちゃゆっかいな石堀屋～」

彼らは楽しそうにつるはしをかかげ、歌いながら遠ざかっていく。

「……ここって民間人使用可の紋だっけ」

「ああ。王から立ち入りを許されている者に限るけど」

「びっくりした」

思わず尻もちをついたオルガが笑う。キリルが笑いながら手を伸ばす。

「はい」

「ありがとう」

オルガがキリルを見て笑い、手を取って立ち上がる。

「……オルガ」

「なあに」

風が吹く。二人の髪がなびく。手を握ったままキリルがじっとオルガを見ている。

「……いや、何も」

「そう。ありがとう。あら、そろそろお昼ごはんの準備をしないと」

「今日はオルガの日か。楽しみだ」

「あまり期待しないで。いつものパンにスープよ。じゃあ、またあとで」

手を離し、オルガが今日泊まる木の小屋に向かって歩き出す。

「愛……」

その背中を見送りながら、右手を握って立ち尽くし、キリルは呟いた。風が吹き彼の長い銀の髪を揺らす。

「……愛……」

人間同士の場合は口に出さなければ伝わらないそれを、今日もキリルは口に出せずに噛みしめる。

◇　◇　◇　◇　◇

発明家トトハルト＝ジェイソンの娘ロレッタ＝マテオは困惑している。

結婚して家を出たとはいえ同じ町の中だ。どうせご飯も家のあれこれもやっていないいんだろうなと思ってパンを入れた籠《かご》を持ち実家に足を向ければ案の定、父は工房にこもりきりで何かをしていた。昨日置いた皿がきれいになっているので一応食べるには食べたようだ。

ロレッタの父は発明家だ。これまでいくつか新しいものを開発してきたが、お金になるようなものは何も生み出せていない。『声を記録する道具』だの『声を大きくする道具』だの、そんなもの何に使うのだというものを必死で開発している。

もっと生活に役立つような、例えばこないだの発明大会で優勝した『葉物野菜をボタン一つで千切りにする道具』のような、生活に役立つ、みんなが欲しいと思うようなものを作ればいいのにと思う。

大会に父は『声を遠くに届ける道具』を出品した。

『聞こえますか！　聞こえますか！　トトハルト＝ジェイソンです！　聞こえますか！』

『聞こえますよ聞こえますよトトハルトさんあなたの声が！　大きく、右から直《じか》にね！　耳が痛いほどだ！』

道具に向き合う審査員が、三歩先で腰を曲げて必死に大声を上げている父をあきれ顔で見て言った。わっはっはと会場が笑いに揺れた。

あの場面を思い出すたびにロレッタは顔から火が出そうなほど恥ずかしくなる。

父の作った『声を遠くに届ける道具』はほんの数歩先の道具に、ほんの小さな囁き声を届ける程度の機能しかない。まだ改良中とのことである。

もっと大きく、もっと遠くに飛ばすのだ。持ち運びができるように、もっと道具を小さくするのだと張り切っている。

ノックして名を呼びながら入ってきた娘の訪問にも気づかず、屈みこむようにして道具をいじっている父の背中をロレッタは眺めている。

髪が白くなり、薄くなった。首の後ろにたるみのような皺がある。全体的に小さく、縮んでいる。ああ、歳を取ったなあ、と思った。

その背中を見ているロレッタの胸に切ないような悲しみと、黒いしみのようなものが、じわりと広がった。

――父はもしかしたら、狂い始めているのかもしれない。

元々のめりこむ人ではあった。でもこのところの発明への執着の仕方は、少し異常だと娘のロレッタですら感じる。大会のあと、人々に笑われたことを気にするでもなくへこたれるでもなく、父は発明にますます熱を上げている。何かに取り憑かれたかのようなギラギラと光る目で、それこそ寝食を忘れる勢いで。

もうやめて、と何度言いたくなったかわからない。

でも言ったところできっと父は止まらないだろう。かといって無理やり取り上げたら、今度は生きる気力をなくして死んでしまうかもしれない。

だからロレッタは仕方なくこうしてパンを置く。

昔、どうして声に纏わるものばかり開発するのか聞いたとき父はこう答えた。

『声ってのは、その人しか出せねえ、消えちまうもんだろう。それが消えないで残ったらどんなにいいかなと思ったんだ。はじめはな』

はじめは、ということはよくわかる。そのあとは単にアイディアが湧いて火がついてしまっただけだろう。でも、その『はじめ』。初めて父が残っていてほしいと願ったのは間違いなく、母の声だったことだろう。

発明狂いの父。いつも新しいことばかり考えるのに夢中で、家族を後回しにしてきた父。

それでも父は、母やロレッタに対して声を荒らげたり暴力を振るったり、お酒や賭け事に溺れたり、母以外の女性に目移りしたりするようなことはロレッタが知る限り一度だってしたことはない。

父は母のことを愛していた。頭の中から発明を取ったら結構な大部分になる場所で、父なりに。

何をしていても思いついてしまえばすぐにその思いつきに夢中になってしまう、ダメな人だと思う。でも、嫌いになれない。何度も何度もがっかりさせられて、失望させられて。それでもロレッタは父のことを嫌いになれない。

ふう、とため息をついてから、ロレッタはふと気づく。

ない。

「お父さん……」

「おうロレッタ、来てたのか」

「……ストーブはどこに行ったの」

「……」

「……」

前言撤回。がっかりさせられるたびに大嫌いになりそうになる。ロレッタはワナワナと震えた。

「……売ったのね。こんなに寒いのに。風邪ひくじゃないの……」

「ちょこっと材料が足らんで……着こんでれば寒くないし……」

「もっと体を大事にしてって言ってるの！　もう若くないんだから！」

なんだか泣けてきた。

「食べるのも寝るのももっとちゃんとしてよ！　病気になったらどうするの！」

「そんなにガミガミ言わんでも……」

「あたしが言わなきゃ誰も言わないじゃないの！　もうあたしは家にいないのよ！」

ぼろぼろと涙が出た。止まらない。父がオロオロしている。ロレッタはめったに泣かないのだ。

「何も泣かんでも……」

「お父さんまで死んじゃったら、あたしはどうしたらいいの！」

「……」

父がしおれた。

「……すまん」

「……置いとくわ。食べて。……それじゃあ」

「トトハルト＝ジェイソン様はおいでですか」

男の声が響いた。振り向けば扉のところに誰か立っている。配達人の制服だ。五十代くらいだろうか。顔が少し怖いが、渋くてかっこいい。

「はいはい」

「書状です。こちらに受け取りのご署名を」

「はいはい」

「……トトハルトさんですね。発明家の」

「はいはい」

「転移紋の管理者たちが今、この町の外に来ていますよ」

「はい？」

父が呆然とした顔で配達人を見上げた。父とは明らかに人種が違うとわかる、若い頃はさぞ女性にきゃあきゃあ言われていただろう渋い顔もじっと父を見ている。

「発明大会拝見しました。ちょうど会場に届けるものがあったので。気になって、足を止めて見てしまいました。あなたの発明に、私は大きな夢を見ております」

声まで渋かっこいい。けして微笑んではいない、真面目な堅物の顔だ。

「雨の日も雪の日も、我々は配達のために走っております。どうぞあなたの発明品で我々から仕事を奪ってください。特に若手から。急ぎで、重要で、その分命がけの危険な仕事を。楽しみに待っております」

「……」

渋かっこいい配達人はなんともいえない哀愁を残して渋かっこよく去った。渋くもかっこよくもない父が大急ぎで道具を台車に乗せようとしている。

「どこ行くのお父さん！」

「ちょっとそこまで。すまんが手紙、読んどいてくれ」

「お父さん！」

「すぐ戻る！」

さっきまでのしょんぼりはどこへやら。瞳を少年のように輝かせ頬を染めて、父は台車を引きずって消えた。

「……」

はあ、とロレッタはため息をついた。本当にうちのお父さんはダメな人だな、と思う。ロレッタの涙は何だったのだ。

「……それにしても、いい紙だわ」

先ほど届いた紙は見たこともないほど白く、滑らかだ。

「何かしら。まさかお金持ちの人から、お父さんに資金援助の申し込み？」

そんなわけないわと笑いながら、ロレッタは上質な蝋で閉じられた口を開いた。

トトハルトは転移紋に近づけなかった。

民間人の立ち入りが許されていない紋だった。『この先立ち入り禁止』のところまで台車を引きずって行き『管理者に会わせてくれ！』と迫ったトトハルトは、屈強な男たちに猫の子のようにちょいちょいと追い返されてしまった。何度も粘ったが最後のほうはどこか、可哀想なものを見る目で見られていた気がする。

ぽつねんと地にあった平たい石に座り、トトハルトは青い空を見上げる。トンビが一羽、悠々と円を描きながら飛んでいる。

どうしたらもっと大きく、遠くまで声は伝わるのだろう。大きな山も、もしかしたら海も空も飛び越えて、どうしたら鮮明に、声は届くのであろう。

声をまとめる方法は間違っていないはずだ。あとは転移のときの要領のはずなのだ。

「……？」

顔に小さな影がかかり、トトハルトは顔を上げた。男の子だ。賢そうで、可愛らしい顔をしている。だが何故町の外に。一人で。

きょろきょろと周りを見るが、やっぱり両親や友達らしいものは見当たらない。

「どうした坊主。父ちゃんと母ちゃんはどうした？」

子どもは何も言わない。じっとトトハルトの横にある道具を見ている。男の子は道具が好きだ。嬉しくなってトトハルトは笑った。

「これはな発明品だ。声を遠くにつなげる道具。どんなに遠くにいてもまるで近くにいるように瞬時に相手の声が聞こえる画期的な道具。……に、なるはずの、改良中の」

「……」

おや？　とトトハルトは男の子を見て思った。

この子はもしや。

「坊主。ひょっとしてお前さん、声が、出ないのか」

「……」

こくんと男の子は頷いた。トトハルトはしょぼくれた。

「……無神経なことを言って、悪かったなあ」

「……」

にこっと微笑み首を振った。いいんだよ、ということだろう。思いやり溢れる大人のような様子に、トトハルトはなんだか自分が恥ずかしくなる。

「……いずれこれが形になったら、……そうだ、今度は姿を相手に送る道具を作ろう。遠くにいるのにまるですぐそこにいるかのように相手の姿を映し出す道具。声なんかなくったって……そうだ、文字も送れるようにすればいい。いつになるかはとんとわからねえが、きっと、その発明に取りかかろう。約束するよ」

「……」

微笑んだまま、澄んだ瞳がトトハルトを見ている。可愛い顔をした坊主だ。トトハルトは男の子の金の髪を撫でた。くすぐったそうに笑う。

「飴でもあればなあ……もし迷子なら一緒に町に行こうか坊主」

「……」

うんともうんともせず急に男の子がしゃがみこんだ。がりがりと石で地面に何か書いている。

そういえばこういうのをロレッタもよくやっていたなあとトトハルトはほろりと笑った。子どもはいつでも遊ぶものだ。大人には遊びに見えたって、それは子どもにとっては大事なことだ。邪魔をしないようにまた石に腰かける。

そのうち飽きるだろう。トトハルトは別に何も急いでいない。

「ジャンー？」

しばらくしてから若い女性の声が聞こえたのでトトハルトは振り返った。

べっぴんさんと色男が、二人して長い髪を揺らして何かを探している。顔を上げた男の子が顔を上げてぱっと駆け出した。

「ジャン！」

べっぴんさんに男の子が走り寄った。

「心配したわ。気になるものがあっても、一人で追いかけては駄目よ」

男の子を優しく撫でるべっぴんさん。横の色男がそんなべっぴんさんを優しい目で見ている。昔は俺も母ちゃんをあんな風に見たかなあと、少しくすぐったくなってしまうような優しい目だ。あまり似ていないが、父ちゃんと母ちゃんだろう。よくあることだ。

良さそうな両親でよかったとトトハルトはホッとする。べっぴんさんがトトハルトを認め、向き直り、ぺこりとお辞儀した。

「ついていてくださったんですね。ご親切にありがとうございます。ご迷惑をおかけいたしました」

「いえいえ。ただの通りがかりで。ただ馬鹿みたいに横に座ってただけです。なんにも」

「感謝いたします」

両親はふっと凪いだような優しい目でトトハルトを見た。

なんだろう、なんとなく、目が合わないというか、頭の上を見られているような不思議な感じがする。ジャンと呼ばれた男の子はにこにこ笑って、やがて手を振り振り、両親に連れられて去っていった。

「……はあ」

迷子問題は解決。だがトトハルトの問題は何一つ解決していない。

そのまましばらくそこにいて、そろそろ帰ろうかとふと地面を見て、トトハルトは固まった。

紋の絵が一つ。

トトハルトが転移紋の書を参考に、道具に描いた紋の写し。それに何本か、新たな線が足されている。

それを見た瞬間に、娘の言うとおり自分は風邪をひいたかもしれないと思った。背筋が寒くて、顔が熱い。

予感がする。

「お父さん！」

遠くから娘の声が聞こえる。

ひらひらと紙を振りながら遠くから走ってくる。

「王宮からよ！　王宮からお父さんに！」

あんまり泣かないはずの娘が、また泣いている。

「お父さんの『連絡機』の発明を国が支援するって！　国がよ！　女王陛下がよ⁉　ねえ聞いてる？　国に認められたのよお父さんの発明が、お父さんが！　ねえ、聞いてるの⁉」

娘の声が遠くに聞こえる。

今すぐ工房に戻って、試作に取りかかりたくて仕方がなかった。

十九皿目　フィリッチ公補佐官ロベルト

領主補佐官ロベルト＝スチュアートは考える。

お前らホント、いい加減にしてくれ、と。


ロベルトの主《あるじ》であるフィリッチは、先王の妹を祖母に持つ由緒正しき血筋の、やんごとないお方である。若干二十八歳にして、広き草原の広がるポネーニ領の現領主である。

美しい緩やかな金の巻髪、凛々しい太い眉に、明るい青の瞳。高い鼻に厚めの唇。生来恵まれ、さらに鍛えられた立派な体格。太陽がごとき、王にふさわしい見た目の持ち主である。見た目は。

女王陛下には子がないため、次期王は彼か、同位の王位継承権を持つトマス＝フォン＝ザントライユ公がふさわしいということになる。血筋は。

ホント、いい加減にしてくれとロベルトは思う。山のように積まれた本来フィリッチがサインすべき書類に印を押しつつ、フィリッチが確認すべき案件に補佐官事務官総出で目を通しつつ思う。さんざんお膳立てしたのに最後の最後にそのときの気分だけでぶち壊しにしてくださったあれやそれの後始末をしながら思う。器というものがあるだろうと。

今も目の前で繰り広げられてる不毛なやり取りに、目を開けながら何も見ないよう、聞かないようにしようと思いながらもどうしても思う。お前らホント、いい加減にしろよと。

「いったいどうなっておるのだフンベルト」

フィリッチの母親が、這いつくばる男に高圧的に言う。別の椅子でフィリッチが、その様子を一見真剣に眺めている。だがロベルトには今彼が何を考えているかわかる。十中八九、彼は今先日購入したばかりの葦毛《あしげ》の馬につける名前を考えている。この真剣な顔で。

「長らくルードヴィングの保護を受けているにもかかわらず、フルストも、ガウスも、ブーレーズまでもが皆ザントライユに寝返ったそうではないか！　いったいどうなっておるのだフンベルト！　答えよ！」

「はあ……」

フンベルトはルードヴィング家家臣の家に生まれた男だ。次男なので中央に出て王家の文官をしている。禿げ始めた頭が、可哀想に汗に濡れて光っている。

トマス＝フォン＝ザントライユ公。幾度かお会いしたことがある。同い年であるフィリッチ、ロベルトより四歳年上の彼はいつもとても静かで、自ら進んでその存在感を消しているようなところがあった。だがしかしふとしたときに隠しきれず零れ落ちるように溢れる彼の煌めく英知の眩しさに、どうしてこの十分の一ほどすらが我が主にはないのだろうと悲しくなったものだ。

二年ほど前からトマス公は領主の地位を捨て、それまで隠していた顔と能力を晒し、優秀なる補佐官として女王の傍らについておられる。

前王の姿を髣髴《ほうふつ》とさせるそのお姿で、常に穏やかで女王とも睦まじく、惜しむことなくあの知性を披露しているのだろう。その姿を日々目の当たりにしながら彼に期待するなというほうが無理である。

主フィリッチは別に悪い男ではない。無慈悲で乱暴なわけでもない。計算だけ、暗記、戦術の立案だけ切り離すならむしろ普通よりもできるのだ。彼はただ、頭の中が隅々まで太陽の光に満ちているだけだ。

高貴すぎる彼の前には常に明るく快い道が人々によって常に開かれてきた。その道は雨の日には濡れぬよう天幕が張られ、雪の日にはおみ足をとられることのないよう雪が取り払われていた。トマス公も同じ状況であったに違いない。だがしかしトマス公は己のために天幕をかけ雪かきをするびしょ濡れな人々の姿を見つめ続け、フィリッチはそれを一度も目に映すことがなかった。

だからフィリッチは世界がいつも明るくて、快いことがたくさんあって当然と考えている。自分以外の皆もそうなのだと信じ切っている。自分がやればなんでもうまく行き、周りも幸せだと信じ切っている。今までそうだったのだからこの後もきっとそうだろうと思っている。

だからいつでも太陽のように明るいし、迷いなく心のままに堂々とふるまう姿は英雄のように力強い。人はその姿に王の資質を見出すかもしれないがとんでもない。その光は影となって彼を支えている多くの者たちの、塩辛い汗と涙の結晶が反射した光なのである。

今はこの領だけのことだからそれで何とかなっている。だがその範囲が国にまで広がったら？

悪いがそうなったらロベルトは辞表を出すつもりだ。受けつけてもらえないなら夜逃げする。冗談じゃない。支える側にだって器というものがある。ロベルトの器で支えられるのは、せいぜいポネーニ領領主のフィリッチ＝フォン＝ルードヴィングまでだ。

「母上、そうお怒りにならないでくださいい。わたくしはどちらでも良いのですよ。規模は変われどやることはだいたい同じでしょうし、馬はどちらでも育てられますから」

「おお欲のないことを言うでないフィリッチよ。ザントライユの倅《せがれ》などにこの大国を任せられるものか。お前こそが王たるにふさわしき男である。そなたも父上に領主の地位を返還し補佐官になればどうじゃ」

ぼろが出るだけの大いなる逆効果ですよとロベルトは心の中で突っ込んだ。いや待て、むしろぜひそうしてほしい。

ロベルトにはそんなもの見当たらないがこの部屋のどこかにいるらしい王たるにふさわしい男は、今もおそらくまだ馬の名前を考えている。

「諦めてはならぬぞフィリッチ。今から巻き返す方法を考えよう」

ロベルトはそれを諦めてもらえる方法を考えたい。切実に。それが国のため、未来のため。ロベルトのためである。


ボン。

突然、部屋の中に何かが現れた。

煙の中に、老婆が立っている。

屋根のついた木の台車、その上にもうもうと白い湯気を吹き出す何かがある。思わず唾を飲む、よき香りがする。

これは……！

ざあっと血の気が引いた。

何故、ここに。何故こんな神に祝福されなくて何一つ問題ない男のところに。よりによって今、この目または別のところが激しくおかしい母親と、哀れにも逃げ遅れた最後の支援者がいる前に。

フィリッチは現れたものの正体に気づいたらしく臆することなく立ち上がり、舞台役者のように堂々と胸を張り腕を広げ微笑んだ。

「フーリィか！　よくぞ我がもとに来た！」

ボン。老婆と荷車は消えた。

「……」

「……」

「……」

「駄目だこりゃ」

ぽろりと心の声が表に出た。

駄目だこりゃ。多分皆そう思っていたので、皆今のは自分が言ったかなと思ったことだろう。

フーリィを見かけたら名前を呼んではいけない。正体を悟られるとそれは天に帰ってしまうから。この国の人間ならば幼児でも知っていてできるだろうことを、今堂々とできなかったのだ、この男は。天が与えたもうたチャンスを、自ら進んで、一瞬でなかったことにした。

王たるにふさわしい男？　やはりそんな男はこの部屋の中のどこにもいない。

一世一代にやらかした男フィリッチが、馬鹿げたポーズのまま呆然とした顔で目を見開いている。

「……私は軽率か？　ロベルト」

「はい。今まで何百回もそう申し上げております。ご自覚いただけ嬉しゅうございます本日は自覚のお誕生日ですねお誕生日おめでとうございます」

「そうか。魔法のようであったな。よし決めた馬の名前はマギーにしよう」

「よろしいかと存じます。どうでも」

「母上、そういうわけですのでどうぞすっぱりとお諦めください。どうやら私は王の器ではないようだ」

「……………そのようだな」

「よし天気もいいし遠乗りに行こう。付き合えロベルト。先日届いた鞍《くら》を持て」

「は。喜んで」

ありがとうフーリィ。国の未来は救われた。

胸の中で深々と先ほどの老婆に礼をして、ロベルトは主に付き従い上機嫌で歩き出した。

◇◇◇◇

セントノリス中級学校二年生ロニー＝ハンマーは考える。

あと一年早く生まれていたら、きっと楽しかっただろうなあ、と。

とんとん、とノックすると『どうぞ』と声が返ってくる。

失礼しますと扉を開けたその先で、じっと先輩がペンを片手に手元の紙を覗き込んでいる。いちばんいい場所にある生徒会室とは比べ物にならない、校舎の隅っこの小さい暗い部屋。それでも綺麗に整頓された部屋の中に一人。長めの黒髪が、俯いた顔の白い耳にかかっている。

「セレンソン先輩。二年の資料、全部まとめてきました」

彼は礼を言いながらロニーの手から紙を受け取り、じっくりと読み、やがて顔を上げてロニーを眩しそうに見て、柔らかく笑った。

「ありがとうロニー。君はいつも本当に丁寧だね。副委員長が君で、僕はすごく運がいい」

「まだまだっす」

「謙遜しないでいいよ。ここなんて、確認だけでもすごく時間がかかっただろう。前の資料と数がぴったり合ってる。他も、どこも細かいところまで遡って確認してある。こういう丁寧な仕事は尊敬するし、見習いたいと思う」

「……ありがとうございます」

じゃんけんで負けて生活委員になったとき、正直貧乏くじを引いたなと思った。

生活委員。挨拶やら掃除やら、規則やら。生徒会が決めた方針を運用し結果を報告する、現場の地味な雑務係だ。学校のおかん係と言ってもいい。

だがしかしロニーは週一回の放課後のこの時間が嫌いじゃない。

三年生のアントン＝セレンソンは、不思議な先輩である。平均点が例年の一割増という優秀な学年の中、かのハリー＝ジョイス、ラント＝ブリオートともに一号室をキープし続ける秀才なのに、彼に気取ったところ、人を見下すようなところはまるでない。

必要ならば自分よりも順位の下の人間、なんなら年下の自分のようなものにも平気で彼は教えを乞う。聞けば彼は誰よりも朝早く目覚め勉強しているという。

彼は人の美点を誰よりも素早く見つけ、当たり前のように心から、嬉しそうに褒める。

ロニーと同じ平民ながら、貴族であるフェリクス＝フォン＝アッケルマン先輩、アデル＝ツー＝ヴィート先輩とも仲がいい。彼は見かけるたびに違う人々と、垣根なく話し笑い合っている。何かが起きるときは決してその場の中心人物ではないのに、彼は何故かいつもそこにいる。

不思議な人だなとロニーは思う。近くにいると気がついたときにはいつの間にか彼に引っ張り上げられていて、自分は前よりも高い場所に立っている。それなのに彼は動かずに、嬉しそうに笑ってこっちを見ているのだ。

体育会系のロニーが、数字に敏感なことを見抜いたのはこの先輩だ。どんなことでも小さな数が合わないとムズムズするほうなのだが、『そんな細かいことを』と笑われるのが嫌でこれまであまり口に出してこなかった。

『君には当然かもしれないけどそれは誰にでもある感覚じゃない。それは君の優れた、強いところだよ』と彼が褒めるから、だったらいっそ極めてみようと思った。そしたら周囲に何かと頼られるようになって、今までだって手を抜いていなかったはずの成績まで何故か上がってしまった。

手元の紙とロニーの出したものを見比べて手を動かしている横顔を見た。

「……先輩は上級学校までいくんですよね」

「うん。もうあと三年しかない。もっともっと頑張らないと」

セントノリス中級学校を出た生徒の進路はさまざまだ。だいたいの者はそのままセントノリス上級学校に進む。中級学校で十分、というものはそれぞれ就職したり、家に戻って家の仕事を引き継いだりする。より何かに特化した、別の上級学校を外部受験するものもいる。

ロニーはこのまま上級までセントノリスに通うつもりだ。そしていずれは王家に仕える文官を目指す。上級学校三年生のときに一斉の試験があり、毎年一定の数の者が文官に採用されている。各地方の役人は地方ごとに受験日が違うので自分で応募してそれぞれ受ける。

一号室ともなるとその試験を受けずとも直接お声がかかることがあるというが、本当のところはどうなのだろう。

「……やっぱり五号室くらいまではみんな学内の進学ですよね」

「一人、二号室の頑固者がずっと悩んでる。僕としては一緒に進学したいけどこれは彼の大切な夢だから、口を挟まない。本当なら一日中片耳に張りついて説得したいところだ。僕の忍耐力に彼は感謝したほうがいい」

「へえ……」

「君がくれた分で全部揃った。提出してくる。今日はもういいよ。ありがとう」

微笑んで言われた。

「……お疲れ様でした」

「うん。またね。週末はビスバールの大会だろう。頑張ってくれ我らがエース」

先輩が立ち上がって開けた扉の先に、誰か立っている。ふわふわの髪、琥珀色の目の、背の高い乗馬服姿の男だ。

「ラント」

先輩が彼に歩み寄る。先日の期末試験で三年一位だった馬術部のエース、文武両道のラント＝ブリオート先輩だ。整った顔を、彼はいつ見ても柔らかく緩めている。

「今日は部員以外も乗っていいって。誘いに来た」

「ありがとう。……全然上達しなくてごめん。最近は僕が乗ると馬までため息をつくんだ」

「あれはただの鼻息だよ。大丈夫、だんだん上手になってきてる。今日はフェリクスも来てるよ」

「じゃあ今日はフェリクスにお願いして教えてもらおう。ごめんね君は上手すぎて、申し訳ないけど凡人にはときどき理解できないことがあるんだ」

「そう？　ハリーのときは大丈夫そうだった」

「凡人にはと言っただろうラント。あの男と比べないでくれ。比べられる僕があまりにも気の毒じゃないか」

「そうかなぁ」

扉の影からもう一人、誰かが現れた。

「そこまで言うならば教えてやらないこともないぞアントン」

貴族のフェリクス＝フォン＝デ＝アッケルマン先輩だ。この人も背が高い。クラシカルな乗馬服が、繊細そうだが品のある顔にしっくりと馴染み実に似合っている。

セレンソン先輩と常に三位争いをしている成績上級者である。セレンソン先輩がアッケルマン先輩を見上げて言った。

「来てるってここにかフェリクス。今日はよろしく。僕の乗馬技術は君が貴族として初めて馬を贈られた六歳だった頃よりもひどいから覚悟して。君の乗馬服かっこいいね、すごく襟が高くて」

「そんなことがあるのか。伝統的な服装だ。どうしてもと言うなら貸してやらないこともない」

「サイズが合わない」

「そうか。失礼」

「笑うな成長期。僕はこれを提出して、一度部屋に帰って着替えてから行くから、先に行ってて。二人とも誘いに来てくれてありがとう」

「わかった」

「では先に行っている」

話しながら先輩方が去っていく。すごいなあ、とロニーは思う。

ロニーの学年の一号室、二号室には入室すると成績が下がるというジンクスがある。同室は互いに白刃で斬り合うような、一点二点の差を争う者同士なのだ。試験前など息もつけないようなすさまじい空気になるのだという。

だがライバル同士であるはずの彼らの互いを見る目には尊敬があり、軽口を叩いていても言葉の中に相手へのいたわりがあった。互いを大切にし合う友人同士であることが伝わってきた。彼らはただ立っていただけ、ただ話していただけなのに。

「……かっけー……」

ロニーは思わず呟いた。

一つしか違わないはずの彼らが、とてつもなく大人に思えてならなかった。

あと一年、早く生まれていたらきっと楽しかっただろうなあとロニーは思う。

あの世代に、彼らと同級生として立てたなら、それはどんなに面白かったことだろう。

さまざまな才能を持った人たちがひしめく奇跡の学年だ。後輩として誇らしい反面、なんとも言えない悔しさを毎日感じている。今だって彼らの雰囲気、それぞれの星のような輝きに、羨ましいなあ、妬ましいなあという気持ちが芽生えている。

『いま手の中にあるものと、これから手に入れるものの数を数えて進もうよロニー＝ハンマー。君ならどんなに小さなものだって、一つも見逃さないだろう？』

「……」

いつだったか先輩に言われた言葉が甦りロニーは一人頷いた。

並んで歩めずとも、後ろから、その光景を見ていられる。

後輩として彼らを、面白く見ながらついていこう。

二十皿目　白歌の民

この世には白い歌があるのだという。

聞こえないはずなのにその音を感じる、人の体を震わせる不思議な歌が。

それを歌う人々はみな美しく、その麗しき姿を見、その音なき音を聞いたものは皆天にも昇る心持ちとなり、そして死ぬという。

聞いた者の魂を抜く美しき白歌《クラルコンヒル》。それを歌う不思議な呪われた美しき民が大陸にはひっそりと暮らしている。

「うっ……く……」

白歌の民ロラン＝エルミスは涙していた。祝福の声を失った、厭《いと》わしい己の喉を押さえながら。

ロランは白歌の民として生まれた。大陸の一部にありながら、守るようにそそり立つ白の山々に隔離されたような場所に、この町と神殿はある。

町の後ろには透明な大きな湖、世界の始まりのときからそこにあったといわれる名のない大樹。

そこに寄り添うように、白い石造りの丸い神殿が建つ。朝と晩にはいつも町をすっぽりと霧が覆う。

白歌の民は皆魔力を持って生まれる。癒やしに特化した白い光を放つ魔法を、この町に住む人々は皆、当たり前に使える。

特徴的な白い肌。透き通るように薄い金色の髪。氷のような澄んだ水色の目を皆が持っている。

全員が祈りを捧げる僧侶であり、全員が歌い手である。この地の守り手として国に保護されながら白歌の民は日々祈り、歌い、それぞれの仕事をしながらひっそりと暮らしている

「う……」

コンコンとノックの音がした。

「……はい」

「ロラン俺だ。開けていいか」

「……ああ」

かちゃりと扉が開く。友人フレデリクが険しい顔でそこに立っていた。

じっとロランの、きっと涙で腫れあがっているだろう顔を見る。

「引継式には出られそうにないな」

「……」

「先生から渡してもらう。ロラン。ソリストのパンダンティフを渡してくれ」

「……」

首から下げた宝石のついた金の首飾りをロランは外し、震える手で持ちじっと見つめる。

一年間だった。たったの一年間、これはロランの胸に誇りとともに輝いていた。

涙が一つ、そこに落ちた。

「……次のソリストは誰に？」

友を見上げてロランは尋ねた。

「……二つ下のオリヴィエ」

「ああ、彼の高音は伸びがあって綺麗だからね」

「……」

泣きながら微笑むロランを、フレデリクは怒ったような困ったような、なんともいえない顔で見下ろしている。

「わかっていたことだフレデリク。わかっていたよ。……ノエル先輩は立派だったな。僕はこれを先輩の手から受け取ったんだ。彼は笑って、僕に頑張れと言った。……僕は嬉しさに舞い上がって、力いっぱい笑って、頑張りますと言って彼の手からこれを受け取った。そして彼の目の前で、自分の胸に下げた」

涙で濡れた首飾りをローブで拭いて、フレデリクに差し出す。

「どうしてあんなに愚かで、盲目で、無神経でいられたんだろう。今やるべきことがわかっているのにどうして先輩のように立派な行いができないんだろう」

フレデリクの手に渡った首飾りを、眩しく見つめながらロランは涙を流す。

「……もう僕は歌うことがきっと苦しいよ、フレデリク」

「……休んでろ」

「……」

扉が締まり、ロランはまた椅子に腰かけ、涙した。


白歌の民は歌う。子どもから、老人まで。歌とともに生まれ歌とともに生き、やがて歳を取り、歌に送られて死んでいく。

ロランは十五歳になったばかりだ。町の子たちは六歳から十五歳まで、皆が一つしかない町の学校に通う。

そこには勉強と友情と、恋愛と、そしてやっぱり歌がある。

この中でおおよそ七〜十五歳の男子によって結成される少年合唱団は、町の人々に大変に人気がある。歌い手しかいないこの町の中で彼らの技術が特別優れているとはいえない。だがしかしそれはいつの時代でも人気がある。何故ならそれはその時期の少年だけに天がお許しになる、限られた時間だけの特別な歌だからだ。

ロランは同世代の少年たちの中で、最も高く澄んだ音が出た。

わずかなきしみもなく、苦しみもなく、息をするように自然に、透明なその音は胸の中から生まれた。

弦を鳴らすように重なって響く人々の声の波の中に、宝石をちりばめるようにロランは歌った。跳ねる雨だれのように。朝露の光のように。切り裂く風のように。星の瞬きのように、歌った。

刃物のふちを歩くような緊張の中、音がぴたりと合ったときの高揚感。体がビリビリと震えるような感動をロランは知ってしまった。

だがもうロランからあの声は出ない。成長とともに奪われるものであることを知りながら、どこか自分には訪れないのではないかと思っていたロランに、声変わりという現実は突然に、当たり前に訪れた。これからロランは皆と同じ、当たり前の低音に転向して歌い続けることになる。

もう、ロランの少年のとき、一番星のときは終わったのだ。

白い部屋の中、ロランはかすれた声で言って一人泣く。

「……歌なんて嫌いだ」

ロランは泣く。

「……歌いたくない」


「はいはいちょっとどいとくれどいとくれ！　産婆だよ！　産婆が通るよ！」

白の町を産婆ドリアーヌが走る。

「走るな婆さん死んじまうぞ！」

「あたしが走んなきゃ子どもが死ぬんだよ！」

「違いない。乗っていきな。どこの家だ」

「北三番地の二十七。いい男になったねエドモン。逆さまにして必死にお尻を叩いたかいがあった」

「それを言われると弱いんだ」

エドモンに抱えられてドリアーヌが野菜の乗った台車に乗り込む。

山盛りのトマトときゅうりの間に、婆さんが一人。揃ってごとごとと揺れている。

エドモンが誕生の喜びの歌を歌う。

ドリアーヌがそこに声を重ねる。

いつだって我々は歌う。

ガラガラごとごとと、トマトときゅうりと産婆が進んでいく。

「……二十人……？」

「はあ」

町長コンスタンタン＝オルオールはひっくり返った声を上げた。

普段は低い、誰よりも深みのあるいい歌声を響かせるコンスタンタンがだ。

白歌の民は古くから王家によって保護されている。理由はわからない。おそらく保護している王家もわかっていない。白歌の歴史はすべて破壊されたからだ。

古くからあるものにはたいていそれの由来を伝える石碑が残っている。壊れていたり、古くなって読み取れないものもあるが、たいていは残っている。

だが白歌の民に関してだけそれがない。まるで誰かに意図的に、徹底的に破壊されたかのように、一欠片《ひとかけら》も残っていないのだ。やっぱり理由はわからない。ただ王家に口伝で、『白歌を絶やすな』と伝わっているだけだという。

流れ者だった、という説もある。あるとき地平線の彼方から歌いながら現れた白の衣装の一団がこの地を気に入り留まったのだと。それも昔々の童話のようなものにその一節があるだけで、それが本当に白歌の民を表しているのかもわからない。

ルーツがわからない、というのは不安なものだ。温和な気質の争いを好まない人種なので、今のところはまあなんとかこのように閉鎖的に、細々と平和に生きている。

前王の時代、一時保護が……はっきり言ってしまえば資金の援助がなくなった時期があった。当時の町長はさぞ困ったことだろう。念のため長年こつこつ溜め込んでいた資産を食いつぶしながら、あとちょっとで破綻するというギリギリのところで現王の治世へと切り替わった。保護も復活し、なんとか事なきを得たそうだ。白歌の民は祈ることと、歌うこと。それ以外あまり得意でない。残念なことだが。

外から来る人間はいない。白歌の民は呪われていると世界は思っている。

先代の王の時代、白歌を好んだ酔狂《すいきょう》な武将がいたという。彼は金を積んで民を自分の領地に呼び寄せ、部下たちの前で白歌を歌わせた。

白歌は男女混合の歌である。女の高い声、低い声、男の高い声、低い声。正しく重なったときそれは白歌になる。

歌から音が消えるのだ。ふっと。皆全力で歌い上げ空気は確かにビリビリと揺れているのに、なんの音もしない。

それでもそれを聴くものの背筋は震え、肌は粟立《あわだ》つ。歌であって歌ではない何かが人々を体の芯から震わせる。

敵国に攻め入る前の景気づけにと上機嫌でそれを聴いたかの武将とその部下たちは、そのまま向かった戦争で死んだ。

そのとき死んだのはその日白歌を耳にした者たちばかりだったという。人々は改めて白歌とその歌い手たちを恐れた。新たな伝説は噂話として国中に広がり、再び白歌の民は忌み嫌われるものとして閉じこもるよりほかがなかった。

呪われた白歌の民。美しき容姿と歌声、魔力を持つ者たちは、外界から恐れられ、外界を恐れこの町で閉鎖的に、今日も歌いながら生きている。

はずなのに。

「二十人……」

「ええ二十人」

今年この町から出ることを希望する者の数である。

毎年一人か二人、ポロポロと申し出はあるにはあるのだが、二十人。

「……止めますか？」

「……我々はこの自然の要塞で外界から民を守っているだけだ。縛っているわけではない。町を出たがっているのは、若者たちなのだろう？」

「はい」

「……血気盛んで夢に満ちた若者たちに、外の世界をほとんど知らない我々が何を言っても無駄だ。行かせてやろう。印を押すから書類を頼む」

目元を揉みながら、ふうとコンスタンタンはため息をついた。

「せめて明日の星祭りでともに歌ってから、彼らを見送ろう。外に出れば数々の困難に出会うだろう若者たちの未来に、それでも幸せがあるように祈ろう」

「……はい」

「きっと来年はもっと増えような。白歌もここまでか。我々とはいったい、なんであったのだろうな。我々がこの地で祈り、歌ったことで、世界になんの影響があったのだろう。そこに意味は、あったのだろうか」

「……」

それは誰にもわからない。

コンスタンタンが窓を開ける。天に向かって嘆きの歌を歌う。

副町長が横に並び、同じ歌の別のパートを歌う。

二人とも頬に涙を流しながら、情緒たっぷりにビブラートを効かせて歌いきった。


星祭り当日。

少年合唱団元ソリストのロラン＝エルミスは、二人の男に挟まれて星祭りの会場にいた。

一人は長年の友人フレデリク。これはまあわかる。反対側には一つ年上の元ソリスト、ノエル。

一年前に会ったときよりも彼は遥かに大人っぽく、男らしくなっていた。

フレデリクがノエルを引き連れ誘いにきたときは、いったい何の嫌がらせかと思った。だが先輩までいるのに、嫌ですと断るわけにもいかない。しぶしぶ、のろのろとロランは二人にくっついて歩き、今中央の広場にいる。

「もう始まってますね」

「まだ夕方なのに、皆気が早い」

「待ちきれなかったんでしょう。年に一度ですから」

「明るいうちから酒が飲めるのも今日だけだし。ちなみに僕は十六なので、もう飲める。今日は飲もうっと」

「うらやましいです」

のんきな会話を二人でしている。

あのあと食事も喉を通らなくて、ロランはフラフラしている。

「……すいません。どこかに腰を下ろしてもいいですか」

「ああ、じゃあ広間のどこか……あのテーブルに座っていてくれ。適当に何か買ってくるよ。何が食べたい？」

「……あまり食欲がありません。お気遣いなくお願いします」

「じゃあ適当に。座っていてくれ」

「……」

柔らかに微笑んでノエルは消えた。

小さな町の、まだ早い時間だ。肩が当たるほどの混雑ではない。

丸いテーブルに腰かけた。正面のフレデリクは、何もしゃべらない。

「……なんのつもりだフレデリク。僕は怒っている」

「偶然会ったから誘っただけだ。俺も何か買ってこよう」

「逃げるなフレデリク！」

「逃げているのはお前だロラン」

フレデリクの、ロランと同じ水色の目が、静かにロランを見据えている。

「……何……？」

「お前に歌が捨てられるはずがない。今何をすべきかわかっておきながら、いつまでそうしてるつもりだ。泣こうが、喚こうが、もう前と同じ声は出ない。今のお前の声でまた積み上げるしかないんだ」

「……歌いたくない」

「嘘だ」

「歌いたくないんだフレデリク。今の、自分の声が嫌いなんだ。僕はもう歌を捨てたい」

「嘘だ。お前に歌は捨てられない」

「決めつけないでくれ！　僕の本心だ！……来年になったら僕はこの町を出る。十六になれば親の署名がなくたって届を出せるから」

フレデリクが呆然と目を見開いた。

食べ物がのったトレイを持ったノエルもその後ろに立つ。

「どうせ奪うならはじめから与えなければいいのに。僕はもう、こんな残酷なことをなさる神に、心から祈れない。僕はこの町を出る！　歌なんか二度と歌わない！」

ロランの瞳から涙が落ちた。


「安産でよかった」

「何よりだねえ」

「朝からなんも食べてない。家で食べるよ。これおくれ」

「はいよ」

一仕事終えた産婆ドリアーヌが、屋台で肉の挟まったあたたかいパンを買っている。


「スピーチはどれくらいだ？」

「前回長すぎて不評でしたから私のほうで削りました。脱線しないでくださいね。独唱も」

「気がついたらやっているんだ」

「そこを何とか我慢してください」

町長コンスタンタンと副町長が壇の確認をしようとしている。


ボン。

突然煙を上げて、広場の中央にある舞台の上に何かが現れた。

「え？」

「何々？」

夕暮れ。

もうもうと湯気を上げる何かと、老婆が立っている。

彼女は周囲を見渡し、一言言った。

「多いわ！」

広場中の人々が、煙の中の老婆を見ている。

フーリィに大変腰低く挨拶をし、祝杯を覗き込んだ町長が指を揺らして数を数えた。途中でわからなくなりざっとでいいかということにしたようだった。

「皆さま聞いてください。大変残念ですが、今ここにいる全員に行きわたるだけの量はありません。そこで提案ですがこれは子どもと、若者に食べてもらうということでいかがでしょうか。未来ある者たちに」

艶のある町長の声が響く。ぱちぱちと拍手が上がった。白歌の民は気質が優しい。

「えっなんですって……？　酒もある？　大人の皆さん酒もあるそうですよ！　皿と、小さい杯を持って並んでくださいちょっとだけですよ！　そうだご高齢の方には汁を飲んでもらいましょう元気に長生きしてもらわなければ。えっニギリメシ？　イナリ？　タックアン？　ええいもうなんでもいいや皆さん分け合って、ほんの一口でもいいからいただきましょう！　きっとこれは、口にすることに意味がある。あっごめんなさいごめんなさいなんでもいいなんて言ってごめんなさい言葉のあやです！　お代は町長であるわたくしコンスタンタンが代表して支払っておきますわたくしのポケットマネーで。いやいやそんな感謝や尊敬など……えっいらない？　お代はいらないそうですよありがたいですね！　え？　皆さん！『熱いうちに食え』だそうですお手元に届いたらすぐ召し上がってくださいねご婦人が怒りそうですいえもう怒っておいでですわあ顔が怖い。あっすいませんすいません言葉のあやです！　みんな急いでね。ホント急いでね」

行列のできるフーリィの店を、へええと産婆ドリアーヌは目を見開いて見つめていた。

はあ、長生きしてみるもんだね、と。

後ろから見られていることに気づいたのだろう。フーリィが振り向いた。

「あんたは食わないのかい」

「いいよ。並んでたってどうせ途中で呼ばれるよ」

「へえ。何に」

「妊婦の悲鳴さ。こちとら産婆でね」

「へえ」

フーリィが手元で何かをした。

ひょいと大きな茶色の葉っぱのようなものに包まれた白い何かを、ずいと差し出される。

「持ってきな」

「あたしはずるは嫌いだよ」

「何がずるだ勝手に決めやがって。あたしは並べなんて一言も言ってないよ。力つけな。大変な仕事なんだから。休みもない、うまくいくお産ばかりでもない。辛いこともたくさんあっただろうに。その歳まで、よくやってるもんだ」

「……お互い様だよ」

ふっふっふと老婆と老婆は笑い合った。

「じゃあいただいておこうありがとね。早く戻らないと。星祭りは産気づくのが多いんだよ」

「がんばんな」

背中に声を聞き、それに押されるように、ドリアーヌは走った。

大丈夫。大丈夫。まだ走れる。

ドリアーヌが走れば走るほど、この町に赤ちゃんの元気な産声は響くのだ。


「もらってきたぞ」

雑踏から戻ったフレデリクの手には皿。その上に半円の茶色い野菜。

「なんだろう」

「カブかな？」

三つに割って、フォークを突き刺す。

三人揃って食前の祈りの仕草をした。揃ってパクリと口に運ぶ。

「……」

じゅわっと染み出た。あたたかい、さまざまな味を含んだスープが。

柔らかく煮込まれた野菜は歯で噛まずとも口の中で崩れ、まるで飲み物のようだ。

あたたかい。やさしい。まるくて、まろやか。

それらは優しく体の内側を通り、おなかの中に落ちていく。

ロランの目から勢いよく涙が噴き出した。どうしてかはわからない。

ただ、ただ、涙が止まらない。

「……」

がたんと隣の椅子が引かれ、男が立ち上がる。

男の声が歌う。伝統的な男歌である感謝の歌の、低い、バッソのパート。顔を上げれば、ノエルだった。

音が正確で、安定感がある。以前の彼からは想像もつかないような、低く優しい、包み込むような声だった。

反対側でも椅子が引かれ、そこにもう一つ声が重なる。同じくバッソのパート。彼の声はいつ聞いてもぶれがなく、重厚で、全身を預けていいと思えるような信頼感がある。そういえば彼は声が変わるのが誰よりも早かった。きっと彼にもロランの知らないところで思い悩む時期があったはずだった。親しくありながらこれまでそれを、一度も考えたことがなかったことに今更ロランは気づく。

「テノーラが欲しいな」

一小節だけ歌を止め、ノエルが言った。

じっとロランを見て、歌に戻っている。

ロランは立ち上がり、息を吸った。

何遍も、何十回何百回も聴いた歌だ。その旋律は耳に残っている。ロランは一度聞いた歌なら正確に音を追える。

声が重なった。二対一でも押されることはなく、それは美しく重なり暗くなり始めた天に吸い込まれていく。包まれ、絡み合い、溶け合って。

歌は終わった。

寂しい、とロランは思った。

それでも、胸が熱い。

「トレッセレンテ！」

周囲の人々から称賛の声と拍手が起こり、三人は揃って一礼した。

頬を赤く染めて、ロランは涙をぬぐった。

胸がドキドキする。

今まではただただ、天上だけを見上げて高みに行かんとしていた。もっと高く、何者よりも軽やかにと。

初めて低く、重厚に。もっとまろやかに、それでいて艶めかしくありたいと願った。互いに対等な立場で、互いの音を支え合う歌を今、初めて歌った。

「……出た」

「お前は音域が広いんだ。使わなかっただけで」

なんでもないことのようにフレデリクが言う。

座り直し、皆でノエルの買ってきてくれたものをつまんだ。ノエルは宣言どおり葡萄酒を飲んでいる。とても大人に見えた。

「……兄の友人に、この町を出た人がいるんだ。ジーザス＝アダン、知ってる？　声の綺麗な人だったけどあまり前には出たがらず、いつも後ろで歌いながら、窓の外を見ている人だった」

ノエルが低くなった声で、歌うように語る。

「十六歳で町を出て、それっきり何も連絡がなかったんだけど、先日兄に手紙が届いた。外でいい友人に出会って、冒険者をしてるそうだ。なんだか急にうまく行くようになったら、この町のことを思い出したらしい。なんだか気持ちがわかる気がするな。今の生活は楽しくて、刺激的で、自由で、とても幸せだと。それでもときどき、誰かと声を合わせて歌えないことが無性に寂しいと。歌をそれほど愛していなかったと、自分で言う彼でさえそうなんだ。声変わりの衝撃でご飯も食べられなくなるほど歌に心を捧げている君が、この町から、歌から、離れられるわけがない」

「……」

「確かに神は残酷かもしれない。与えられた羽根で真剣に天上を目指し羽ばたく者から、ある日突然にそれを奪うのだから。でもねロラン。かつて飛んでいたときに見たその風景を、僕たちは覚えている。高みを目指そうと努力した日々は、僕らの今後の人生の折々で僕らを支える大きな力になる。神はやはり与えているんだ。代わりばんこに。順番に。命と同じだロラン。一方的に与えられやがて奪われるもの。でも、だったらはじめから与えなければよかったじゃないかなんて思えないだろう」

ノエルは天を仰いで両手を広げた。

「だって世界はこんなにも美しい。いつか白い骨となり誰からも忘れ去られたとしても、今ここに生きているこの瞬間は、絶対に無意味なんかじゃない」

天から星が落ちている。

煌めく光の中、人々が笑いさざめきながら、歌いながら皿を手に手に列を成して穏やかに自分の順番を待っている。

夜の霧があたりを包み、灯され始めたランプの光がそこに幻想的に浮かび上がっている。

とん、とテーブルの上にランプが置かれた。

星形の穴の開いたランプは、この町の外にもあるのだろうか。

「ロラン」

「うん？」

呼びかけられ、ロランはフレデリクを見る。

「年末の祭りで、俺と『夜霧』を歌ってくれないか。依頼が来てる。相方のテノーラは俺が選んでいいそうだ」

「……半年もないじゃないか」

「できるだろう」

「……」

じっとフレデリクがロランを見ている。

「もしできなかったとしても、そのときは俺たちが笑われればいいだけだ。皆一度はとちったことがあるから優しいさ。一緒にやってくれ」

「……どうして」

「初めてお前のDテ音を聞いたとき、俺はこいつと歌おうと決めた」

「……勝手だ」

「そうだ」

ふっとロランは笑った。

星祭りの明かりが揺れる。

「いいよ」

ロランは喉を押さえる。

神から貸し与えられた祝福の声を返却し終えた、己の声が出る喉を。

「歌おう。一緒に。……ありがとう」


広場に『星祭りの歌』が響き始める。

繰り返し、繰り返し。各パートを出せる範囲で自由に渡り歩いて重ねていい、天に煌めく星の瞬きのような歌だ。女の声が無理に抑えた低音を。男が女の高音を歌おうとして外れたりするのもまた一興。

きらきら、きらきらと声が重なる。大人の声、子どもの声、老人の声、男と女の声。


空を見上げた。たくさんの星が降ってくる。

ノエルが天に向かってランプを振った。

大丈夫、こわくない。こわくない。落ちたって大丈夫。

変わることはこわくない。こわくない。どうか不安にならないでと。

落ちた星は地上を見て何を思うだろうか。

なんだ、ここはここで悪くはないじゃないかと思ってくれればいいなあと、ロランは思った。

「町長！　届が皆！　一つ残らず取り下げられましたぞ！」

「おお！　わしの神の使いへの立派な対応が功を奏したか！」

「絶対違うと思いますがよかったですね！」

「ああよかったよかった！　実によかった！」

コンスタンタンが窓を開ける。天に向かって喜びの歌を歌う。

副町長が横に並び、同じ歌の別のパートを歌う。

二人とも頬に涙を流しながら、情緒たっぷりにビブラートを効かせて歌いきった。

「……私たちには意味があるぞ。私たちが生まれたこと、歌うこと、祈ること、生きていることには意味がある。これは間違いのないことだ。神は今日、我々に向かってそうおっしゃった。だから信じて、生きよう。祈り、歌い続けよう」

「はい、町長」

「……いつか」

「はい」

「この世に我々がいて、この世に白歌があって、よかったなあと。誰か一人でもいい、そう言ってくれる日がくることを信じ、ここを守り続けよう。せめて、我々は」

「……はい、町長」

感極まり、町長が歌い出す。副町長の声がそこに重なる。

白歌は今日も美しい白い町にひっそりと響く。

二十一皿目　配達人オットー＝バッハマン

オットー＝バッハマンは寡黙な配達人である。

配達人。庶民の手紙から各機関からの通知、果ては緊急の王令まで。あらゆる知らせを運ぶ公職だ。それは国中に血管のように張り巡らされ、毎日毎日血液のようにそこを流れている。

オットーは十代からこの仕事をしている。エリアごとに受け持ちの者たちがいて、転移紋を通して、あるいは他の配達人からリレー方式に受け取ったものを最終の受け取り手に運ぶ。

最近は昔に比べてだいぶ楽になった。転移紋を使用できる機会がぐんと増えたからだ。

転移紋はかつてあと十年もしないうちにすべて壊れるのではないだろうかと囁かれていた。発動すべきところでしなかったり、乗せたものの一部しか転移しなかったり。使えば使うほど摩耗すると思われたので、少し前まで転移紋を通せるのはごく一部の、緊急で重要なもののみになってきていた。

それがここ何年かで少しずつ変わった。管理し手入れをできるようになったそうで、その使用範囲が徐々に徐々に広がりつつあり、転移紋を通した手紙を運ぶときにかつてあった、絶対に失敗できない恐ろしいものを背負っているという特別な緊張感も薄れつつある。

以前見た転移紋の管理者の一団はなんだか不思議な者たちだった。

何か見えないものを見ている。

空気を形として見ている。

凡人のオットーには理解できない何かを彼らは日々感じ、慈しむような目でそれを見、手当しているのだろう。オットーにはそんなものは見えないので、だから今日もただ馬に跨《また》がり当たり前に地を走るしかない。

運ぶべきものを運ぶべき相手にただ運ぶ。落石もある。魔物も出る。切れかけた吊り橋も、どんなに急いでいても通るべきでない危険な道も。

己の中にあるこれまで書き込んできた地図を頼りに、配達人はただ、走る。

ただ、ただ、届けるために。雨の日も風の日も雪の日も。星祭りのときは降り落ちる無数の星の中を、ただ走る。我々は配達人だからだ。

国という大きなものに端々まで血を巡らせるため、配達人は走る。

赤い制服は我らの誇りだ。どこにいてもそれとわかる配達人の深き赤。

我々は日々戦っている。ただ走っているだけだろうと言われればそれまでだろうが、それこそが我々の戦いである。

運ぶ。ただ運ぶ。正確に、素早く、届けるべきものを届けるべき相手に。

アステールの配達人は寡黙である。一人でずっと走っているから、きっと話し方を忘れてしまうのであろう。

『上に上がるつもりはないか、オットー』

口が上手く社交的なかつての同僚からそう言われた。

いつの間にか立派な髭を蓄えた彼は、妙に焦った様子だった。

『俺がそういうのに向かないのは知っているだろうゲルルフ。断る』

『役員が一人退任の予定だ。もともとの後釜候補者が不始末を起こしてな。代わりが欲しい。二十年間一度も事故を起こしてない、伝説の配達人。新人皆が憧れる渋い男前に、一つ旗印を掲げてほしいんだ。現場主義の象徴になってくれ』

『正直なのはいいことだなゲルルフ。断る。今の現場を知らない口ばかりの奴らに挟まれて、狭い会議室でああでもないこうでもないと議論を交わすなんて考えただけでも頭が痛い』

『そこをなんとか……制度自体を変えなきゃ死人は減らないと、前に言っていただろう？　そういうのが苦手なのは知ってる。でもそこをどうか一つ曲げて、変える側に回ってくれないか？　若手の、これからのために』

『……断る』

そうしてオットーは会議室を出た。外の新鮮な空気が吸いたかった。

現場を変えるためには、根本を変えていかなくてはならない。それはわかっている。

だが自分にそれができるのかわからない。やったことがないからだ。

オットーは今までただ道を走ってきた。道を作れ。そう言われてもどうしたらいいのかわからない。ただ、こうであってほしいという道の形だけは、ずっと頭の中にある。

白い息を吐いてオットーは待機所に帰還した。昨日から降り始めた雪が世界を白く染め変えている。

「戻りました」

「ああバッハマンさん。寒かったでしょう。おかえりなさい」

受付の若い男が答えた。寒そうに手をストーブで炙っている。

「赤はあるか？」

「いいえ。さっきまでありましたがはけましたので」

「……」

オットーは若い男をじっと見つめた。『赤』は重要緊急案件のことだ。赤い細長い紙が巻かれているのでそう呼ばれる。

「どこ宛のだ。誰が行った」

「新人のデニスですよ。宛先はスーテランの北三十二の五」

「……」

かっと頭の中が赤くなるのがわかった。

「……何故俺を待たなかった」

「……赤でしたので」

「だからこそだ。ただでさえ難所なのに。雪の日に、新人が、あそこまで一人で行けると誰が判断した」

「判断も何も……赤は問答無用で最優先する制度になっております」

「……」

『制度自体を変えないと死人は減らない』

オットーが言い、ゲルルフが言い、それを成すことをオットーが拒んだ。

「……ほかに赤はないんだな」

「はい」

「デニスはいつ出た」

「六の鐘が鳴ったあとくらいです」

「追いつけるな。今日の便はもう来ないだろう。追う」

言うなり踵《きびす》を返し、馬に飛び乗る。

皮膚を切り裂かれるような冷たい風。馬の体だけが温かい。

走る。白、白、どこも白だ。降り積もる、綿のような雪。ここ数年この場所にこれだけの雪が降ったことなどなかったかもしれない。

オットーは頭の中の地図の雪のページをめくる。危険な場所が赤くちかちかと光っている。

その一つに辿り着いた。馬の蹄《ひづめ》の跡が新しい雪に埋もれかけている。

「……迂回せずこの道を行ったのか」

確かにそこは最短距離だ。だが山を少しだけ削ったような細い道で、こんな日に通るべき場所ではない。ベテランなら当然迂回していくはずの道だった。

赤は緊急令だったそうだ。新人はとにかく早く届けねばと焦ったのだろう。

「馬鹿野郎……」

ギリリと歯を噛み締めた。デニスは何度か新人教育で指導したことのある若者だ。明るくて朗らかなところはいいが、少し楽天的すぎる考えなしの危うさがあった。

蹄の跡を追ってオットーは慎重に進む。

少し行くと雪の乱れた箇所で足跡が途絶えた。崖下を覗き込む。崖から横向きに生えた木の根元に、見慣れた赤が見える。

「待っていろよ」

馬を木につなぎ、鞄から縄を出してこれまた木に繋ぐ。ずるずると崖を下り、赤い制服をつかんだ。ずっしりと重い。

「ここに引っかかってよかったな。お前は普段の行いが良さそうだ」

むんと力を入れ肩に担ぐ。オットーは力持ちである。

そのまま縄を辿って馬のもとに戻る。馬に彼を乗せ、手綱を慎重に引いて近くにある洞窟に潜り込んだ。

真っ白な顔のデニスを敷いた布の上に寝かせ、吹き溜まった乾いた枯れ葉で覆う。わきに石を積みその中に火を起こす。ぱちぱちとはぜ、火が赤く踊った。立てた木の間に棒を通し、小鍋を下げて湯を沸かす。

そこまでしてからデニスの冷たい水に濡れた制服を脱がすため留め具に手を伸ばすと、彼は眉を寄せた。

「う……」

白い顔でわずかに呻く。震える指が、胸元を探ろうとしている。

そこに何があるのか、オットーにはわかっている。配達途中で死にかけている配達人が心配することなど、一つだけだ。

ほとんど意識などないだろうに必死で動こうとするその手にオットーは自分の手を重ね、そっと押さえた。

「大丈夫だ。あとで俺が、ちゃんと届ける」

「……」

安心したように彼の顔がかすかに微笑んだ。まだ十代なのだ。体格は立派だが、まだ頬に少年の気配が残っている。

瑞々しく若々しいはずのそこに浮かぶのが死相であることを、オットーは知っている。

オットーの老いた頬を涙が伝う。

もう無理だと、経験が言っていた。


ボン。

わきに何かが現れた。

「……」

「……」

何も言わない者同士が向き合った。

「ああああああ！　生き返ったあ！」

先ほどまで蝋細工の人形のようだった若者が、頬を赤らめオデンを食っている。

実際に生き返ったのだ彼は。本当に死んでいたのだあのままなら。ピンピン明るくなった彼を横目で見ながら、オットーは熱い汁をすすった。

酒は断った。職務中だからだ。本当なら飲みたかったが仕方ない。

椅子に座るとそこは驚くほど暖かかった。きっとこれもまた、フーリィの力なのであろう。

オットーは今コンブを噛んでいる。深い滋養ある味わいが特に気に入って、思わずおかわりしてしまった。

デニスは若者らしく肉ばかりだ。思わず野菜も食べなさいと言いたくなる。

ニギリメシが実にうまい。まわりについた黒のつぶつぶと、中のカリカリ。タクアンのポリポリ。

そしてそこにあつあつの汁。

口いっぱいに甘みと塩気、香ばしさが広がった。うまい。

ダイコンを割る。

汁とともに飲み込む。

今度は少量でピリッとくる黄色いのをちょんとのせ飲み込む。

うまい。

じんわり沁みるあたたかさが腹の中から全身に広がって、指の先までぽかぽかする。

たまごを割る。やはりなと思った。これは最後で正解だ。

先に半分口に入れる。くさみがない。ねっとりと黄身が口の中にまとわりつくのが小憎らしい。

残りをさらに半分に割り、皿に残った汁とともにすべて飲み込んだ。

ここに熱い酒が混ざったらどうなるだろう。

まあ予想はつく。間違いなく、うまい。

「……ふぅ」

全身がとろけている。恐るべしオデン。さすがはフーリィ。こんなにまったりとした気分になるのはいつぶりのことであろうか。

「……バッハマンさん」

「……なんだ」

「助けてくれて、ありがとうございました」

デニスが頭を下げた。金の短い髪が揺れる。

彼は今、生きている。動いている。

「……当然のことだ」

「そんなことないっす。それにありがたいのは今日だけじゃないいつもです。前同期と飲んだとき研修期間の話したら、へえ、お前のとこはずいぶん手厚いなあって驚かれました。初日からいきなり一人で行かされるとこもあるらしいっす。俺なんて一月《ひとつき》も代わりばんこに先輩たちに見ていただけて。人によって違って、へえ、こんなやり方もあるんだなあって。すごく勉強になりました。……それなのにこんな風にしくじって、ホント、申し訳ないです」

「……やめたいとは、思わないか？」

彼は死にかけたのだ。ただ一通の手紙のために。

「え、俺クビっすか⁉」

彼は悲壮な声を上げた。意外な反応であった。

「……それはない。ただでさえ人手不足だし、そもそもこれはまだ事故になってない。少し先に小さい町があるから今日はそこで休んで、明日俺が届けてくる。馬は始末書だろうが、誰だって一度はやってることだ。新人で、大雪の日だ。それほど評価には響かないだろう」

「よかったあ」

はあと彼は息をつく。

そして串に刺さった肉を白い歯で豪快に一気に引き抜き、噛んで目元を緩めた。

若造そこに汁だ汁。そうすればもっとうまいぞと心の中で言う。

「……」

「俺、ファロの出なんす」

「ああ、あの……」

「はい、ド田舎の」

にっと彼は笑う。

灯台のある海辺の小さな村の名だ。懐かしくオットーはその情景を思い出した。

周りに何もなくて、一日途中で泊まりが必要になるほど隅っこにぽつんとある村だった。あの村は最果ての灯台守なのだ。

「懐かしい。異動前に担当だった」

「知ってます。俺はあなたを見て配達人になるって決めたんだから」

「……」

オットーは目の前の若者を、まじまじと見つめた。にかっと明るく、嬉しそうに彼は笑う。

「灰色ばっかの地面の先から赤い制服が見えると、みんな楽しみで仕方なくてそわそわするんです。お嫁に行っちゃった姉ちゃんとか、出稼ぎに行ってる旦那さんとか、そういう遠くにある楽しいものを、あなたは運んできてくれるから。村長が受け取って、署名して。あなたはいつもすぐ帰る。泊まっていけばいいのにってみんなが思ってた。精一杯もてなすのにって。赤い服の配達人は俺のヒーローだった。ファロの男の子たちはみんな赤が好きなんだ。かっこいい男の服だから。憧れの男の服だから。あなたの姿を見ると俺たちは自分たちがまだ世界とつながってるって信じられるんだ。見捨てられてない。端っこでもちゃんとつながってるって。あなたが俺たちに運んでくれたのは、手紙や荷物だけじゃなかった。赤い服は俺たちに、安心を運んでくれた。端っこの俺たちがちゃんと世界の一部だよって、来るたびに教えてくれた」

「……」

「憧れて、憧れて、ようやく着れたんです。俺は脱ぎません。もっといっぱい経験を積んで、はやくバッハマンさんみたいなかっこいい配達人になりたいっす。ちょっと死にかけたくらいで、諦めるわけにいかないんすよ」

「……」

「後任の人もいい人だったけど、やっぱりバッハマンさんが一番かっこいい。いつも忙しいバッハマンさんとこんな風にゆっくり飯が食えるなんて、俺は本当についてるなあ。ファロの奴ら羨ましがるだろうな。帰ったらすげえ自慢します」

若者は頬を染めて無邪気に笑う。


無鉄砲な若者。

夢に溢れた若者。

こんな若者たちを、いったい何人自分たちは殺してきたのだろう。

自分は彼に、そんなふうに憧れられるような人間じゃない。

自分は自分の持てるだけの荷物をただ運んだだけ。届けただけ。

こうだったらいいのにと何十年も考えながら。あるべき道を頭に思い浮かべながら何もせず、ただただ自分の頭の中の地図だけを埋めて正確になぞって走っただけだ。


転移紋は修復しつつある。

声を離れた場所に伝える素晴らしい発明品が、もしかしたら近々できるかもしれない。

それでも配達人の仕事はなくなることはないだろう。転移紋は動けない。声以外にも運ぶべきものはたくさんある。

我々は血管であり血液。隅々まで、届けなければならない。取りこぼすことなく。そこに人がいる限り。どんなに細い道でも正確に。確実に。配達すべきもの、配達する者の命を落とすことなくいつでも道を進まなくてはならない。

「……道を作る、か」

「おかわりいるかい」

「コンブお願いします」

「はいよ。渋いねえ」

フーリィがほんのわずかに微笑んだ。

それでいい、と、肯定されたような気がした。

目の前の男の愚かさなどお見通しだろうに、彼女は何も言わずただただあたたかさだけをオットーに供する。

若手のために、これからのために。

彼らが死なない制度を作る。各配達人の経験年数と実力に応じた配達をさせる制度を。それぞれの頭の中にある地図を共有する制度を。新人をもっと手厚く育てる、各所共通の制度を。

「掲げるか」

「何をです」

「旗印を」

「？」

オットーがこの制服を着ていられるのは、あと数年。

最後の最後に一つ、届けてみようか。頭の固いお上に、現場を走り続けた者たちの声を。

知らない道でも臆さずに進まなくてはならない。オットーは配達人だ。

届くだろうか。道は変えられるだろうか。

コンブの真ん中の意外と固いところを噛みながら、配達人オットー＝バッハマンは渋い顔で考えている。

二十二皿目　ぽかぽかした元魔術師

今日も今日とて春子はお狐さんを睨んでいる。

相変わらず前掛けは色褪せ、さらに最近はなんだかその石の表面まで乾いたような、ざらざらとすり減ったような。みすぼらしい様子である。

「フン」

音を出して鼻息を吐き、がんもどきを置く。

パン。

パン。

「えっ……」

妻が夫の茶碗に茶を注いでいる最中の夫婦らしい男と女が、呆然と春子を見つめた。

「いきなしどっちらさんじゃあ！」

後ろで座っていた爺さんが叫ぶ。

「……おでん屋だよ」

パンツ一丁で頭にズボンを被った爺さんに張り合う気力もなく春子は呟いた。

「すごいうまい、すごいうまい」

爺さんが大根を食っている。

「うまい、うまい」

爺さんがちくわを食っている。

「うまい、うまい」

爺さんが焼き豆腐を食っている。

それを左右で挟み、夫婦がハラハラと爺さんを見守っている。

「あんたらも食いな。冷めるよ」

「喉に詰まらないかと思って……」

「歯が丈夫そうだし大丈夫だろ。詰まったら詰まったで寿命だと思いな。大往生だ」

「ええまあ……」

「まあめでたいものだから大丈夫だろう。せっかくだから私たちもいただこう」

「そうね」

夫婦が揃って胸の前で手を動かした。いただきますみたいなものだろう。

「「！」」

たまごを食べた夫婦が目を見開いた。

五十代か六十代だろう。長年連れ添うと食べる順や反応まで似るらしい。

「こんなたまご初めて……」

「ああ。全然くさみがない。そうするとこんな味になるのかあ」

「うまい、うまい」

「黄身がスープに溶けて……全体がまろやかになっておいしいわ」

「このダイコンってのもまた……固めたスープを食べてるみたいでまあ……うまい」

「うまい、うまい」

「コンブっていうのもおいしい。はじっこはぴろんとして。真ん中は固くって。真ん中はもとの味が濃いわ。これは海のものね。おいしくて、滋養のある味がする」

「うまい、うまい」

「酒はどうする。熱いの、ちょっとぬるいの、冷たいのがあるよ」

夫婦は目を見合わせた。ふふっと笑う。

「そうねえ」

「まあ、せっかくだから。こんなときくらいは」

「うまい」

「熱いのは零したら危ないから、冷たいのにしましょうか」

「そうだね。冷たいのお願いします」

「はいよ。じいさんは」

「熱いの」

「ぶち壊しじゃねぇかよ」

「せめてぬるいのにしませんかお義父さん。わたしたちもそれにしますから」

「いいよ」

「じゃあすいません、ぬるいの三人前で」

「はいよ」

とっとっとっとっと……いつもの音を立てて一升壜が逆立ちする。

とぷんと沈めている間に爺さんの皿が空いた。

はんぺん、がんもどき、好きそうだったからもう一回大根。

夫婦の皿も空いたので、じゃがいも、こんにゃく、牛筋。

そうしている間に酒も温まったので、猪口を三つ。

「はいおまち」

とんとんとん、と並べる。

奥さんが銚子を持ち男たちの猪口に注いだ。手酌しようとした奥さんから夫が取り上げ、奥さんの猪口に注ぐ。

「……はぁ……」

三人揃って目を閉じた。

「「すごいうまい」」

揃った。

奥さんが牛筋をぱくり。そのまま汁を飲み、酒を飲む。その一連の手慣れた動きに、おっと奥さん飲める女だねと春子は察した。

対照的に夫はすでに頬が赤い。おそらく一合で気持ちよくなってしまうだろう。

爺さんもである。乾いた土のような頬が赤い。

とろとろとろと彼らは食べた。夕飯の準備がいらなくて嬉しいわあと奥さんが上機嫌である。

「ぽかぽかする」

爺さんがぽつんと言った。

「ええお義父さん。ぽかぽかしますわね」

「違う。あのときわしがポカポカしたんじゃ」

「え？」

ふやけ切っていた爺さんの顔がいきなりきりりと凛々しくなった。

「あのとき確かにわしは戦場に向かって最大の回復魔法を放った。それなのに体がポカポカした。わしが……私があのとき回復した。戦場に回復魔法を放った魔術師の私が！　何故こんなことを忘れていたのだ今鮮明に思い出したわ！」

「お義父さん……」

「親父……」

「白歌《クラルコンヒル》を聴いた者は跳ね返す！　術者に魔法を跳ね返す！　だから白歌を聴いたラバール将軍と部下たちだけが死んだのだただの一度も支援魔法が通らなかったから！　私にそのまま跳ね返したから！　白歌は跳ね返す！　白歌は跳ね返す！　何をしているエンリク今すぐ陛下に上申せよ！　白歌は魔法を術者に跳ね返す！　これは大切なことだ何故忘れていたのだ私ともあろうものが！　今の今まで！」

「落ち着けよ親父。なんだよそのクラルなんちゃらって……だいたい魔法を跳ね返したところでもったいないだけじゃないかなんの意味があるんだ。……ますますボケがきたのかな……昔は立派な、偉大な回復魔術師だったのに……」

夫がしゅんと鼻を鳴らした。

いきなりバンと奥さんが板をはたいた。

「……え？」

「お義父さんを一番信じなくてはならないのはあなたよ、エンリク」

「アマンダ……」

「この真剣なまなざしをご覧なさい。お義父さんは今、正気よ。実の息子がそんなこともわからないの？」

「……」

「わからないわよねえ。仕事仕事って家を空けっぱなしで、子育てもお義父さんのお世話も全部わたしに任せて。疲れた疲れたばかりでわたしの愚痴すら聞かないで。お義父さんのお顔の変化なんてわからないわよねえ『あの立派だった親父が』って涙ぐんでりゃいいと思ってるんですものでもわたしにはわかります。お義父さんのお世話を何年もやってますからねわたしには涙ぐんでいる暇などありませんでしたからね。これは正真正銘、あなたのご存じのほうのお義父さんよ。お義父さんの言うとおりになさい」

「でも……こんなわけのわからない話」

「わたしたちにはわからないだけで何か重要なことかもしれないじゃないの。『クラルコンヒルは魔法を術者にそのまま跳ね返す』。お義父さんの言ったことをお義父さんの名前付きで上申すれば、あとは上の頭のいい人たちが勝手に考えてくれるわ。やりなさい」

「ボケた老人の言葉を真に受けてって笑われたら……」

「……笑われなさぃよ。……いちいち、うじうじうじうじうるせぇなてめえはこれまでずっとそればっかだなあ！」

奥さんが夫の胸元をねじりあげた。

「ダリオが生まれたときのこと覚えてるかしら覚えてるよな覚えてねぇとは言わせねぇぞ！『陣痛だと思うから産婆さん呼んできて』って腹押さえて唸ってるあたしにてめえなんつった『まだ夜中だよ。周りの迷惑になるからもう少し我慢できない？』できるかボケ！　ふざけんな馬ああああああ鹿！　あのときお隣さんが気づいて走ってくれなかったらあたしもダリオも今頃天の国だ！　いっつもいっつも周りが世間がってててめぇが一番に守んなきゃいけねぇのは周りかよ世間様か⁉　たまには家族を一番に守ってみろよ家族のために動いて恥かいてみろ家族のために笑われてみろいっぺんくらい男見せろやエンリク！　ゴラァァァ‼」

「冷めるよ」

「あらごめんなさい」

夫の胸元から手を離し、上品に奥さんが笑ってフォークを持つ。

「昔やんちゃしてたかい」

「ええ、冒険者だったから。もう何十年も前だけど」

「へえ」

「うまい、うまい」

「あら、戻っちゃったわね。いいときとわるいときがあるのよねお義父さん。今日はいいことが思い出せてよかったわね。じゃあああなたは今から上申してきて。わたしとお義父さんはもう少しいただくわ」

「……はい」

「その丸いのをくださいな。あと熱いの」

「はいよ」

「うまい、うまい」

「ああ、おいしい。久々に腹の底から声出してすっきりしたわ」

「何よりだねえ」

「すごいうまい、すごいうまい」

まだまだ奥さんの顔色は変わらない。

爺さんのフォークも止まらない。

今日の客は長っ尻になりそうだねと思いながら、春子は汁を混ぜた。

降り積もる時

しんしんと時は降り積もる。

セントノリス上級学校から、王宮の文官を選抜する共通試験を終えた上級三年生たちが、伸びをしながら出てくる。

晴れやかな顔、暗い顔。笑っている者、泣いている者、表情はさまざまだ。

「終わった！」

「どうだった？」

「まあまあだ」

「ああ。まあまあだった」

「裏の問題が一番難しかったな」

「えっ？」

「やめろサロ。フェリクスが倒れる」

「大丈夫だよフェリクス、裏なんかなかった。開始前は裏返しにしてたじゃないか落ち着いて。大丈夫だよ、どうどうどう」

「なあ打ち上げやろうぜ」

「アデルの軍部の試験が十日後だから、終わってからにしよう」

「ああそっか。軍官学校は受けないで、このまま軍部の文官目指すんだよな」

「ああ。戦略室で戦術を立てたい」

「アデルなら大丈夫だよ。応援してる」

「ああ」

「積もりそうだなあ。雪合戦するか？」

「中級の一年坊じゃあるまいし。笑われるぞ」

「たまには初心に返るのもいいじゃないか。僕はかまくらを作ろう」

「まだ前に飛ばないのか」

「ところが飛ぶんだ。優秀な後輩が投げ方を教えてくれたから」

「根気強い後輩だな」

「そうだろう。我が校の誇るエースだからね」

わいわいと寮に向かって、上級最高学年の青年たちは歩く。


しんしんと時は降り積もる。


「おかあさん、しろ」

黒髪の小さな男の子が声を上げる。

「へえ雪、どおりで。寒いものね」

「遊ぶ」

「一人じゃ危ないから、もう少し待って。もうちょっと煮込まなくちゃ」

「なにごはん？」

「鶏のトマト煮」

「すき」


しんしんと時は降り積もる。


東の砦。訓練中の軍人たちが空を見上げる。

「お、雪だ」

「寒いもんなあ。積もるとあとで雪かきが大変だぞ」

「中央でも降ってるかな」

「家を買った途端に異動とはさすがの間の悪さだねクリストフ」

「言わないでくれレオナール。二人の顔を思い出すたびに泣きそうになる」

「申し遅れたけど僕も年明けに結婚することになった。式に招待するから来てくれ」

「うん。あの子とか。よかったな。これであのときの四班は全員既婚者か。俺たちも大人になったもんだ」

「ガットのとこ二人目もうすぐだろ？　マルティンはどうだっけ」

「もうすぐ三人」

「さすがはマルティン」

しんしんと時は降り積もる。


「先生、どうなさいました」

作業の手を止めて外を見ているデザイナーに弟子が声をかける。

「……デザインを変更するわ」

「今からですか？」

「全体じゃないほんの一部だけ。そうね、こうだわ。……これこそがふさわしい」


しんしん、しんしんと。


冒険者のパーティが荷造りをしている。

「よし行くぞ黒山！　何が出るかわからない最強のブラックボックス！」

「ついに挑戦かあ……高級ポーションもいっぱい買ったし、毒消しもどっさりあるし、大丈夫だとは思うけど……」

「心配するなよクリフ。俺たちA級だぜ」

「そういう奴が死ぬんだバード」

「落ち着いてやろう。大丈夫、いつもどおりにやろう」

しんしん、しんしん。


「何をしてるんだホーカン？」

「少し土を変えてみようと思ってな。ひょっとしたら芋ごとに好きな土が違うかもしれん」

「また実りすぎるぞ。こないだのを家に持って帰ったら『こんな大きいのどうやってゆでるのよ！』って怒られたぞ」

「うちもだ」

「外で丸ごと焼けばいいんだ。甘いぞ」

「なるほど」


しんしん、しんしん。


「どうして君が女性にふられるたびに、僕の貴重な休みがつぶれるんだ」

「……高級ホロホロ鳥とマッシュルーム、限定パンとチーズ、葡萄酒を買ってきた」

「今日は寒いね入ってくれ。なんてシチューにちょうどいい寒さだろう座ってくれ。ああ、牛乳があってよかった。大人しくここで待っていたまえ。あ、雪は払ってから入ってくれ。いつも言ってるけど部屋のものには触るなよ」

「わかった」

しんしん、しんしん。


「アドルフ先生！」

「はい？」

「すまんが来てくれ。うちの奴らが雪合戦してて一人足を折った」

「どうやったら雪合戦で足を折れるんです、バーン先生」

「まったくだ。俺だって聞きたい」


しんしん、しんしん。


「ロラン、襟巻」

「あ、ごめん忘れてた。外があまりにもきれいだから」

「小さな子どもか。喉を冷やすな」

「ありがとう。やっぱり『放浪者』は難しいね。緊張する」

「することない。とちったたって笑われるだけだ」

「そうだね。……でももう一回、練習しようフレデリク」

「ああ」


しんしん、しんしん。

「今日はあの山道を使うなよニック！　共有の雪用の地図で赤い道は今日は使用禁止だぞ」

「はい！　デニス先輩！」

「せっかくあの人たちが俺たちのために作ってくれた制度なんだ。現場の俺たちが、ちゃんと、きっちり守るんだ」

「はい！」


しんしん、しんしんしんと。


「雪か」

大国アステールの女王エリーザベトが中庭を見る。

「子どもたちは大喜び、大人たちは大混乱でしょうね」

女王補佐官……間もなく彼女から国を引き継ぐ次期王、トマス公が王に歩み寄って言う。

「ああ。……美しいな」

「はい」

トマスは降り積もる雪を見つめた。天から舞い落ちた、真っ白な雪。

白はその氷の目に映り、その表面をなぞって終わることを知らぬように降り落ちる。

しんしん。しんしん。

「……陛下」

「なんじゃ」

「私の傍らに、この新雪のような男を所望してもよろしいでしょうか」

「……すでに優秀なる補佐官も、補佐官になりたがっている男も数多くいるというのに、新雪を望むか、トマス」

「まだなんらの色も、跡もついていない者が欲しいのです。私の言葉に誰かの顔色をうかがうのではなく、私だけをまっすぐに見て迷いなく頷く者が」

「……心細いかトマス」

「はい。心の底から実に」

「そうか」

しんしん、しんしん。

じっと、二人は降り積もる雪を見つめた。

「どこからとるつもりだ」

「セントノリス」

「……そなたの母校であったな」

女王はまだ、降りしきる雪を見ている。

「今年の学年は特に優秀と聞くぞ。各部門が手ぐすねを引いて待っておることだろう。一名までなら、許す」

「ありがとうございます」

「あまり無理を言って、その者だけに甘えるでないぞ。そなたは昔から寂しがり屋であったからな」

「小心な凡人なのですよ」

「よく言うわ」

ふっと女王は笑った。そしてそれを消し、白く染まる国の大地を見据える。

「……頼むぞトマス」

「は」


しんしん。しんしん。

しんしんと時は、女王の治めるアステールに降り積もる。

◇◇◇◇◇

間もなく戴冠を控えたトマスは考えている。

私も陛下にとってのジョーゼフ＝アダムスが欲しいと。


女王陛下の補佐官は現在十名。代行として地方に飛んでいたり各機関との調整を行っていたり、何かの監視や助言をしていたりと常に傍らにいるわけではないが、誰もが女王を想い女王に尽くす、忠実な家臣である。

優秀な彼らは王位を継げばそっくりそのままトマスの補佐官となり実務の上ではなんら問題ない

わけだが、どうもトマスとしては一味足りない。

トマスを女王の後釜の王としてではなく純粋にトマスとして認め、全身を投げ打つようにトマスに心底尽くす、優秀で使いやすい男が欲しい。できればまだ何色にも染まっていない、なんらのしがらみもくっついていない者が。

なのでピカピカの優秀な若者を一人引き抜く許可を女王より得て先触れを出し、トマスは本日セントノリスに足を運んでいる。上級学校の三年生は先日共通試験が終わったところだ。その結果が出る前にかっさらう。次期王からの突然の大抜擢に風当たりは強かろうが、それくらいどうにかできない男ならそもそもトマスの補佐など務まらぬ。


白い校舎が見えた瞬間、ああ、懐かしい、と思った。

本来であれば貴族学校であるアッチェルノやサンドールがトマスの立場としては妥当な進学先であったが、トマスはセントノリスを選んだ。貴族だけに交わっていれば世界は必ず狭くなる。トマスは少しでも世界を知りたかった。濾過された上澄みだけ、綺麗にこしらえられた赤絨毯の上だけを歩くのは馬鹿馬鹿しく、変わらない景色が退屈であった。

学園生活は思ったよりも楽しかった。あのとき得たようなむき出しの、ひりつくような純粋な友情や感情には、王として歩むこれからの人生ではきっと二度と出会えまい。

これからトマスは金の衣装に覆われ、エメラルドのついた杓を持ち、宝石を揺らして歩くことになる。大きな冠を載《の》せた頭は重く、何をするにもきっと大層動きにくいことであろう。

その重たい衣装の端を持ち、倒れそうな体を支えてくれる誰かをトマスは切に望んでいる。王という孤独な生き物を愛し、手足に、ときに頭脳となって支えてくれる優秀なものが傍らに存在するならば、それはどんなに大きな心の支えとなることだろう。

トマスは怖いのかもしれない。皆を引き連れて歩んでいたつもりの赤絨毯の上で、振り向けばいつの間にか、誰もいなくなっているかもしれないと考えることが。

怖くて仕方がないのかもしれない。誰が去ろうとも最後までトマスを一人にしないでついてきてくれる無垢な者が、戴冠を前にして、トマスは今切に欲しくてたまらないのだ。

トマスは校舎の一室に入室した。部屋の中に三人の男が跪いている。

セントノリス上級学校三年生、一号室の男たち。

この選びぬかれた中でもさらに選びぬかれたもの。上澄みの中の上澄みがここにいる。

トマスは彼らの正面に立った。

「面を上げよ楽に立て。ここはセントノリスの門の中、王以外同位である。私への過度な敬いを禁じる。今日は私を一人のセントノリスの先輩として扱いたまえ。王補佐官であり間もなく君たちの王になる、トマス＝フォン＝ザントライユだ」

トマスはめんどくさいあれやこれを省いた。

外であればうるさい奴がなんやかやと言ってくるだろうがここはセントノリスの門の中。そしてその中で最も優れた頭脳を持つ三名。余計なことはなくてよろしい。

面を上げ立ち上がった三名に、ほう、とトマスは軽く目を見張った。

皆、種類は異なるが見事に見目が良い。成績上位者などだいたいが神経質そうな、青白く四角いのに目ばかりぎらつく深い森のふくろうのような顔をしているのが相場だが、今年のセントノリスは違うようだ。

そもそも一号室全員が平民。こんなことが過去にあっただろうか。彼らからはなんとも小気味いい、新しい時代の風を感じる。

首席ハリー＝ジョイス。この学年の一位は六年間ほとんどこの男が独占したという。

健康的に日焼けした肌、無造作に切られた茶の髪。しなやかな若々しい長身、深い青の涼やかな目。セントノリスでは初の、平民による生徒会長を務めている男だ。生徒会の役員は副会長を除き前任からの指名制なので、彼は貴族に平民を指名させたことになる。彼もすごいが指名した貴族というのもなかなかの男だ。

彼はどこか気品のある狼のような雰囲気を隠すことなく、その吸い込まれるような思慮深い目で観察するように、冷静にじっとトマスを見ている。

彼のほうがよほど王らしいとトマスはひっそりと笑った。

纏う空気が王者のそれなのだ彼は。そこにいるだけで人々の目を惹きつけてやまぬ、太陽のような存在感と説得力が彼にはある。

二位ラント＝ブリオート。サーヴァド族の出身という変わった来歴の持ち主だ。

試験の点数でハリー＝ジョイスを抜いたことのある人物は彼だけだという。

馬術の学園共通大会では中級学校の二年生から各競技の首位を独占。軍官学校の面子を粉々にぶち壊しにし続け、最後の年は会場全体が息を呑む中後続を見る見る引き離し華々しく一位でゴールする伝説の男となったそうだ。

地理歴史に明るく言語の感覚に優れ、在学中に何か国語も身に付けたという。

体格がいい。おそらくトマスよりも背が高いだろう。緩くウェーブのかかった薄い色の髪を伸ばし、後ろで結んでいる。目元も口元も柔らかく微笑んでいて、どっしりとした包み込むようなあたたかな空気になんだか彼を年上の男のようにすら感じてしまった。

三位アントン＝セレンソン。この男は先の二名に比べれば、少し落ちる。

中級学校を含めた六年間一度も二人に成績では及ばず、何らの入賞経歴もない。肩書に生徒会の副会長がついてるのは、ハリー＝ジョイスに指名されてのことだろう。彼らは同じ町の出身らしいのできっと仲がいいのだ。

少年を残す、力のなさそうな細い体つき。全体的に線が細いが顔立ちは端正で、白い肌、黒髪と黒い瞳は若者らしく透み瑞々しい。

ぱちんとその黒い瞳とまともに視線がぶつかり、うっとトマスは身を引いた。

なんだろう。

なんだかものすごく、見られている。

いや見られているは見られているのだが何かが違う。なんだこれは。

見ているのは、品定めしているのはトマスのほうのはずなのにいったいなんなのだろうこれは。

とにかくトマスは今、アントン＝セレンソンに見られている。いや吸い込まれている。何かをすごく。何をかはわからない。だが確実に何かを。ものすごい吸引力で。

おかしい。不敬と咎められるようなことを彼はしていない。姿勢は正しい。真面目な顔をしている。ただ目の輝きが尋常じゃないだけだ。

トマスは一度咳ばらいをした。

ハリー＝ジョイスがアントン＝セレンソンの靴先にこっそり自分のそれをぶつけたのが見えた。はっとしたようにアントン＝セレンソンが視線の吸引力を緩める。待て今何をしたそして何故頬が赤いアントン＝セレンソン。

「共通試験の直後にすまないね。皆疲れていることだろうが、私は本日試験の結果を告げに来たのではない。試験の結果が出る前に、私の役に立つ男がいるならば先に引き抜いておこうと考えここに来た」

三者の顔を見渡す。皆憎いほど動揺がない。

「私は間もなく王になる。私は私の忠実なる補佐官を求め本日ここに来た。私は私に心から尽くし、いずれ私の手となり足となり、頭脳となるための優れた資質を持つ者を求める。常に心安く私の傍らにありて私の思考の癖、行動の癖を飲み込み、いつどこにあっても私ならばどう判断するかを最優先に考え常に私のためになることを成せる者を求める。私の権威に甘えず、己の力量で周囲の者を上手くたらしこみ、有利に事を進めることのできる者を求める。それらのための努力を一切惜しまぬものを求める。私はこのような顔をしているが残念ながらただの冷徹な凡人だ。英雄的なものを求めるだろう若き君たちには悪いが、私は在位中何一つ輝かしいこと、華やかなことを行わないつもりだ。戴冠ののちは陛下の方針を引き継ぎ、人を育て、産業を育て、ただ淡々と、何も起きぬことを目指して国を動かす。そのような地味な政を行う王を内側から支えたいと願う稀有な者を私は求めている。そしてもし叶うのであれば私は、私を愛するものに傍らにいてほしいと願っている。この中にそのすべてを満たせる男はいるか。もしそんな者が本日セントノリスの門の中にいるのであれば、私はその者の私への忠誠を所望する」

ハリー＝ジョイスがわずかに笑いをこらえるような顔をしている。ラント＝ブリオートもだ。人を馬鹿にする笑いではない。何かあたたかさを感じる不思議な笑いではあるが、いったい何がおかしいのだ。

コンコン、とノックの音がした。トマスは許しの返事を返す。

セントノリスの教師が紙の束を持って入ってきた。

「急にすまなかったね」

「とんでもないことでございます。光栄です」

ちらりと若い男の教師が心配そうに三名を見た。

目を輝かせている一名を除き悠々飄々《ひょうひょう》とした様子を見て、苦笑いする。

「それでは、失礼いたします」

教師は去った。トマスは今受け取った紙の束をぱらぱらとめくる。

上位三名での推薦式だけで決めようかと思ったがそれでは仲の良いもの同士の慣れあいが起こるかとふと気づき、他の生徒にも意見を聞くことにした。

設問は二つ。

最後の一枚までめくり終えてトマスは顔を上げた。

背筋に寒気が走っていた。


「……三年一号室の三名の意見を問おう。君の学年から私の補佐官に誰を推す、首席ハリー＝ジョイス。ここにいないものでも良い。自薦も認める」

「アントン＝セレンソンを推します」

少しの間も空けず彼は返答した。

青く澄む目は力強く、口元は穏やかに微笑んでいる。

「彼はかつて私に言いました。『この国は変わる。人と産業を育てようと編むように改革を重ねる革新的な王家のお役に立ちたい』と。『わくわくする実りの瞬間に立ち会いたい』と。まだわずか十二歳の、ただの田舎町の少年だったとき。彼は朝焼けの中で目を輝かせながら私を見据え、確かにそう言いました」

ハリー＝ジョイスは一瞬ふっと遠くを見るような目をした。

朝焼けに浮かぶ友の顔を、彼はそこに見ているのかもしれない。

「そしてその日から、私の知る限り彼がその夢に向かうための努力を止めたことは一度もございません。彼は何度負けても何度転んでもすぐに立ち上がり、負けたこと、転んだことを恥じず、足を止めることなく常に努力し続けて参りました。いつか、あの日の夢を叶えるために。彼は十二歳だったあの日に、すでに王家に固い忠誠を誓っております」

ハリー＝ジョイスはアントン＝セレンソンを見てふっと微笑んだ。

「そして公。このアントン＝セレンソンはこう見えてとんでもない人たらしにございます」

アントン＝セレンソンがハリー＝ジョイスを見た。

ハリー＝ジョイスが彼のほうを見てにっと笑う。

おい、かっこいいなハリー＝ジョイス、とトマスは思った。

ハリー＝ジョイスがトマスに向き直る。

「アントン＝セレンソンは人の中の美しいものを誰よりも早く見出し、褒め伸ばし導く。小手先でも口先でもなく常に彼が真剣に、心からその美を愛し敬うからこそそれは相手に受け入れられ、彼が見上げるものにはいつしか以前よりも眩《まばゆ》い光が生まれている。私はセントノリスでの六年間その光を、幾度も幾度もこの目にいたしました。彼は人の才を見出し、周囲の環境をよりよくする天才です。人の美を己と引き比べ妬み羨むこともなく、それをさらに光る場所へと押し上げ、彼は常に、周囲を伸ばしていく。そんなことがいったいどうしたらできるのか、私はいまだに理解できません。立場上まるで彼が私の下のように扱われることは多々ございますが、私は彼に出会ったあの日から今日の日まで、試験の点以外で、この男に勝ったと思ったことは一度もございません。補佐として彼ほど心強い男はいない。ハリー＝ジョイスはアントン＝セレンソンを推します」

青い瞳でトマスを見据え、微笑みながら彼は迷いなく言い切った。

「……君は誰を推すラント＝ブリオート」

「アントン＝セレンソンを推します」

彼もまた微笑みながら、そう答えた。深みのある琥珀色の目が、穏やかにトマスを見据える。

「人を育てる公の治世に、彼は決して欠かしてはならぬ男でございます。……草原に住まうパルパロという動物がおりますが、彼らの群れを操るには前で引くものと、後ろから追うものが必要です。前を行くものは彼らが迷いなく従うように常に誰よりも勇敢で力強くあらねばならず、後ろを行くものは群れを離れたり、ついていけなくなるものがいないか、常に見守る広く優しい目を持たなくてはならない。我々の学年では前がハリー＝ジョイス、後ろがアントン＝セレンソンでありました」

ラント＝ブリオートは唇を綻ばせる。

「アントン＝セレンソンは六年間何者も見捨てなかった。はぐれかけた者転んだ者を見落とすことなく見つけ、必要があれば手を伸ばし、自らの足で歩けるようになるまでじっとその優しい目で見つめ、傍らに在り続けた。彼自身が誰よりも早く起き自分の勉強をするほどに時間を惜しんでいるにもかかわらず。入学後の一年目で一人の退学者も出なかったのはセントノリス開校以来、初とのことです。奇跡の世代と我々は呼ばれる。才を伸ばし有名になった人間が数多《あまた》いて、多くの賞状と栄冠が飾られても、そのどこにもアントン＝セレンソンの名は残っていない。だがしかしその事実は彼の胸に飾られるべき、偉大なる星と私は考えます」

優しい瞳が友を見た。

「彼がいつも人に対して向ける、その者の中に必ず良きものが、美しきものがあると心から信じるまなざしは、百の言葉で飾られた称賛の声よりもはるかに尊い、得難きものでございます。彼を傍らにお置きください。必ずや公を内から照らし続け、お支えいたします。前を行く公がお拾いになれないものを取りこぼすことなく必ずや後ろで彼が拾い上げます。ラント＝ブリオートはアントン＝セレンソンを推します」

「……」

トマスはアントン＝セレンソンの前に立った。

「アントン＝セレンソン」

「はい」

トマスを見上げるアントン＝セレンソンの目が潤んでいる。

「君たちの学年の他の生徒にも書面にて質問をした。『問一、学年中、最も優秀な生徒は誰か』。問一の回答はほとんどハリー＝ジョイスまたはラント＝ブリオートだった。君の名前はほとんど出てこない。つまりほとんどの者が、君を最も優れているとは思っていない」

「……」

当然だとでも言うように、彼の視線は揺らがない。

トマスは手元の紙をめくる。

相変わらず、背筋が寒くなる。

「『問二、己が組織の長にならんとするとき、補佐として一名のみ学年中から指名するならば誰か』」

ふっとハリー＝ジョイスが笑った気がした。

「『アントン＝セレンソン』」

トマスは紙をめくる。

「『アントン＝セレンソン』」

もう一枚。さらにもう一枚。

「『アントン＝セレンソン』『アントン＝セレンソン』『アントン＝セレンソン』！」

紙をめくり、もうめくるのも面倒になってばさりと撒いた。どの紙も、どの紙も。問二に同じ名前が書かれた紙が、ひらひらと舞いながら広がる。

舞い落ちる白の中で、トマスは黒髪の男を見据えた。

「この六年間でいったい何をしたアントン＝セレンソン。どうしたらこうなる君は魔法使いか？　君は
私は背筋が寒くて仕方ない。こんな奇妙で馬鹿げたことがあるだろうか。答えよセレンソン。君は彼らに何をしたのだ」


「……私は」

黒の瞳に白が舞う。アントン＝セレンソンとトマス＝フォン＝ザントライユは向き合った。

アントン＝セレンソンの目がさらに潤み、床に広がっていく紙を追っている。

すべて舞い落ちると黒色のそれはやがて上がり、トマスに向けられた。

「セントノリスでの六年間私は、ただそこに瞬く、美しい星々の数を数えました」

「星？」

涙で潤んだそれは澄み、どこまでも奥深く思える不思議な輝きを宿していた。

「はい。皆の中に、美しい才の星が数え切れぬほどに瞬いていたので、私はその光の数を数えました。それぞれの持つ光がどのような形で、どのような色で、いかに美しく眩いかを彼らに伝えました。セントノリスでは本当に皆が美しく、さまざまな色で、目が眩むほどに眩く輝いておりました。そのあまりの美しさに、六年間私はただただ目を見開き、見とれ続けました。こんなにも美しい光に、何故本人だけが気づかないのだろうかと不思議に思いました。きっと私は自身にその光がない

からこそ、その煌めきを見つけることができるのだと考えました。だから一つ一つ光を数え、その形を彼らに伝えました。瞬くたびに、今それがとても美しいと伝えました。もし私が六年間彼らに何かをしたのだとしたら、それはそれだけの、ほんの小さなことでございます。彼らは皆、私などが何もせずとももともとより美しく才能豊かでございました」

トマスに許可を得てから、アントン＝セレンソンが床に落ちた紙を手に取る。

白い指が、そっとその表面を撫でる。

「ロタール＝ペッペルマンの字……君は派手に見えて誰よりも用心深くて用意周到」

もう一枚。

「エリック＝ワイラー。もう怒りんぼを卒業して、頼れる先輩になった。君は視野が広くて、面倒見が実にいい」

もう一枚。

「ブレーズ＝ギマールの諦めの悪さは天下一品。ルロイ＝トンプソンはただの臆病者じゃない君は逃げ方の天才だ。サミュエル＝ヘディは爽やかなのにうまい具合に腹黒い」

一枚。また一枚。

何度も、何度も彼の指が、慈しむように紙の表面を撫でる。

彼の顎《あご》から水滴が落ちた。

「皆、ここに僕の名前を書いてくれたのか……」

無記名なはずのその解答用紙に一人一人、彼は友を見出して拾っていく。

頬を涙が伝う。彼はまるで彼ら自身を拾うかのごとく大切そうに集めて胸に抱いていく。

「……この罪悪感はなんだハリー＝ジョイス。私は何か罪を犯したか？」

「お気になさらないでください。トマス公は紙をお広げになっただけでございます。あれは紙。あれはただのアントン＝セレンソンです」

ハリー＝ジョイスとラント＝ブリオートが彼を手伝い、拾った紙を彼に渡す。すべての紙を集め終え、彼は最後にまとめて胸にぎゅっと抱いた。

ただ走り書きで自分の名前が書かれただけのそれは、彼にとって世界一の宝のようだった。


トマスは歩み寄り、間近でアントン＝セレンソンを見た。

他二人に比べればはるかに凡庸と思われたこの男から発せられる、不思議な輝きがもうトマスにも見える気がした。

「……君は誰を推す、アントン＝セレンソン」

「……」

アントン＝セレンソンが透き通った黒の目でトマスをまっすぐに見返した。

「アントン＝セレンソンを推します。本来自分よりも優れた多くの者を推すべきとは知りながら、それができぬほどその男がトマス＝フォン＝ザントライユ公をお慕いし、そのお傍に立ちたいと。その方の手足になりたいと、その方に己の人生を捧げてお仕えしお支えしたいと、渇望しているからです」

「……」

トマスは目を閉じた。

ふうと息を吐く。

満場一致。

狐につままれたような心持ちではあるものの、これを逃せばおそらく自分は一生後悔することになるだろうと、トマスは思っていた。どうしてかはわからない。何か大きな力が奇跡のような確率で今この場面を作り上げているような、そんな気がしてならない。

正面に戻り、トマスはその目でアントン＝セレンソンを見据える。

「トマス＝フォン＝ザントライユは、アントン＝セレンソンの忠誠を所望する。君を私の補佐官候補に任ずる。まだ学生だができるだけ王宮に入りなさい。今のうちに周囲と馴染んでおくのだ。私の戴冠はそう遠くない。今のうちから周囲に、君は常に私の傍らにある存在として印象づけるよう努力するように」

「はい」

「頼むぞアントン＝セレンソン。この日の、友と私の期待を裏切るでないぞ」

「はい。トマス公」

「……しかし、何故会ったこともない私を、君が慕う？」

ぱっとアントン＝セレンソンの顔が輝いた。ついさっきまで彼は泣いていたのに。

「お答えしてもよろしいのですか？　ではまず御年六歳の頃の馬とのエピソードから」

「やめておこう。これは長くなるやつだなハリー＝ジョイス」

「はい。私とブリオートはすでに耳に分厚いタコができております」

「よしやめておこう。途中から恥のあまり逃げ出したくなることが聞く前から容易に想像できる。授業はもうほとんどないだろう明日から来られる時間に来なさいセレンソン。補佐官の制服を用意しておく」

「……」

「その顔はなんだセレンソン。……仕方がない追って聞いてやろう。ただし少しずつだ」

「はい」

アントン＝セレンソンは曇りなきまっすぐな目でトマスを見上げる。

「でき得る限りお傍に馳せ参じ、公にいつでも少し冷ましたポトラスの茶をお淹れいたします」

「待て。何故私の好きな茶と温度を知っているセレンソン」

「焼きすぎる手前のトトンに、キブドウの甘すぎないジャムをのせて」

「おいおい待て待てセレンソン」

おかしい。トマスの好物など公《おおやけ》にしたことなどない。

「軽食には焼いたふわふわパンで挟んだ燻製肉のサンドイッチを。からしはほんの少しでございますね。ピクルスもつけたいところですが公はセコリーが苦手なのでこれは外します」

「待て待て待て怖い。怖いぞセレンソン！　何故君が知っている！　いったい何なのだこれは怖い怖い怖い！　彼をどうにかしたまえ友人だろうジョイス、ブリオート！」

「お諦めください」

「お慣れください」

彼の友人たちが達観しきった顔で言った。

アントン＝セレンソンが、いつまででも見ていられるという顔でトマスを見つめている。

「では」

トマスは部屋を出た。

玄関を出て、校舎を振り返ったときわっと大きな歓声が上がった。

三年生の教室が喜びに揺れている。

今頃セレンソンは友人たちに肩車されたり、胴上げされたりしているのだろう。肩を叩き合ったり、抱き合ったりしているのだろう。やっぱりあんな風に泣いて、笑って、笑われたり、心配されたりしているのだろう。

ぱちぱちと泡がはじけるような、くすぐったい、むず痒い、少し痛いような青春の記憶。残された時間は短く、だからこそそれは愛おしい。一度門を出ればそこは、もう二度と自分たちの場所に戻ることはない。

残り少なき白き門の中の日々を、今を楽しめ若人たちよ。青春は短く、その後の人生はきわめて長い。

「嗚呼青春のセントノリス。愛しき我が学び舎」

腕を広げ、珍しく上機嫌にトマスはおどけた。

門の外には重苦しい警備のついた立派な馬車が停まり、尊い人の帰りを待っている。

トマスはまたあれに乗り、豪華な王宮に戻り次期王としてちりひとつなき赤絨毯の上を歩むのだ。

退屈で面倒。重たくて動きにくいことこのうえない。一人であれば。

思ったのとは違ったが、何やらあたたかで面白きものを手に入れた。

重たい衣装の端を持ち、倒れそうな体を支えてくれる意外に頼りがいのある細い腕を。硬い顔になりがちなトマスを緩めて笑わせる何かを、得るような予感がした。

二十三皿目　国境を越えた男たちと一頭

今日も今日とてお狐さんを睨みつけている。

相変わらず精気のない稲荷だ。なんだか全体の色まで薄くなったような気がする。こんなに陰気じゃますます人が寄ってこないだろう。

がんもどきを置き、今日も春子は手を叩く。パン、パン。


目を開く。

夜である。

草原である。


「誰だ！」

「おでん屋だ！」

「婆さんだが気にするな！　見られたら消せ！」

男たちが振った剣が屋台の周りにあるらしい何かにぶつかって砕けた。やっぱりなんだか逆に腹立たしい。

一升瓶を春子はダンと置く。とっさに手に取ったが、ちゃんと中身が少ないほうのやつだった。

「……ずいぶん久しぶりじゃねぇかよ。なんでもいいや食うなら客だ。座るかい」

「……」

　男たちが呆然と、砕けた剣と、婆さんを見ている。

　全員筋肉だるまのどれもむさくるしい親父三人組の、しけりきった陰気な飲み会だった。金属の鎧を脱がないまま男たちは腰を下ろし、おでんを食った。どいつもこいつもでかいせいで、なんだか皿とコップがいつもより小さく見える。

　一瞬ぱっとうまそうな顔をするのに、互いに何か言おうとして顔を上げて、互いの顔を見るとそういえばそんな場合ではなかったなと思い出すようだ。

　馬鹿じゃねえのと春子は灰汁をすくう。

　酒飲むときくらい忘れちまえ忘れちまえ。馬鹿になりたいから人は酒を飲むのだ。

「……本当にもう、止められないのだろうか」

　顔に大きな傷のある男が熱燗を傾けながら言う。

「……わかっているだろう。もう、あれは別のお方だ。もうあのお方は俺たちの知っているカンダハル様ではない」

　長髪を後ろで結んだ親父が、冷酒を飲みながらつみれを食っている。全員が箸の使い方を心得ているようで、普通に使って食っているが春子にはどうでもいいことだ。

「まさかあのアブドゥルまで斬って捨てるとは……あいつは本当に、心からカンダハル様のことを案じていたというのに。……しかも、背中を斬ったそうではないか。戦士に対しそれはあまりにも、

あまりにも、むごい」

髭もじゃ親父がぬる燗を傾けながら目を赤くしている。

「……いったいどこで間違えたのだろう」

「……バシール王子の死後の、あの、落ち込みから突然明るく復活されたときだ。ただただ、我々は安心したものだが、あれこそが狂気のはじまりのときだった。あのときに何かできていれば……」

「もう言うな。何もかもが手遅れだ。……我々にできることはもう、一つしかない」

「……」

「……」

葬式のほうがまだ楽しいだろうと思いながら春子は汁を混ぜる。

「キャベツ食うかい」

「……はい、いただきます」

「よその国の我々などに、申し訳ありません」

「今更だね」

むしって手でちぎったキャベツに、ごま油に鷹の爪、調味料を溶き混ぜておいたものを加えて混ぜる。

白ごまをぱらり。でかいのがたくさん入ったからとまるまる一個八百屋の親父がサービスしてくれた。

「はいよ」

小皿にのせてとんとんとんとん、と置く。

黙ってぼりぼりと男たちは食べた。

「……うまい。なんだこの味は。この薫り高い不思議な風味」

「うまい。こんなに甘いキャベツがあるなんて」

「……」

髭親父がキャベツを噛み締めながら大粒の涙を零す。

「……昔、わしは貧乏で。一つしかないパンを弟たちにやって、自分は外の草を食っとった」

「草食っとったかラシッド」

「うまそうに見えたんだ腹が減りすぎて。そしたら横にしゃがみこんで、わしが食っとるのと同じ草をちぎって口に入れた奴がおった。噛んだあと、ぺっぺと吐き出して、『まずい！』と言いよった。『長剣使いのラシッド。こんなまずいものを食ってる暇があるなら俺の従者になれ。肉を食い、もっと強くなって俺を守れ。金はたんまり出すから弟たちもたらふく食えるぞ』と太陽を背負って笑った。少しだけ緑になった白い歯が眩しくて、眩しくて。……若き日のカンダハル様よ」

「……」

「……」

「もう無理なのかなあ。あの方が、あの日のあの方に戻るのは。あんな風にお笑いになる日はもう、二度と来ないのだろうか。わしが一生ついていくと決めた太陽がごときあのお方は、いったいどこへ行ってしまわれたのだ」

「……」

「……」

ぼり、ぼり、ぼり、ぼり。

キャベツを食う音だけがあたりには響いている。

「明日、ひょっとしたら最後の最後で、思い留まってくださるやもしれん。まだお心に、かつての陽の光が残っておられることを信じよう」

「……残っておらなんだら」

「……」

「あのお方を斬れるのか。あの方に拾われたことでここまで来た俺たちが！」

「やめろラシッド！　言わんでくれ！」

「俺たちは腰抜けだ！　お止めするにはそれしかないと知りながら今日まで……」

髭親父が泣く。

「……今日まで」

「ベエ」

「ベエ？」

髭親父の横に、動物の顔。

小さい馬のような、ヤギのような、羊のような。

「なんじゃこりゃ」

「知らん。なんじゃこりゃ」

「あれだ。遊牧民が飼ってるやつだ。パルパルだかペロペロだか」

「なんでこんなところに一頭だけ」

「はぐれたんだろう。まだ小さいのに可哀想に。人がいたから寄ってきたんだろう。群れて暮らす動物だもんなあ。可哀想になあ」

「小さいか？　こういう大きさなんじゃないか？」

「……」

動物に物欲しげな顔で見られ、春子は仕方なくキャベツの外の皮を差し出した。人の食べられるところはやらない。春子はケチなのである。

「ベエ」

むっしゃむっしゃと嬉しそうにヤギのようなのは食べた。

「ベエ」

最後にまるで挨拶をするように鳴いて、去っていった。

「……群れに来たんじゃなかったのか」

「ふられたな」

「若いいい男がいないからだ」

「メスだったか。それじゃあ見限られても仕方ない」

はっはっはっはと男たちは初めて声を上げて笑った。

それぞれの酒を飲み、キャベツを食い、おでんを食べる。

「ふう。少しだけ胸が晴れた。偵察の続きをしよう」

「そうだな。明日など来なければいいものを。我が国が道を踏み外す、明日が」

「信じよう。あの方に残る、最後の良心を」

男たちは同じ仕草で一礼し、去っていった。

春子はおでんに蓋をする。いつものお狐さんの前だった。


なので春子は今日も屋台を引きずって仕事に向かった。

◇◇◇◇◇

けだるい午後。王宮の連絡室。『連絡機』とその台を磨いていた男は、テーブルにある稲妻形の汚れを見てふと手を止めた。誰かがここで話しながら、手遊《てすさ》びでもしたのだろう。

じっとそれを見る。祖母から繰り返し、繰り返し聞かされた話を思う。

それはもう五十年以上前。昔々の、古い話だ。


その夏は、妙に雨が多い、暑い夏だったそうだ。当時十歳だった祖母は、妹とよく川遊びをしていたという。

石をどければいい味のスープを出す小さな蟹がいる。うまくいけば小さな魚がとれるから、夕飯のおかずが一品増える。

貧しい農家に生まれたしっかりものの祖母はまだ六歳の妹を連れ、遊びながらそうやって家を助けていたらしい。

本当に妙な暑い夏だった。明るかった景色が突然に真っ暗になり、雷が鳴り響き出した。また今に、すごい雨になるぞと祖母は思った。妹の手を引き、登っていた木から走って離れようとした。大きな木の下が一番危ないのだと大人たちに昔話とともに聞かされ、彼女はそれをしっかりと覚えていた。雷に打たれて命を取られるより、びしょ濡れになったほうがましだ。

むんと湿気だつ夜のような突然の闇の中、手を繋いで走っていた小さな妹が突然びくんと体を震わせ、どさりと地に倒れた。

雷に打たれたのだと思った。だが手を繋いでいた自分はなんともない。いったい何ごとであろうかと呆然としたそうだ。

妹の頬に、ネズミほどに小さい猫が引っ掻いたかのような不思議な傷が浮かび、やがてぷくっと腫れ上がって端同士が繋がり、小さなぎざぎざの形になったのを覚えているという。

必死で背負って家に引き返した。びしょ濡れの家族がはっとしたように振り向いた。

大して人もいないはずの農村が、あっちでもこっちでもざわめいている。

『熱雷』

ついさっきまで元気だった人に雷のように突如訪れる、恐ろしい病。

もともと痩せていた妹の頬が落ち窪《くぼ》み、ガタガタと震えている。

こんなにも暑い日なのに青ざめ、汗一つなく、小さな歯がかちかちと音を立てている。

同じ状況の村人たちが一箇所に集められている。女たちは湯を沸かし、病人でも食べやすいような柔らかいものを作るも、病人たちは誰もそれを食べられない。

汗をたくさんかいて喉が乾いているはずなのに、水すらも飲めないのが大半なのだ。さじですくって口に入れてやっても、喉がふさがっているかのように飲み込めず、吐き出してしまう。

熱い、熱いと誰かが汗をかきながら呻く。

寒い、寒いと誰かが震える。

天の国の反対に、悪いことをした人が行く国があるという。

そこはきっとこんなふうなんだろうと祖母は思った。誰も彼もが灼熱と極寒に苦しみ、飢え乾き、力なくのたうち回っていた。

『薬はないのか！　天神の涙は！　アスクレーピオスの薬は！』

大人たちが叫んでいた。

アスクレーピオスというのは薬の神様なのだという。

これを治す薬を作れる、この世でただ一人の、神様なのだという。

神様が作った薬は今大変高い値段で取引されており、とてもとても、庶民の口に入るようなものではないのだと。田舎で貧しいこの町にはそれがただ『ある』という風の噂だけが届き、誰もその薬を見たことがない。

『……みんなで作ればええが』

祖母は心から不思議だった。作り方がわかっているのに、どうしてみんなで作らないのかと。料理だって畑だって、そうしたほうがずっと早く、たくさん作れるのにと。

みんなで手分けして、一緒に協力して。役割を分けて。できたものを分けて。そうしたらもっとたくさんの薬ができて、もっとたくさんの人が飲めて、もっといっぱいの人が助かるのにと。

『みんなで作ればええが！』

皆で分ければいい。簡単じゃないか子どもにだってわかる。そうすればここにもきっとそれは届いて、みんなが、妹が元気になるはずなのに。

妹はガタガタ震え、そうか思えば今度は真っ赤になってはあはあ言い、また真っ青になって震えた。手を握り、歌を歌った。ぼたぼたと涙が落ちた。

伝染るかもしれないからと引き剝がされそうになったが絶対にどかなかった。そばにいなきゃいけなかった。だって妹は、どこにいったって何があったって、絶対に姉ちゃんが守ってくれると信じて、ずっと自分のあとを追いかけてきたのだから。守らなきゃいけない。守らなきゃいけない。この子はあたしの、大事な妹だ。

何度吐き出されようとその小さな口に水を運び、食事を運んだ。震えれば抱いて撫で、暑がれば水を浸した布を替えた。体のあちこちにあの変な形のぎざぎざがあった。憎くて、悔しくて気が狂いそうだった。


ふ、と目を覚ます。

うたた寝したようだった。

妹を見る。すう、とても安らかな顔をしていた。

ああ、治ったんだと思った。寝ている間に、きっと神様が来た。アスクレーピオスが来た。泣きながら微笑み、そっと妹の頰を撫でた。

冷たかった。

握っていた手を離し、祖母は外に出た。

また不穏な黒雲が渦を巻き、稲妻が走り、激しい雨が降っていた。

『……何が神様じゃ』

ぽつり、と天を見上げ祖母は呟いた。

黒い雲は渦を巻き、村のちっぽけさをあざ笑うようなはるかなる高みから、雨を降らせる。

『何が神様じゃ！　神様ならみんなに降らせい！　こんなただの雨じゃねえで！　なんとか様の涙とやらの立派なもんを、みんなに降らせい！　金持ちしか救わねえで、何が神様じゃ！　独り占めしよってからに！　貧乏人をみんな、小馬鹿にしよってからに！』

激しい風に吹かれよろめき膝をつき泥にまみれながら、それでも十の子は血走った目で荒れ狂い光る天を睨んだ。

『くたばれアスクレーピオス！　お前なんぞただのくそじゃ！　田舎もんに、叶いもせん夢だけ見せよって！　期待だけさせて、期待するしかできん貧乏人を全部見捨てよって！　妹は死んだわ水一滴も飲めんまま！　くたばれ！　くたばれ！　くたばれ！　地べたにあるってだけで救ってくれん、金持ちのためだけの神なんぞ、今すぐくたばれや！』

そのまま気を失い、目覚めれば家の中だったという。

穏やかで物静かな祖母は、その話をするときいつも十の激しい少女の目に戻った。

何度も、何度も繰り返し、繰り返し。聞いたその話はもう自分の目で見てきたかのように頭にこびりついている。

熱雷。

地上に突如現れ、消えた、恐るべき病。

そんなものはもう二度と現れなければいいな、と、今日も忙しく王宮で働く王家の家臣は考えながら、きゅっと台の汚れを拭きとった。

女王の一日

「美しい……」

陛下がドレスをつくづくと眺めながらおっしゃるのを補佐官ジョーゼフ＝アダムスは後ろから見ている。

「本当に、なんと素晴らしい。……あと一日早く検閲を終えておりましたら。誠に申し訳ございません」

「よい。これも何かの定めであろう」

本日は女王からトマス公に王位を引き継ぐ、トマス公の戴冠式である。

女王は黒に近しい深い紺の衣装を身につけておられる。

自身がもう光ではない、光を失い静かに星を包む宵闇であること。トマス公こそが今後国民を導く新たな光であることを示すための色である。

つくづくとジョーゼフは、本日陛下のもとに到着した服飾協会からの献上品のドレスを見る。

極上の黄みがかった光沢ある白地。贅沢な金の糸で縫い込まれた緻密な刺繍はまるで星そのもの。少しの乱れもない緩やかなライン。惜しみなく飾られ、しかし少しの品も欠いてはいない。まさに正道以外の何者でもない、この世で女王陛下のみが身にまとうことを許されるだろう、王者のドレスだ。

これを陛下がお召しになったなら、と思うだけで背筋が震える。トマス公に王位を渡すことを進言したのが自分であるだけに、ジョーゼフは口惜しくてならない。

先王が顧みず荒れ果てた土地を、ならし、水をやり、種を植え、その芽生えを待っている最中に、それを次へと引き渡さなければならない。

緻密で、悪く言えば目立たぬその数々の改革を喝采されることもなく、この慈悲深く賢いお方は大きなエメラルドの玉のついた杓を手渡し、金色のローブを脱ぎ王冠を脱いで授け、本日宵闇に姿を変えその椅子を立たねばならない。

「泣くなジョーゼフ」

「……申し訳ございません」

「泣くなというのに」

ふっと陛下の背中がお笑いになった。

コンコン、とノックの音が響く。

「トマス＝フォン＝ザントライユ様の御成りです」

「入れ」

かちゃりと扉が開き、男が入室する。

あまりの眩さに思わずジョーゼフは目を細めた。

あの日から五年。正しくはそこに数月加えて百年の節目の年号が変わったこの日の戴冠となられた、本日からのアステールの王トマス＝フォン＝ザントライユ。

なめらかで白い、金の飾りが揺れる衣装を堂々と身にまとい、王家の血の特徴である意志の強そうな眉、大きな深い二重の氷のような瞳、高い鼻と神経質そうな唇を輝かせてそこに立つ。

後ろには少年と言っても差し支えない、線の細い黒髪の男が付き従っている。

トマス公直々にセントノリスから引き抜いてきたというアントン＝セレンソンなるこの若き補佐官候補は、白い顔を頬だけ赤らめ緊張している様子を見せながらもぴんと背筋を伸ばし、賢そうな黒い瞳で室内の様子を観察している。

「似合うぞトマス」

「おやめください。身の丈に合わぬ重たい服に戦々恐々としております」

「ならば一日でも早く己をその服に合わせよトマス。そういうものだ」

「そういうものでございますか」

「そういうものだ」

ふっと陛下とトマス公はお笑いになられた。

ジョーゼフはセレンソンに歩み寄る。

「万事つつがないか。セレンソン補佐官」

「まだ候補でございますジョーゼフ補佐官。はい。問題ございません」

「そうか」

女王の老補佐官は、若き王補佐官候補をじっと見る。

全身から光のごとく若さが溢れている。『未来』という言葉にふさわしい、瑞々しい青年だった。

老いた者から、若き者への引き継ぎ。広場には国民が隙間なく押し寄せ、世紀の瞬間をこの目に収めようと今か今かと待っている。

「では」

陛下が重々しく言った。

全員で頷き足を進めようとしたところに、慌ただしい足音が響いた。

「女王陛下！」

「先触れもないとは無礼だぞ！」

「急報でございます！『地獄の門』より黄の煙が上がりましてございます！」

「！」

地獄の門を知らぬアントン＝セレンソン以外のすべての者の顔が白くなった。

「門は開いたのか！」

「今はまだ……」

バンとまた扉が開いた。

「続報！　駆けつけた者が辿り着いた先で、門番グラハム＝バーンが胸を押さえ倒れていたとのこと！」

「ッ……扉はどうなった！　グラハム＝バーンは無事か！　ええい面倒だ連絡機をここに持て！」

『連絡機』は発明家トトハルト＝ジェイソンが編み出した画期的な発明品である。

耳に当てるものと口に当てるものの二つが一つの組、さらにそれが対になって、別れた場所で互いの声を瞬時にもう一方に運ぶことができる。最初こそ馬鹿でかく運ぶこともできない据え付けのものだったが、徐々に小さく改良され、今や持ち運ぶこともできる。

その後同発明家が開発した『拡声器』なるものを用いれば声を大きく響かせることも可能になったので、本日の戴冠式もまたそれらを用い国のすべてにその声を響かせる予定であった。トトハルルト＝ジェイソンはその後も声にまつわる発明品を数多開発している、歴史に残るべき大発明家である。

「は！」

敬礼し、去った者が戻ってくる。

手に連絡機を持っている。

「王エリーザベトである。状況を申せ！」

従者が耳に当てるべき場所に拡声器を取りつける。相手の声が部屋に響くようになった。

『はっ。軍部所属黒山監視係のクレイマンと申します。先駆けの者からの連絡が途絶えましたので只今門に向かっております。何やら大きな音と揺れが……あっ』

ぶつ、ぶつと音が切れた。

がたがた、ざざざ、と余計な音が入る。

全員が息を呑んでその音を聞いている。

「ジョーゼフ補佐官」

「うむ、君には説明せねばならぬだろう」

ジョーゼフはセレンソンに『地獄の門』を説明した。恥ともいえる、何十年もただ一人の男に責任の一切を押しつけている現状のことも。この男には王家の恥を含むすべてを知っていてもらわなければならない。

すべてを聞き終え、正しく理解したのだろう。セレンソンは赤い唇を食いしばり一筋涙を流した。

「……申し訳ございません」

「よい。そうか。門番を想って泣ける男であったか、セレンソン」

その間も音声は乱れに乱れていた。

ときどき爆発音や複数の人の声が交じる。

永遠とも思える時間が流れた。

はあ、はあという息遣いが響く。

『こちら黒山監視係のクレイマン！　今先駆けの者を背負い門を離れております！　状況を申し上げる！　門は開いた！　門は一度開いた！　恐ろしい怨嗟《えんさ》と苦しみと嘲笑の声とともに！　中より無数の羽虫が黒煙のようにもうもうと溢れ、やがて見たこともないような巨大な魔物……魔物と言っていいのかわからない。あんなものをなんと言ったらいいのかわからない！　腐りきった人間の顔を前後左右に六つ並べた肉塊がごとき腐臭のするモノが扉より這い出しました。そして大きな足……人の三倍もあろうかというあの扉を、つま先だけで塞ぐような大きな足……ああ、あれが足だったのかもわからない。踏み潰された人間の体を重ねたようなものの塊がその形をとっているだけの、何かが、姿をのぞかせ、門の枠そのものがぎいぎいいと音を立てながら弾けんとしたまさにそのとき、グラハム＝バーンが立ち上がり、ひ、一言』

息が切れたのだろう、声が一度切れた。

『『わしが見ている。わしがお前らを、ここで見ている！　あるべき場所に戻れ！　罪を償い、今度こそ愛されるモノに生まれ直せ！　それまでこのグラハム＝バーンがずっと、お前らをここで見ている！』と腹の底から叫びました！』

涙声だった。はあ、はあと息が響く。

『その声に怯んだように大きな足は門の内に戻り、やがてぎいと音を立て門は重く重く動きながら閉じました』

「グラハム＝バーンはどうなった！」

『……彫刻に、なりました』

「……なんと？」

『仁王立ちのまま、あの地獄の門と同じ材質で作られた黒の彫刻のようになりました。彼は今も門を見ています。あの姿のままずっと！　ずっと！　グラハム＝バーンはその命の最期に彼が当然に行くべき美しき天上の国を捨て永遠の地獄の門番となることを選びました。厄から国をお守りするため、永久の黒の彫刻になって！　クレイマンめ頭がおかしくなったかとお思いならお笑いください！　だが私は見た！　あの男の美しく気高い魂を見た！　一人の男の凄まじい生き様を見た！グラハム＝バーンはあの恐ろしき何かを、今でも抑えている！　いつまでも抑え続ける！　彼は門番を選んだのだ永遠の！　笑うなら笑え！　クレイマンは確かに、この世で最も尊い男の姿をこの目で見た！　その崇高なる、もはや人ならざる声を聞いた！』

「……」

連絡機の向こう側には男泣きに泣く男の声が響いている。

『何故一言、言ってやれなかったのだ。『そなたに罪はない』、と。許してくれグラハム＝バーン……そなたがいなくなり、その係が己に回ってくるのが恐ろしくてついに一度も言えなんだ……そなたに罪はないぞグラハム＝バーン。そなたに罪はない。そなたに罪はない！　そなたには何一つの罪もない！　それでもその道を選ぶのかグラハム＝バーン！　あれらから国を守るために！　お前のための、お前だからこそ行くべき天上の国を捨ててまで。……お前には罪など、ただの一つもなかったのに！』

　誰も、何も言わなかった。

「クレイマン。そなたの見たものを信じる。……あれはそういう男である」

『うっ……うう』

「落ち着けクレイマン報告を続けよ。『大足』は戻った。煙のごとき羽虫とその前に出た魔物はどうなった」

『ぐっ……羽虫は黒山を出、もうこのあたりにはおらぬようです。魔物に関しましては付近にいた冒険者のパーティが駆けつけ、その討伐を引き受け私どもを逃してくれております。戦況がわかり次第報告いたします。先駆けの者は私が到着したときにはすでに倒れておりました。顔が赤く息が荒く、どうやらひどい高熱の様子です』

「高熱……」

『あっアドルフ先生！　そっちに行ってはなりませんどうか！　……ああ、行ってしまわれた……いえ何でもございません今魔法学校の教師が一名、門のほうへ参りました。回復魔法の使い手でございますので、彼らの役に立つやもしれません、あ、今町に出ました！　皆不安そうにこちらを見ております』

　がたがたがた、と雑音が交じる。人の声がする。

『発疹の形が『熱雷』そのものであると、複数の老人が申しております。五十年も前に流行した、小さな虫に刺されることで発症する恐ろしき病だと。私も、あの虫に、刺されたやもしれません。

ああ、何やら、体の力が……』

がたん、と大きな音がした。

ざざざざとまた雑音。

「『熱雷』……」

「陛下」

「ああ。ジョーゼフ。すぐに薬学研究所に連絡せよ。職員全員、さらに国すべての薬師と連携し総出で、『天神の涙』の制作に入れ。いくら予算を使っても良い。素材をかき集め作れるだけ作れ！　初回の分が完成次第転移紋を使い黒山付近に移動。すみやかに症状の出ている者すべてに与えるように！　よいな！」

「はっ！」

「……『熱雷』に治療薬があるのですか？　アスクレーピオスなき今の世に？」

連絡機を持って走り控えていた家臣が思わずという風に問うた。

発言後、ハッと自身の失態に気づき深々と頭を下げる。

「立場をわきまえず発言をいたしまして申し訳ございません。……昔、家の者を『熱雷』に取られております。アスクレーピオスの薬が手に入らず、見る者すべての涙を誘う様子で果てたと、祖母より繰り返し聞き及んでおりましたもので思わず。申し訳ございません」

「許す。そうか。至らず苦労をかけた」

陛下が静かな横顔で答える。

「ある」

ほうっと先の家臣が安堵の息を吐いた。

「復活したのだ。つい一年ほど前に。ある男たちの、長きにわたる戦いの末に」

「陛下！」

「今度はどうした！」

また先触れもなく開いた扉から現れた男が、大汗をかいて叫ぶ。

「北の大国ロクレツァより我が国に向けて、大軍が進行しているとの報告が！」

「……宣戦布告もなしか」

「ございません！」

「位置は」

「Ｔ－32－５」

「まだ国境の先ではないか何故わかる。報告者の名は」

「国境監視人、ヤコブ＝ブリオート」

「信用なる男か」

「監視人ですのでそうであろうとは思われますが……今、資料を持って……」

「信用なる男にございます」

若き声が割り込んで上がった。

アントン＝セレンソンが礼を取りながら一歩前に出る。

「定年まで教師を務め上げた、誠実にして実直な、国の未来を案ずる心正しき教育者でございます」

「何故そなたが東の国境監視人を知るセレンソン」

鋭い女王の視線に臆することなく、若き補佐官候補は黒き瞳で女王を見上げる。

「私はその者に会ったことがございます。彼は我が学友ラント=ブリオートの養父。遊牧の民であった友の類まれなる才をヤコブは間違いなく見出し、言葉を、学問を正しく教え、友をセントノリスへ導きました。すべては友と、国のため。友の才をアステールの未来に生かすために。今回の発見者はおそらくラント=ブリオートの父サーヴァド族トゥルバ=テッラ。彼は国境を越え、流れ住まう民でございます。ヤコブはサーヴァド族の言語を解し、彼らは互いを尊敬し合いながら親しみ合っております。こたびはトゥルバが国境の先で見たものをヤコブに伝え、ヤコブがそれを信じ報告したものと推察いたします」

ふいと陛下が傍らのトマスを見た。

「セレンソンを信用しているかトマス」

「昨日彼の前で居眠りした程度には」

「そうか。ヤコブ=ブリオートの報告内容をそのまま軍部に連絡せよ」

「はっ」

ふう、と女王は深くため息をついた。

「女王陛下」

トマスが陛下に歩み寄る。

「なんじゃトマス」

「どうぞお召し替えを。今日はどうやら私の日ではないようだ」

宵闇色の女王と金色の次期王はじっと見つめ合った。

「……どうやらそのようだな。セレンソン、衣装係を呼んで参れ。連絡機はそのままにせよ替えながら話す」

「は！」

「よく見ておくのだぞセレンソン」

横をすり抜けようとしたところでトマスに言われ、セレンソンは足を止めた。

氷のような目がセレンソンを見据えている。

「これから起こることをつぶさに、何ものも見逃さずその黒き目で見据え、その若く柔らかい頭に記録するのだ。そしてそれを必ず私の治世に生かせ。今の君が何もできぬことを恥と思うな。我々は次代。受け継ぐ者たちだ。我々が陛下の治世から引き継ぐべきものは何か、今日起こることをよく見よく聞きよく考えるのが今日の私たちの仕事だセレンソン。何一つの取りこぼしも許さぬぞ。よいな」

セレンソンは頷いた。

「は。必ず」

「よろしい」

セレンソンは走り出した。

「今日は女王の日だ」

歌うように言い、そっと目を閉じトマスは微笑んだ。

◇　◇　◇　◇　◇

薬学研究所。

第一級の緊急指令に、薬学研究所が揺れている。

最も大きな中央の新薬研究室を、白衣の研究者たちが埋めている。

壇上に、妙薬再生部エミール＝シュレットが立っている。

緊急にもかかわらず、彼に動揺は見られない。

彼は連絡機を口に当てる。その対の連絡機の先に、拡声器と数多くの連絡機が置いてあるはずだ。

「薬学研究所妙薬再生部エミール＝シュミットです。各地の薬師の皆様にも聞こえておりますでしょうか。王の命を受け我々はこれから、『天神の涙』の作製を開始いたします。お手元の調合表をご覧ください。材料はヨイノハギ、タンラコ、ナズリ。各素材と水の分量比は調合表のとおりです。これから念のため、作業の注意点を口頭でお伝えいたします」

エミールが口に当てている連絡機により、声は国中の薬師に届いている。

緊急指令を受け、皆がその先で耳を傾けているに違いなかった。

「ヨイノハギ、タンラコ、ナズリはすべて乾燥した材料が必要です。いずれも比較的一般的な素材ですので、皆さまお手元にお持ちのことと思われます。用いる素材の品質はヨイノハギ並以上、タンラコ並以上、ナズリに限り、最上のみ。素材に不足がありましたらご連絡ください。研究所に、溜めに溜めに溜めた在庫はたっぷりとあります。どの地域にも、一番近い転移紋を通しお届けする手はずが整っております」

各地の転移紋の先には同じく緊急指令を受けた各地の役人及び配達人たちが待機している。

「ヨイノハギは粉にします。可能な限り細かく、風に舞うほど滑らかになるまですり潰してください。次にタンラコの葉。こちらは刻みです。中央の葉脈に垂直に二分の幅で均一にお願いします。最後にナズリの蕾。こちらもすり潰しになりますが、粉にはしないでください。先に根元を切り捨て縦、横の四つに切ったのち、乳鉢に入れ、上から軽くたたきつぶし、それから円を描いて擂《す》ります。粉にはせず、荒く粒が残る形に。一定のリズムで、擦るのは二十三回きっかりでお願いします」

わずかに室内がざわめいた。

エミールがわずかに笑う。

「ポッポケーロさんのリズムを思い浮かべることをお勧めします。あれをきっかり歌い終えれば二十三回。早さもあれくらいで。早すぎても、遅すぎても、熱の伝わり方が変わります。なんなら口に出してもいい。もちろん、皆さまご存じですねポッポケーロさん」

緊張しきった空気がわずかに緩んだ。

皆頭の中に、あの歌を思い浮かべているに違いなかった。

「ヨイノハギは冷水に溶かし込みます。タンラコは沸かした湯で取ったものを濾し、その濾し汁にナズリを加えて混ぜ、色が変わったらまた濾し、それをヨイノハギの粉末の溶けた汁に合わせてください。最後は濾しませんお間違いにならないでください。反応が落ち着いた時点で『澄み渡るような空色』にならない場合は今一度素材、調合票をご確認ください。研究所では各作業を分業で行います。ただ、必ず、自分一人でも作れるようになっておいてください。いつ、誰が、どこで製薬することになるかもわかりません」

エミールは部屋を見回した。

「——と、ここまで製法をお話ししましたが一点。この薬はまだ、治験が済んでおりません。五十年以上、この地上に現れなかった病だからです。そしてその一件目が今まさに行われたはずです」

エミールの左手が別の連絡機を掲げ、相手の声の出る部分に拡声器を取りつける。

「こちら中央薬学研究所エミール＝シュミットです。結果を教えてください」

一見冷静な顔だが、連絡機を持つ手が、力がこもりすぎて白くなっている。

ガガッと雑音が流れる。

『こちら軍部黒山監視係ゲオルギー。軍部黒山監視係ゲオルギーです。『天神の涙』を飲んだ者たちの熱が下がりました。皆、水の一口すらも飲めなかったというのに、天神の涙だけは、まるで彼らの喉の塞がりを溶かし、染みわたるかのごとく……。汗も引き、意識がはっきりし、食べ物はまだ無理ですが水分を受けつけられるようになっております。顔色がとてもいい。これならきっと大丈夫だ。……ありがとう！』

わあっと部屋が揺れた。

エミール＝シュミットが連絡機を壇上に置きダンと飛び降り、一番前に置かれた椅子に座る老人たちに膝をついて抱きついた。

「泣くな。泣くなエェミィール」

自身も泣きながら、ポウルの手がエミールを撫でる。

「よかったなぁ」

照れ屋のジェイコブが顔を赤くしている。

「……」

マキシミリアンが震えている。

ずっ、と鼻をすすり、袖で目をぬぐってエミールは壇上に戻った。

「……『熱雷』は発熱と悪寒を交互に繰り返し、体力を、人の命を徐々に削り取る病です。体力のない老人、子ども、持病のある人から先に奪われます。今症状の出ている人たち、その家族の、どれほど心細いことでしょう。どうか、間に合うように。それでもどうか冷静に。素材を無駄にすることがないように。一滴でも多くの天神の涙が、一人でも多くの人に届くように。できれば国民すべてが飲める量の薬を、これから我々の手で作ります」

淡々とした声であった。

「常に緻密で、冷静であってください。正確であってください。正直であってください。人なのだから、ミスは起こりますそれを絶対に隠さないでください。私たちの作る薬は、顔も知らない誰かが、宝として命がけで命に向かって運ぶ、死に怯えて泣いている人々とその家族が心から待ち望む、とても大切なものです。正しく、一切の工程を省略せず、調合表どおりにお願いします。自分の大切な人が飲む薬かもしれないと思ってどうかお願いします。各地の薬師の方には以上です。製薬に入ってください。予防薬でもありますのでまずご自身がお飲みになってください許可を得ています。ご質問がありましたらいつでもご連絡ください」

連絡機に向けて祈るように、エミール＝シュミットは言う。

「協力し合いともに国中に、命を救う、空色の涙を降らせましょう。以上です」

エミールは連絡機のつながりを切った。

顔を研究所の研究者たちに向ける。

「我々はヨイノハギ、タンラコ、ナズリ、最終の調合に分けての分業です。交互に休みましょう。食堂は常に解放されていますので好きなタイミングで食事を取ってください。第一倉庫、第二倉庫が仮眠室として開放されています。女性には少し遠くてすいませんが胡桃宿の部屋を五部屋押さえているそうですのでそちらを使ってください。研究所内の浴室に併せ近隣の湯屋が研究者向けに無料で開放してくれるそうです。不潔を許しません。製薬の場は清潔を常に保ってください。長期戦になります。体調に気をつけ、上手に休んでください。改善すべき点があれば僕に言ってください。それぞれがどの担当なのか、職員番号順で表を張り出してありますので確認ののちそれぞれの作業部屋に移動してください。それでは……」

「『天神の涙』製作担当者はおられるか！」

「私たちです」

エミールが壇を降り、老いた研究者たちに並ぶ。

駆け込んできたのは王家の文官だ。旅姿であった。入室し、叫ぶ。

「黒山を中心に、予想以上に多くの人が感染していることが判明しました！　これから、どれくらい増えるかわからない。黒山は転移紋から遠く、出来上がったものを運ぶにも時間がかかる。まだ判明していないだけでさらなる患者が出ることが予想されます。『天神の涙』を作れる人間に現地にいてほしい。どなたか素材をお持ちになって一緒に来てください今すぐに！　転移紋に向かう馬車を外に用意してあります」

「……」

感染の震源地に赴け、ということだ。

薬はある。予防薬であり治療薬でもある薬だ。

だがそれがどの程度有効なのか、わかるのはこれからだ。

その状況で、患者が多く発生している場所に赴く。

感染するかもしれない、死ぬかもしれない、ということだ。

「当然僕が行きます。一番体力があるので」

エミールはずいと前に出た。

「ではこちらに！」

「痛たたたたたぁ！」

後ろからポウルの声がした。振り向けば胸を押さえてうずくまっている。

「ポウル先輩!?」

慌ててエミールはポウルに駆け寄った。

「おい誰か、エミールの友達いるか。いたらエミールを押さえとけ。離すなよ！　怪我させるんじゃねえぞ！　特に手ぇ！」

ジェイコブの野太い声が響く。

エミールは両脇から抱えられたことに気づいた。左右を見る。

「ウロノス……リーンハルト……！」

「ジュディは下がってろ！」

「でも……」

「エミールぐらい俺一人でも大丈夫だ！　ジュディ頼む下がっててくれ腹に響いたら大変だ」

そっとジュディは、まだ膨らみの薄い自分のおなかを両の手で押さえた。

ジュディとウロノスは結婚した。そしてもうすぐ彼らは親になる。

きっと優しい子が生まれると思う。

「離せ……離せ！」

彼らの手を振り払おうとエミールは暴れた。

「離せ！　離してくれ！　頼む、お願いだから！」

マキシミリアン、ポウル、ジェイコブが立ち上がり、ゆるりゆるりと役人のほうに歩み出す。

ぼろぼろと涙が溢れた。

行かないでほしい。

行かないでほしい。何もなくたって死にそうな人たちなのだ。そんなところに行ったら絶対に死んでしまう。

行かないでほしい。置いて、行かないでほしい。

「離せよ離してくれ！　お願いだ！　離さないと僕は君たちを一生許さないぞ！」

涙を零しながらエミールは左右を睨みつけた。ウロノス、リーンハルトが何かをこらえる顔で歯を食いしばっている。

「嫌だ！」

「離すもんか！　俺はお前の友達だ！」

「……」

もっと鍛えておけばよかった。薬ばっかり作っていないで体術でも習っておけば、この二人をぶん殴って張り倒してあそこに行けたのに。彼らを止められたのに。

ずっと薬だけ作っていたなまっちょろい腕は、少しも彼らを振りほどけない。

マキシミリアンが役人から拡声器を受け取っている。

「聞け。今ここに生き集った、若き薬学研究者たちよ」

声が響いた。

賢者にふさわしい厳かな声が。

「『天神の涙』。長きにわたる研究のすえ、それは再び地上に現れた。そしてその調合表は包み隠すことなく一年前からこの国の薬師たちにすでに広く共有されておる。秘すれば今どれほどの栄誉、金になったかもわからんその製法を我々が一般に公開したのは、ひとえにそこのエミール＝シュミットの進言によるものである。一人でも多くの者を手のひらから零さずに救うために、それは広く、予《あらかじ》め多くの者に共有すべきであるとその男は言った。金も栄誉もない、練習用の薬草を買えば空っぽになる薄い財布しか持っていない男がだ。有事のとき大国の隅々まで素早く、どんな小さきものにもそれが届くようにとその男は願ったのだ。彼はそこに、金と栄誉以上のものを見出した」

ざわめきがおさまり、しんと静まり返った。

「研究者が金を稼ぐなとは言わん。栄誉を求めるなとは言わん。それらは重要だ研究者が誇りを保つために。さらなる研究のために。だがしかし薬というものがどのような願いとともにこの世に生み出されたものであるのかを、忘れぬものであってほしい。アスクレーピオスになるその境目を、見誤らず、踏み越えぬものであってほしい」

三人の老人は扉を開いて振り返った。

皆晴れ晴れとした、嬉しそうな顔をしている。

「『医師薬師よアスクレーピオスにはなるな』。数十年後にはきっとこの言葉は変わっていることと思う。『医師薬師よアスクレーピオスにはなるな、エミール＝シュミットとなれ』。それだけのことを我々はその男に託した。彼は情熱をもって努力し、そのすべてを飲み込んだ。『天神の涙』。その男の言うことを信じ、作り続け、きっと国の隅々まで、その澄み渡る空色の宝をすべての人に降らせてくれ。我々は戦地に向かう。これは命の残りが少ない老人の役目だ思い残すことは何もない！

さらばだ若人たちよ！」

「嫌だああああああ!!」

エミールが膝を突いて崩れ落ちた。

その両の腕を、彼の友たちが泣きながら押さえている。


やがて扉が閉まり、馬のいななきが聞こえそれは遠ざかっていった。

しんと静まり返った部屋の中心に、エミール＝シュミットが崩れ落ちている。

「……いつまで見てるんだ」

ぼそりと低い声が彼から響いた。

「すぐに自分の持ち場につけ。腕が上がらなくなるくらい刻めすり潰せ。沸かして濾して混ぜ合わせろ調合表どおりに。『熱雷』は待たない！　倒れた人を震えながら抱きしめている家族が、倒れた母親に縋りついて泣いている子どもが今このときもいる！　僕たちは薬学研究者だ一滴でも多く作るんだ彼らの薬を今すぐに！　今！　僕たちに！　手を止めている時間なんかない！」

研究者たちは散った。張り出された紙で己の担当を確認し、持ち場へ走った。


「ポーッポケロさんポッポケロさん……」

ぽそりと誰かが歌う。

「おとしをめした、いい猿を」

また誰かが歌う。

「一人でわたしてみなさいな」

その日一日、いや何日も
その歌は繰り返し繰り返し、研究所に響き続けた。

◇　◇　◇　◇

少し前のこと。


「ん？」

国境監視人ヤコブ＝ブリオートは眉を寄せた。遠くから、何か地響きのようなものを感じた気がしたからだ。

遠眼鏡を目に当てのぞき込むがよくわからない。もっと国境のギリギリまで行ってみようかと、年老いたロバに乗ったときそれは現れた。

『おお、トゥルバ＝テッラ！』

『ヤコブ。武装し殺気に満ちた男たちがこちらに向かっている。地を埋めるほど大量にだ。俺はこれからパルパロと家族を南に避難させる』

『場所を教えてくれ』

『先頭は今ラタプマウンガ付近だ』

『とんがり山だな。わかった』

馬に乗るトゥルバの後ろにはパルパロを挟み、赤子を背負い勇ましく馬にまたがるサーヴァド族の女性がいる。

トゥルバは結婚した。子も設けた。それがしきたりなのだという。

『……戦争か……』

『それが終わればここに戻る』

『何故!?』

『この国に関わるならばそれはラントに関わることだ。息子の旅路を見守るのは父の役目だ。何が起こるのかを見届ける。いざとなったらお前を乗せて逃げよう。お前のロバは遅く、お前に何かがあればラントが悲しむ』

『……』

結婚しても。血を分けた子が生まれても。やはりトゥルバ＝テッラは、ラントの父なのだ。

ヤコブは己の目が潤むのを感じた。

『わかった。わしはこれを今から国に報告する。わしもまた逃げない。国境監視人だからな』

『そうか』

わずかにトゥルバが笑った。

『疾《と》く、戻る』

大量のパルパロを引き連れてトゥルバが走る。

◇◇◇◇◇

「武器の予算を削ったのはあなた様ですぞ女王陛下！」

不敬にも陛下に詰め寄る軍部の男を、軍部武官パウロ＝ラングディングは必死で止める。相手は現場の者だから言葉が荒い。

パウロはここ何年も、軍部の中で国のためにパウロなりに戦った。

年々増す軍の内部にくすぶる陛下への不満を、聞き出してはなんとか懐柔し、ときに道化を演じ、誘導し上手い具合に発散させ、ときには秘密裏に陛下に報告して都度対応を求めた。

戦いたい軍部と、戦わない女王。老いぼれのうぬぼれと笑われるかもしれないが、対立するものの間を取り持つパウロがいなければ軍部の怒りはすでに爆発し、国は今日現在の形をとどめていなかったかもしれない。おかげでここ数年でパウロはすっかり痩せ、頭髪も寂しくなってしまった。

一部からはコウモリ野郎と陰口を叩かれる、パウロのその身をすり減らすような献身を知るのは、女王とパウロの古き友人だけである。パウロはそれでこの国の戦なき平和が続くならば、それでいいと思っている。

「待て待て、ものには言い方というものがあるだろう！」

「わけのわからん少数民族！　黒字化しない産業！　必要もない土地やおかしな森の保護！　まったくどうでもいいようなものばかりに予算をお使いになって！　我々になまくらで戦争に行けとおっしゃるのか！　若手から死にますぞ！」

声を上げながら、廊下を歩む女王を皆が追いかける。

補佐官候補アントン＝セレンソンはその様子を後ろから黒き瞳でじっと見つめている。

本日の陛下はこれだけのことがありながら、恐ろしいほど静かに落ち着いておられる。白の光沢あるドレスを身に纏ったそのお体が、何か光のようなものに包まれているように思われ、アントンはごくりと息を呑んだ。

アントンの横には補佐官の服に着替えたトマス公がいらっしゃる。先ほどまでまさに王者として輝いておられたアントンの主は今やすっかりその威厳を消し、補佐官以外の何者にも見えない。

これもまた冷静に、何やら楽しんでいる気配さえする。

常に穏やかで知的に見えるこのお方は、その内側に何か、大海のようなものをお持ちだとアントンは思う。多くのものを内包しながら一見穏やかに凪いでいるそれはきっと一度荒れると、途方もない力で荒れ狂う何かである。彼はそれをおそらく自覚しながら胸の中に飼い慣らし、信じられないような理性と知性をもってして常に抑えている。

「……恐ろしいお方だ」

「何か言ったかいセレンソン」

「いえ、何も」

氷の目がいたずらっぽくアントンを見る。

「楽しそうだって？　ああ楽しいとも。こんな瞬間に立ち会えるとは。私も君も幸福だセレンソン。よくよく味わうがいい」

「味わう……」

ふっ、とアントンの口の中に、少年の日口にしたあの味が蘇った。

緊張しきっていた心が、ふっと弛緩する。アントンはトマスを見上げ、にっこり笑った。

「はい」

「よろしい。君のその笑顔に隠された肝の太さを、私は大いに買っている」

トマスもまた穏やかに微笑む。穏やかじゃないことを考えているのはわかるのに、このお方の微笑みにはどうしても騙されそうになる。


陛下は大きな扉の前で足を止め、従者から鍵を三本受け取った。順番に鍵穴に差し、一つずつ開けていく。

やがて扉は開かれた。

瞬間現れた眩い光に人々は息を呑んだ。

広く天井の高い倉庫。そこにはぎっしりと、天井まで積み重ねられた剣、甲冑、兜。

軍人が声を失い震えている。

「……この白の眩い光……まさかすべて……ミスラル、だと……？」

「鼻のいい採掘家、腕の良い鍛冶屋とその弟子たちがおってな。あそこに積んであるのは魔法収納箱よ。箱が一つ壊れたゆえその分をこのように出したのだ。すべて含めればこの十倍ほどある」

「じゅ……」

「足りるか？」

白の光を浴びながら女王が振り返り、微笑んだ。軍人が固まっている。

女王はやがて微笑みを消しパウロを見つめた。

「軍部武官パウロ＝ラングディング」

「は」

「これを公開すればまた、我らに外国を攻めさせよと軍人たちが荒ぶると思い、今日まで秘しておった」

「……当然のことにございます」

「身を粉にし軍部を抑え続けてくれたそなたの働きのおかげで、今日という日のためにここまでの準備ができた。そなたには苦労をかけたなパウロ。どうか許せ」

「……もったいなきお言葉にございます」

白い光に照らされる痩せた老人の枯れた頬を、涙が滴り落ちていく。

◇　◇　◇　◇　◇

「ロクレツァが東の地より攻め入ることを前提に立てられた防衛の戦略はいくつある」

「ざっと千」

「優良三十を持て。可能なら発案者も呼べ」

「は」

やがて軍服姿の者が二名現れた。

陛下が玉座から二人を見下ろす。

「久しいのミレーネ。皆そなたの案か」

白髪の女性が礼をし、にこりと微笑んだ。

「いいえ、半々でございますわね。このミネルヴァ＝ブランジェと。彼女は戦術家。そして軍人であるわたくしの甥の妻でございます」

「軍部戦略室所属、ミネルヴァ＝ブランジェと申します」

黒髪の容姿端麗な女性は、陛下に固く礼をした。

「そうか。優良三十。宣戦布告なき戦いに、そなたらはどの案を推す」

「新しいものを持参してまいりました」

「ほう。回復手法は」

「ポーション一択」

「よし」

女王はミネルヴァ＝ブランジェから紙を受け取り読み込んだ。

「……まず民を逃がすか。なんとも、女らしい」

「恐れ入ります」

「褒めてはおらぬ。甘いとも言える。だが続く戦術も含めわたくしは好きだ採用しよう。だがしかしこれほどの人数。ジョーゼフ、どこに送ろうか」

声をかけられたジョーゼフ補佐官は微笑んだ。

「実りすぎて手が足りないと泣きついてきた、あそこしかありますまい」

「そうよな。トマス。東の国境から民をオルゾ半島へ送る最短距離を出してくれ。民間人だが、転移紋の使用を許可する」

「は」

「この戦術に関しそなたはどう思ったミレーネ」

「今回の場合、最上と」

「そうか」

じっと陛下は冷静な目で戦術家ミネルヴァ＝ブランジェを見た。

「ミネルヴァとやら。己の戦術で夫を戦争に送り出すこと、恐ろしくはないか」

「恐ろしいです」

ミネルヴァ＝ブランジェはよく光る黒い瞳で陛下を見据えた。

「だがしかし別の者の戦術で送り出すほうがよほど恐ろしい。我が国が敵を打ち破り、兵と、民が最も死なないのは、わたくしの戦術です」

「そうか」

そっと女王は微笑んだ。

◇◇◇◇◇

配達人デニス＝アッカーは細い雨の中馬上にいた。

『地獄の門』から出た羽虫が運ぶ『熱雷』なる疫病の治療薬の配達に備え、配達人が各待機所に待機している。とても寒い。

『こちら中央配達部オットー＝バッハマン。オットー＝バッハマン。皆、聞こえているだろうか』

拡声器をつけた連絡機から響いた渋い声にピンと背筋が伸びた。

デニスが尊敬する大先輩オットー＝バッハマンの声だ。彼は二年前に雲の上の人になった。もう彼は赤い配達人の制服を脱ぎ、中央で役員になっている。

彼が役員になってからいろいろなことが変わった。各配達人にその経験年数や実力に応じた配達物が任されるようになり、危険地帯には二人一組のバディ式が採用された。新人研修もだいぶ手厚くなり、各所の地図は危険地帯を皆が共有するように変わっている。

『間もなく『天神の涙』第一陣が各地の転移紋に送られる。今回の配達物は『赤』の上でも最上級の『赤』、ＳＳ級の扱いになる。今回の配達には多少効率は落ちるがなるべく団体で移動し、そこから枝分かれするブランチ方式を採用する。各配達人はそれぞれのエリアの地図の危険地域を今一度確認するように。大丈夫だと思っていてももう一度だ。道は生き物だからな』

経験という重みのある深く静かな声を、皆が真剣に聞いている。

『薬学研究所エミール＝シュミット氏から言付けがある。読み上げる。『全国の配達人の皆様。日々の正確かつ迅速な配達、誠にありがとうございます。各地から送られる素材、出来上がった薬を各地に送ってくださる皆様のおかげで、我々は薬を作り、出来上がったものを必要な人たちの元に届けることができています』

デニスは目を閉じた。

『私たちは運べない。ひ弱で、馬にも乗れない職員がほとんどです。私たちはただ刻んですりつぶし、混ぜ合わせるだけだ。運んでくれる皆様がいて、初めてそれは誰かの薬になり、誰かの役に立つものになっています。誰かの命を救うものになっています。『天神の涙』、私たちはこのひ弱な腕で全力で作成する。どうかそれを必要とする人々の元に届けてください』

ぎゅっと手綱を握る手に力がこもる。

『『ただし、どうか気負いすぎないでほしい。命がけでなんて思わないでほしい。危険があったら逃げてください。襲われそうになったらすぐに荷を手放してください。私たちは人の命を守りたくて薬を作っています。一人一人の命を。皆様の命も同じです。それは絶対に、薬と引き換えにして失っていいものじゃない。大丈夫、たくさん作ります。どうか荷を守るために命を危険に晒すことはしないでください。私たちは作ることしかできない。だから作ります十分に、たっぷりと。国民皆に届くくらい作ると約束します。だからどうか気負わずに、無理をしないで、運んでください。

どうか気をつけて。苦しんで、死に怯えながら待っている人たちに、『天神の涙』を届けてください。私たちの作ったものを皆様の手で、足で、人の薬にしてください。よろしくお願いします』

うっと横の配達人が目元を拭った。

デニスも思わず涙ぐんでいた。

『……ありがたいなぁ』

しんみりと連絡機の向こうのオットー＝バッハマンが言った。

『正直なところそもそも配達物にランクをつけること自体、俺はおかしいとは思っている。平民の少年が祖父に出した手紙がCで、王の手紙がSだなんて、ずいぶんおかしなことだとは思わないか』

オットーさんそれ言っちゃダメ！　とデニスは目を剝いた。

『我々配達人は、配達物にどんな印がついていようと、心の中でランクをつけてはいけない。Sも、Cも、どれも同じ、皆等しく大切なものだ。今回の配達物はSS。だが気にしなくていい。いつも運んでいる、それぞれ大切な手紙と同じと思って運ぼう。これは薬学研究所が誰かに宛てて、心を込めて出した大切な手紙だ。いつも運んでいるものと何ら変わりはない。いつもどおりでいい。道を走り、確実に進み、ただ届けよう。我々はこの国の配達人だ』

我々はこの国の配達人だ。

その言葉に顔を上げれば、雨の中に、はためく赤、赤、赤。

子どもの頃、岩だらけの地の先にその姿が現れるのを焦がれるように待った、憧れの配達人たちの色。

デニスもまた、赤。

改めて、背筋が伸びる気がした。

『運んでくれ。……本当は俺も赤い制服を着て、皆とともに走りたかった。実に悔しい。君たちが羨ましい。到着した薬を見て目を輝かせる人々の顔を、俺もこの目で見たかった』

本当に悔しいんだろうなとデニスは思う。あの人は芯から配達人だ。

『今一度地図を確認するように。危険があればすぐに逃げるように。身の安全を第一にしてくれ。我々の数が減れば減るだけ、届く荷物の数が減ることを忘れるな。以上だ。皆、いつもどおり頼む』

そう言って連絡機は静かになった。

もうちょっとあれやこれやかっこいいことを言ってもいいだろうにと思う。

でもこれがオットー＝バッハマンなのだ。


皆がそれぞれ馬を下りて地図を確認している。

ざわめきが近づく。転移紋から、配達すべき物が届いたのだろう。

「いつもどおり、いつもどおり」

デニスは呟く。

背中の固い緊張が消えていた。

「よし」

白い息を吐いて馬を撫でる。

「今日も頑張ろうな」

微笑み、帽子を正した。

いつもどおりの日が始まった。

◇　◇　◇　◇　◇

「ついに来たなあ」

東の砦がざわめいている。

転移紋から続々と軍人たちが送られてきている。

「宣戦布告もなしにいきなりか。大国のくせに野蛮だなロクレツァ」

長い銀の髪をなびかせ、レオナールが言う。

「俺たちも小隊長か……責任重大だぞ作戦無視して突っ込むなよガット」

「おう任せとけ」

「不安だ……」

クリストフとレオナールが頭を抱えた。

「マルティンは騎馬隊だな」

「もちろん。十人分は働くさあの男は」

「恐ろしい」

「それにしても……」

「ああ。ミスラルとは恐れ入ったね……」

彼らの手には白く輝くミスラルの剣、体には同じく輝く白き甲冑がある。

希少で、加工の難しいこの金属が剣や甲冑の形を取っているだけでも恐るべきことなのに、まさか自分たちのようなクラスにまで行きわたるほどの数があるとは。

「軽い。浮くって本当か？」

「さあ。伝説の戦争でも出ていない装備だぞ。なんだか敵さんに申し訳ない」

「気を抜くなガット、レオナール。それじゃあ持ち場に。戦術はわかったな」

「ああ」

「なあ、これってさ」

「うん、『九掛け』だね」

ガットが手元の紙をじっと見る。

「……前より嫌じゃねぇや」

「伝えとくよ。喜ぶ」

ふっと甘く笑って手を上げクリストフは去った。

「あーあ、すっかり落ち着きやがって」

「まったくだ。隙がなさすぎて嫌味が過ぎる」

「……」

「鶏のトマト煮」

「ぶっ」

何年経っても面白いのがあの日のあの男のいいところである。

かつてマルティンから送られてきたイラスト入りの『クリストフの幸せの報告』の報告書は東の砦の若手寮の目立つところに張っておいた。万事そつのない嫌味な男に、あれで溜飲を下げた同期も多いことだろう。とレオナールは思っている。

「それじゃ。本当につけたんだなてっぺんの赤のふさふさ。さすがにヘルムまでは上で打ち止めで、逆によかったじゃないか」

「おう。かっこいいだろう」

「すごく馬鹿っぽい」

「いいや。かっこいい」

そうして別れた。

これが最期の別れかもしれないことは誰も言葉に出さなかった。

自分たちは軍人。人を殺して、人に殺され、国を守る生き物である覚悟はとうについている。

◇　◇　◇　◇　◇

『今オーガスタス＝グリーナウェイが名乗りを上げに向かっております』

「何故あの者が出た」

『本人の希望です。『死にやすい仕事は本来老人の仕事だ。それにわしはあの日以来どうも死ぬ気がせん』と譲らず』

「あの者らしい。まったく、そんなわけがあるか。グリーナウェイ及び前方の陣の者たちに四名の歌は聞かせておるな」

『は。……言いたくはありませんが、呪われの歌を戦いに臨む戦士にとはあまりにもむごいですぞ陛下。しかも説明もなく内のものに不意打ちでとは何事か！　あまりにも、あまりにもやり方が卑怯だ！』

「昂ぶっておるな今日はずいぶんと言うではないか。何、念のためよ。まさかそこまでは落ちておらんと信じたいものだ」

突然連絡機の向こうからバンと爆発音がした。

「……どうなった」

『信じられない……信じられない！　こんなことあっていいわけがない！』

「何があった」

『こんなこと……奴らはもう人ではない！　奴ら人に攻撃魔法を向けました！　一騎で名乗りを上げながら前に出たオーガスタス＝グリーナウェイを、いきなり炎の魔法で焼きました！　信じられない！　奴らはもう魔物だ！　畜生の所業だ！　人に攻撃魔法を向けるだなんて！』

「……」

『ああ、勇敢なる歴戦の老兵オーガスタス＝グリーナウェイ！　戦場の鷹《ファルコ》オーガスタス＝グリーナウェイ！　剣以外のもので死ぬとはなんという無念であろういや待て。起き上がった……？　ピンピンしている？　何故だ確かに魔法は放たれたのに⁉　いったい何故生きている老兵オーガスタス＝グリーナウェイ！　戻ってまいります戻ってまいります何故か笑顔です！　え、何々？……こう申しております。『敵の中にロクレツァの王がいた。あの憎たらしい目、わしが忘れるものか他を隠したところでバレバレよ。位置はT－1－45と戦術家に伝えよ。戦場のファルコ、老将オーガスタス＝グリーナウェイ！　老いたとてその目は衰えてはおらぬ！』と』

「ほう」

顎に手をやり、女王は考えこんだ。

「ジョーゼフ、残りの白歌の民を戦場に送れ。何重にも、厳重に守るように」

「は」

「トマス、ロクレツァの王位継承権一位は誰だ」

「現王の次男のカルロです。強すぎる父に押しつぶされた、実に御しや……仲良くできそうな人物ですよ」

「そうだな」

にやりと女王と次期王は目を合わせ笑い合った。

「では強すぎる父を今日ここで殺そう。ロクレツァの首をすげ替える。何、人に攻撃魔法を向けたのだ我らが正しい。今の音と声、記録済だな」

「は。こたびのトトハルトの発明品の活躍のこと。彼がこの世にいることに感謝せねば」

「うむ。セレンソン連絡機を持て。戦場に語りかけよう」

「は」

「本当ならばわたくしも戦場に赴きたい。ともに行くかトマス」

「なりません」

「ふん」

セレンソンは二人のやりとりに頬を真っ赤に染めて歩み寄った。

自分は今すごい場所に立っていると、目を輝かせながら。


オーガスタス＝グリーナウェイに向けて魔法が放たれたのを見た軍人たちは、固まった。

数秒後、地面を割らんばかりの怒号が満ちる。

皆が怒っていた。怒り狂っていた。大陸を分け合う力と技の純粋なぶつかり合いを奴らは汚したのだ。これ以上ない卑劣なやりかたで。あまりにも外道な方法で。

ギリギリと歯を食いしばり、軍人たちが剣に手をかける。

作戦も何も吹っ飛びそうだった。いや、そもそも作戦は変更しなくてはならなかった。相手が当然正々堂々と、剣と弓、知を以《もっ》て戦うと信じたうえでの作戦だったのだから。


『聞け。アステールの勇敢なる軍人たちよ。王エリーザベトである』

拡声器で大きくなったとはいえ限度のあるはずのそのお方の声は、不思議に戦場の狂乱に響いた。

「……」

「……女王陛下」

普段から文句しか言っていないはずの軍人たちは、それでも女王から名指しで呼びかけられ、その口を閉じた。

『今そちらに白歌の民が向かう。彼らの歌う歌には、受けた魔法を魔術師に跳ね返す力がある。この世に残った奇跡の歌がそなたたちを、魔物に成り下がったロクレツァ王の外道の行いから必ず守り、正しき鉄槌を返す。何も恐れず、己の技と力、作戦を信じて進むがよい』

まさにその瞬間、白のローブを身にまとう僧侶姿の者たちが続々と到着した。

『歌え白歌《クラルコンヒル》。古代より伝わりし、人を人たらしめる最後の誇りの守り歌』

戦場に女の細い声が上がった。男の低い声が重なる。先ほどよりは低い女の声。先ほどよりは高い男の声。

すべてが重なり、フッと消えた。

「……え？」

『声』を感じる。そこに歌があるとわかる。

それなのに、何も聞こえない。

鼓膜がビリビリ震える。肌がゾクゾクする。

それでも聞こえないのだ。何も。

「なんだ……」

「ビリビリする。……体が、震えているような」

身を震わせる男たちの前でやがて美しく、優雅に、彼らは揃って礼をした。

歌が終わったのだと軍人たちは悟る。

星の光を纏ったような美しき民たちが揃いの服をひらめかせて戦場に浮かんでいる。

『進め。作戦のとおり。身につけた技を、力を、魂を見せつけよ。わたくしは常にそなたらに言ったな。力は使うべきときに使えと。今はそのときではないと。耐えよ、我慢せよと。繰り返し繰り返しそなたらに言った。今はそのときではない、今はそのときではないと。幾度も、幾度も、そなたらにそう言い続けた』

戦場に再び白歌が響いている。

『今ぞそのときである。全力でその力を見せつけよ。進め。アステールの勇敢な男ども。蛮族をそれ以上国民に近づけるな。固き盾となり、鋭き剣となり、全力で我が国の国民を護れ』

戦場が静まり返った。白歌以外。

『今ぞそのとき。今ぞそのときである。進め！　アステールが誇る雄々しき軍人どもよ！　今日、ここに、今！　その体に持てる限りのものすべて、全力でぶちかませ！』

「！」

女王の声は戦場に一迅の風となって吹き男たちの背中を押した。

オオオオオ！　と声を上げて男たちは走り出した。

事前の作戦のとおりに。訓練のとおりに。光るミスラルの鎧と剣を持って。

敵の魔術師たちが詠唱を始めた。

「うっ」

「ああっ」

彼らはまるで当たり前のように、バタバタと己の魔術に自爆し倒れていく。

矢の雨が降る。盾によってそれをはじく。

戦場で、戦争が始まった。

◇　◇　◇　◇　◇

「クソッ」

じゅううと焼け黒ずんだ格闘家バートの拳が白い光に覆われ、通常の皮膚に戻る。

湯気のような黒い煙を出す魔物の腐りきった顔から、耳を塞ぎたくなるような笑い声が響く。


黒山。地獄の門前。

大きな腐った人間の顔を前後左右に並べた肉塊のようなものが全身を震わせて笑う。

黒い手足を生やし、ぶよぶよぶよぶよと動きながら、ひび割れた子どもの笑い声と、すさまじい腐臭を留まることなくまき散らしている。

『それ』の前に、冒険者たちが立ち塞がっている。

「サンキュージーザス！」

「戻れバード！　やっぱり物理は分が悪ぃ！　ロミオの魔術メインで行く！」

「でもこいつなんかすげぇ変だ！　絶対なんか考えてやがる動きが気持ち悪りぃ！　全員で、一気に決めたほうがいい！」

「……言いたいことはわかる。これは多分、絶対に外に出しちゃいけないものだ。さっきから笑うだけで全然攻撃してこないのは何なんだ」

「聖水絶対効くタイプだと思ったのに効果なしか……鑑定しても何も出てこない。わけがわからない怖すぎるよこいつ！」

「どうする」

「すごく嫌な予感がするロミオ詠唱始めてくれ！　お前がいいなと思うやつ最大で！　俺とバートで足止めしておく！」

「オッケー！」

「サポートは任せて！」

「回復も！」

「頼むぞ！」


前を向き、足を踏ん張りながら、冒険者たちは思っていた。嫌だ、怖い、今すぐにここから逃げたいと。皆がそう思っていることを皆が知っていた。

今目の前にあるモノが、理解の及ばないきわめて異質のものだとわかる。見るだけで背筋が震え足がすくむのを、矜持《きょうじ》と気合だけで動かしている。ただの人間が何人束になったところで、これに敵うわけがない。嫌だ、怖い。この場から逃げたい今すぐに。

だが同時に、これまで多くの魔物と対峙してきたA級冒険者だからこそわかる。これは絶対に野放しにしてはいけないもの、けして人里に降りさせてはならない何かであると。

役人を逃がし、外に出ようとするそのモノの足をなんとか食い止めることはできている。だが、それ以上どうしたらいいのかがわからない。何をすればこれを倒せるのか、そもそも倒せるモノなのか。間近で見れば見るほど、勝利をイメージすることできなくなっていく。

必死で考え、それぞれの役割をこなすため動きながら、全員がそれぞれの走馬灯を見ていた。

『英雄になりたい』

そんな子どもの夢だけ持って、かつてそれぞれ、道を歩き出した。夢以外、何も持っていなかったから。

道の先で偶然に互いに出会った。気が合ったから共に歩んだ。誰一人欠けることなく、ここまで歩んできた。

自分たちは今日この場にたまたま居合わせただけだ。正式な依頼を受けて討伐に来たわけではない。こんなどう見たってやばいモノと、命がけで戦わねばならない理由はない。挑み、死んだところで、誰に名を覚えていてもらえるわけでもない。

だが、自分たちは冒険者だ。この洞窟の先に広がる世界に、何があるかを知っている。

仲間たちと地図を広げ、次はどこに行こうかと夢を見た。道を行けば世界はそのたびに風景を変え、色を変え、歩みの先でまた、いろいろな姿を見せた。

それはときに驚くほどに冷徹で、苦しいこと、悲しいこと、汚いことが当たり前にある。でもその傍らには驚きも。楽しさも。優しいこと、美しいことも、たくさんあった。優しい人たちも、息を呑むような、美しい景色も。

多くの人がそれぞれの役割を持ち、それぞれの責任を持ちながら働き支え、食い、飲み、笑い、生きている世界。

自分たちはこれまでずっとそこを無責任に流れてきた。やりたいことだけやってきた。それを許容してくれたこの世界の扉の前に今、こんなものがいる。これは今まさに、そこに入ろうとしている。人々が必死で守ってきた、丸いもの、優しいもの、美しいものを、根っこからぶち壊しにしようという悪意をまき散らして。

そこに偶然、居合わせた。A級冒険者の自分たちが。それはきっと、偶然なんかじゃない。


「なあルノー」

「なんだバート」

「気のせいか？　俺ロミオのこの詠唱、初めて聞く気がするぞ」

「おっ偶然だな俺もだ！」

「長え長え長え！　長えよ！　絶対みんな死ぬやつだろこれ！　なんかすげえ昔酔ったときに言ってたやつ！」

「なんかそんな感じするな」

それぞれ止まる暇もなく動きながら言う。

「『お前のいいなと思うやつ最大』、なんて言うからだよ、ルノー」

「やるのはいいとして、せめて詠唱始める前に『みんな死ぬけどやっていい？』くらいは言ってほしいよ！」

「ロミオだからな！」

「ロミオはいつも座りすぎなんだ、肝が！」

「それに何度も助けられただろう！」

「確かにな！」

焼け焦げ傷つく。優しい白い光に包まれ癒やされる。

このロミオの長い長い詠唱も、きっとそろそろ終わりだ。結びの文言の始まりが、いつもどおり。

跳ね散る魔物の体液に体を焼かれながら振り返り、仲間たちが皆笑っているのを見て、ルノーも笑った。

きっと、これでいい。こんなとんでもないものをこの先に放たずにすむのなら。

命知らずで親泣かせ。明日をも知れぬ根無し草。そんな自分たちのこの手で、皆を、世界を守れるのなら、きっと今日までの自分たちの歩みには、意味があった。

楽しかった。楽しかった。本当はもっと、もっとこの先を一緒に歩みたかった。そう思ってしまうくらいの楽しい旅をしたことを、誇ろう。

この状況で逃げようと、結局最後まで誰一人言わなかった仲間たちに出会い、今日まで共に歩んだ自分を誇ろう。

「生まれ直したらまた、一緒に旅しようなみんな。やってくれロミオ」

「がぼっ」

「……？」

がぼっ？

振り向けば、最後の一文を読み上げるはずだったロミオの口に、それを塞ぐ人の手。

詠唱の中断に、眩しいほどだったロミオの手の中の光がしゅるしゅるしゅる……と消えていく。

「自分だけに還るように緻密に組み上げ、何一つ過つことなく詠み上げた君の魔術師の魂を称賛する。だがまだ命は取っておきなさい。君たちも、引いてくれるか」

この場に見合わぬ、落ち着いた穏やかな声が響く。ルノーは焼け焦げた場所をジーザスに癒やされながらその男を見た。真面目そうな顔立ちの薄茶色の髪の男が、ロミオの横に立ち、涙ぐみ腰を抜かしたようにへたり込む彼の肩に手を置いている。

「風魔術師のアドルフ＝バートリーだ。獲物を奪って悪いが全員、即刻私の後ろに来てくれ」

「でも……」

「今すぐにだ。言うことを聞きなさい」

「……」

まるで学校の先生のような物言いに、思わずルノーたちは従った。この中に勉強の成績が優秀だったものはいない。皆、先生とは怖いものだと思っている。

自らの後ろに立つ冒険者たちを、褒めるような顔で彼は見て、笑った。

「よくぞここで押さえた。間に合ってよかった。これは何があっても、外に出してはいけないものだ。今のうちに粉々に刻もう」

言うが早いかその手のひらから風が起こり、鋭い刃となって魔物を襲った。

赤子の泣き声と老人の絶叫が交互に響きながら交じり合うような、耳を塞ぎたくなる声が響き渡り、血しぶきが飛びぐちゃりぐちゃりと黒い血肉が落ちる。

「え？」

竜巻が起こり散った肉を巻き上げさらに細かく刻んでいく。

「ええ？」

四方八方から風の刃がその竜巻を切り裂き、やがてそれは収まった。

洞窟の中には大きな門と門番の黒い彫刻、あの魔物の出した大きな黒い汁のようなしみしか残ってない。

最後に輝く水が煌めきながら床一面に溢れ、じゅっと煙を立てながらそのしみは影も形もなく消えた。

「……」

魔法とは。

魔法、とは。

「……」

「……こっち見ないで。言っとくけど僕、実技は成績Aだったから」

「……これは？」

「さあ。通りすがりの神様かなんかだろ」

ロミオが涙目を隠すように横を向き、不貞腐《ふてくさ》れたように言う。

「ええと……冒険家になられたりは」

ルノーが言うと、髪一つ乱していない先生みたいな男は、冒険者たちに向き合い柔らかく微笑んだ。

「なりません。私は枕が変わると眠れませんし、毎年入ってくる未完成のものを、教え導く大切な仕事があります」

「……へえ」

「それでは。今ので皆、回復もできましたね」

「あ、はい」

「それはよかった。皆、よく頑張った。心から誇っていい。君たちは今日、世界を救いました。正式な報告は君たちの名で行いなさい。取り急ぎ結果のみ、私が上げておきます」

「……」

「……」

男は消えた。


取り残された冒険者たちはしばらく呆けたのち、隣、正面の仲間と目を合わせた。腰が抜けたように座り込むロミオに、一人、また一人と膝を落として抱きついていく。結局全員で団子になり、仲間の肩を叩き、頭を撫でる。確かめるように。

生きている。全員。ぼろぼろと皆が子どもみたいに泣いている。そんな互いの顔を見てぶっはと笑う。

「ダッセエ！　俺ら！」

「なんなんだよこれ！　ホント！」

「おいしいとこ全部あの人じゃん！」

「ああホントに。俺たち、まだまだだ。先は長い」

「ああ。また、頑張ろう。……みんなで」

「いつかやってみたいなぁあの役！　カッコよすぎだろ！」

黒山。門と門番の彫刻の前。

勇敢な冒険者たちの旅の道が、差し込む星明かりの先に続いている。

◇　◇　◇　◇　◇

化粧係が陛下の化粧を直している。

陛下はこれから中央の広間に出て、国民に呼びかける。

全国に声は届けられ、多くの国民がその声を耳にすることになるだろう。


「トマス様もお出になられるのですか」

補佐官候補セレンソンは己の主、トマスに歩み寄り見上げた。

「補佐官としてだ。警備はついているが、最も近しい場所で陛下の御身をお守りする」

「僕が立ちます」

「こんな腕で何ができるセレンソン。私もただ立っているだけだ実際は。偉大なる王の隣にいた男として、今のうちに顔を売っておかなければならない」

「今までそのようなことは」

「状況が変わったのだ。君にもわかっているはずだ。我々は大変なものを引き継がなくてはならなくなった。我々が何を成したとしても人々はことあるごとに言うことだろう。『女王陛下がいればこんなことにはならなかったのに』、と」

トマスの氷の目を、セレンソンはじっと見上げた。

トマスが皮肉っぽく唇を上げている。

このお方は不安になると皮肉を言うと、若き補佐官候補はもう気づいている。

「……つくづく、あの日あれを食していてよかった。それがなければこのようなものを引き継ぐ勇気など出るはずがない。直前で臆病風に吹かれ、今頃しっぽを巻いて逃げ出していたことだろう。君にも食べさせてあげたかった」

「……コンブを？」

「コンブ？」

主従は互いの顔を見つめている。

主の瞳を見てセレンソンは微笑んだ。不思議な確信を持って。

「ぬるり、つるりとした、黒色の滋味深き海藻の名でございます。真ん中にてきゅっと結ばれた、大変にあたたかな」

トマスの氷の目が、一瞬瞬いてからセレンソンを凝視した。

己の若き補佐官候補を、今初めて見るように彼は見つめている。

「……たまごをいつ割った」

「最初でございます」

「濁らなかったか」

「黄身がスープに広がりましたが、それもまたまろやかで美味《おい》しゅうございました」

やはりセレンソンは微笑んだ。

一瞬次期王トマスが泣きそうな顔をしたのは、錯覚であったのだろうか。

「……手を掲げよセレンソン」

「は」

トマスが力いっぱいセレンソンの手に自らの手のひらを当て、バンと肩を叩き、微笑んだ。

「次は我らだセレンソン。若者の道を歪めることを危惧する、お優しい気持ちはもはやない。君も流れの中、これは君の道だ。私の戴冠後君は人であることを諦め、補佐官として生きなさい」

「はい。我が君」

「行って参る」

「ご武運を」

トマスが歩み、セレンソンはその背を、眩い星を見る目で見送った。

そうしてからふと、自らの足元に金飾りが落ちていることに、気づく。

ふくろうの羽を模した、補佐官の制服に着ける装飾の一つ。拾い上げ己の胸に着け直そうとし、そこにすでに同じものがあることに気づいた。

「トマス様！」

トマスが振り向く。走り寄ろうかと思ったが、間に人がおり、女王陛下がすでに歩みを進めておられる。

自らの胸を見、その欠落に気づいたのであろう。手振りでトマスはセレンソンに言った。『投げよ』と。

一瞬躊躇ったのち、主の命に従いセレンソンはそれを投げた。ゆるやかな弧を描いて飛んだ金色のそれを片手で受け取り手の中をじっと見たのち、トマスは息を吐き、わずかに苦笑した。そして何か吹っ切れたような顔でそれを胸に着け直し、前を行く女王の歩みに合わせ、静かに歩み出した。

『広くを見渡し、音なく主に付き従うもの』。彼が一度取り落とし、今再び己の胸に着け直したのは、そういう意味を持つ補佐官の小さな装飾であった。


女王と次期王が、国民の前に姿を見せた。

若き日の前王によく似た、トマス公と思《おぼ》しき男は、その身に補佐官の服を纏っている。今日は彼の戴冠式のはずなのにと、国民はざわめく。

一歩引き、舞台に進む女王を気遣うように歩む控えめなその動きはまさに補佐官そのもの。近しく付き従いその身を守らんとする男のわずかな動作に、女王へのいたわりと敬愛が滲む。女王の、その背後への信頼感が、その距離、空気から見る者に伝わる。

ああ、睦まじいのだ、と人々は思った。異例の、王存命中の戴冠ということで、その間には何かじっとりとした確執があるのではと面白おかしく噂する者もいたが、やはりただの噂であったらしいと。

そして国民は舞台に上がった女王の、月光と星の光に照らし出されたその姿を見て、息を呑んだ。

光の角度でわずかに色が変わり、星のような煌めきを発する、豪奢で上品な王者のドレス。

それにわずかも押されることのない、堂々たる威厳、気品。その存在の重み。

しんしんと積み重ねられた時に研ぎ澄まされて輝く、美しき女王の立ち姿であった。


「王エリーザベトである」

女王は言った。

誰一人口をきかず、息を呑んでその声に聞き入っている。

「今宵、地獄の門が開き、中より疫病『熱雷』と、未知の魔物が這い出した」

ざわめきが起きる。『地獄の門』はわからずとも、『熱雷』を覚えている国民はまだいるのだ。

老人の悲痛な悲鳴が上がる。

「静まれ」

女王がそっと言う。

一つの乱れもない、落ち着き払ったその姿に、しん、と沈黙が訪れた。

「今、まさに薬学研究所で、国中の薬屋で、『熱雷』の治療薬『天神の涙』を全力で作成している。この国の薬に関わるものすべてが協力し、団結し、全力で。震源地に近いところから順に、国民すべてにそれが届くよう、努力する。どうかすでに発症しているものにすみやかにそれが届くよう、奪い合うことなく、落ち着いて自分の順を待ってくれ」

女王はゆったりと国民を見渡した。

「フーリィの声を知る誇り高き我が国の民は、倒れた者たちの命に届くべき薬を奪い取る卑劣な魂を持ってはいないとわたくしは信じる。そなたらもどうかわたくしを信じてくれ。転移紋を用い、各地の配達人たちと協力し、何者も取り落とすことなく、国の隅々まで、必ずやこれを届けると約束する」

何か神聖な、静けさが満ちている。

「未知の魔物は冒険者及び魔術師により討伐されたことが先ほど報告された。『門』は、今、この世で最も気高く尊い魂を持った、一人の男によって守られている。すべては検証を行ってからとなろうが、きっとその門はもう二度と開くことはないと、わたくしは確信している」

女王は国民の顔をゆったりと見渡した。

「また本日、隣国ロクレツァが我が国に向けて、宣戦布告なき攻撃をした。攻撃魔法を人に向けた。躊躇いもなく」

ひいっと悲鳴が響いた。ざわざわとまた人々は揺れる。

「静まれ」

王はまた言った。ゆったりと。

「……静まれ」

ゆったりと。

息を呑み人々はその尊いお方を見上げ次の声を待つ。

「道を外れた賤《いや》しき魔法は、我が国の誇り高き民が退けた。そして我が国の勇敢なる軍人たちが、今このときも、東の地で雄々しく戦っている。我々は外法《げほう》には屈さぬ。外法に外法を返さぬ。古来より伝わりし正しき技と力をもってこれを打ち負かす。信じ、待ってほしい。必ずやここに、勝利の知らせを届けよう」

重みのある、穏やかな声。

光がその体を取り巻いている。人々はその姿に見入り、声もない。

我が子を見るがごとき慈愛に溢れた女王の目が、そんな国民の顔を見渡す。

「わたくしは信じる。我が国に、幾重もの黒き災厄の降りかかった、今日という日。アステールの国民一人一人が、十年後、二十年後にこの日の自らの行いを思い出し、自らを心から誇る行動を取ることを信じる」

ゆったりとした、不思議な静けさが女王の周りに満ちている。

「この闇の中。国民一人一人の胸に、光が輝くことを信じる。それぞれの形、色の光が暗闇を照らし、怯え震えるものを照らし、導くことを信じる。フーリィはきっと、その誇り高く心優しき者の光を、美しき黄金の瞳で見つめていることであろう。己にできることを普段どおりに行いながら、いずれ来《きた》るこの暗闇の終焉の声を待て。明日の大いなる光が昇るのを信じ待て。王エリーザベトはそれを再びこの国に、必ず昇らせると約束する」

落ち着きある威厳に満ちた重い声を、アントン＝セレンソンは涙を浮かべながら必死に目を見開き聞いていた。

陛下とジョーゼフ＝アダムス補佐官の会話を、あのときトマスとセレンソンは聞いていた。

志半ば、蒔いた数々の種の発芽を待たずして、宵闇に色を変えその玉座を静かに降りようとされておいでだったお方。

誰からも褒められず、ただ、ただ耐え続け、荒れ果てた地で重たいクワを持って静かに均《なら》し続けたお方。

今宵、その数々の種が静かに芽を出し、その方の治世を包み込んで守ろうとしている。

「女王陛下！」

誰かが走り込んできた。

「貴方様は……」

黒髪の美しき戦術家、ミネルヴァ＝ブランジェがそこにいた。

「……陛下は……」

「今国民に向け、演説の最中です。どうかお下がりください」

「……トマス公は」

「同じく国民の前に立たれ、陛下の御身をお守りです」

「……」

ミネルヴァ＝ブランジェの顔が絶望に染まった。

血が出そうなほど強く、彼女は唇を噛みしめる。

「……今呼び戻すわけには、いかないわね」

「……大切なことを国民に伝えている最中でございます」

「そうね。でも『今』でなくてはいけないの」

彼女は震え、涙を一筋落とした。

そして懐《ふところ》から最新式の連絡機の片割れを取り出し、それを耳と口に当てた。

「……」

長いまつげが織り合わさって、濡れた。

◇◇◇◇◇

「お？」

戦場のクリストフ＝ブランジェは懐の連絡機の音に手を動かした。

配置がかなり後ろの方の陣だったため、まだ敵とは刃を交わしていない。

前方では血気盛んなかつての武将たちが大張り切りでバッサバッサと斬り捨てているようだ。今きっと楽しくて仕方がないことだろう。やっぱりあの人たちとは人種が違うと思っているところだった。

連絡機を取り出した。まだめったに市場には出回っていない最新式。軍経由で手に入れかなり割引になったものの、それでもクリストフの給料三月分《みつき》がこれに飛んだ。

今これが鳴る、ということは。

「はい」

『クリストフ』

「ああ、ミネルヴァ」

愛しい人の涙声に、クリストフは彼女の状況を悟る。

駆け寄って彼女の震える肩を抱きしめたい。だが彼女は今、そんなことは一切望んでいない。

我が妻はアステールの誇る戦術家だ。

「なんでも言ってくれ」

『確たる根拠はない。まだ内容を女王にご相談前で、何らの決裁も得られてない。これはすべて、ロクレツァの王の位置から推測した私の勝手な予想、いいえもう勘としか言えない。私ならその位置からどうするかを考えただけ。ロクレツァ王、カンダハルは逃げる。士気を下げぬよう、味方にもわからないよう密かに。D−2−14の位置に張って、カンダハルは草むらに伏して待ち、洞窟から出たところでカンダハルの首を取って』

「……」

『もしも……もしも私の、こんな根拠のない勘を信じてくれる人があなた以外にいるならば、できれば誰かを連れて行って。相手だって目立たぬよう数名でしか行動していない。当然王は身の回りに選び抜いた手練れを置いているはず。……それでも、行って。取って』

「D−2−14……うん、行けるな」

『……今回軍に魔法攻撃が効かなかったことはロクレツァにとっては大きな誤算。でも白歌は国のすべてに、常にあるわけじゃない。出直し、今度は最低限の戦争の形すら取らず突然に民間人を狙うはず。そんなことは絶対にさせてはいけない！』

「ああ」

『だから取って。今日、ここで。必ず王の首を。……相手が戦闘王、カンダハルでも、一夜に百人を斬った魔神でも……本来ならばこちらも、総大将級の男が向かうべき相手でも、……今じゃなきゃいけない。私は、今、あなたにしか頼めない。行ってクリストフ。必ず、取って。……そして……』

「ああ」

『……』

「わかった。ミネルヴァ。愛してる。来年も、再来年も、それからもずっと。俺は星祭りでミネットの花を君に贈ろう」

『……』

「帰ったら鶏のトマト煮を作ってほしい。君の作るあれが、俺は世界一好きなんだ」

『…………ありがとう』

「復唱する。位置はD―2―14、D―2―14で相違ないか」

『相違ありません』

彼女が泣いているのがわかった。

『……愛してる、クリストフ』

ぷつんと連絡は切れた。

「……セレンソン補佐官」

「はい」

「私は今、魔物の顔をしているでしょう？」

「……」

「国のために、ほんの、ほんのわずかな可能性しかないと知りながら、死地に自分の夫を送る、冷たい、人殺しの顔を」

「いいえ」

目の前で泣き崩れる戦術家を、セレンソンはまっすぐに見つめた。

「夫を愛し、国を愛す、使命を背負った美しい女性の顔をしておいでです」

「……」

戦術家は袖で涙を拭い、立ち上がり、軍服を纏う華奢な背筋を伸ばした。

国民の歓声を受ける女王の帰りを、若き戦術家と補佐官候補は、じっと姿勢を正して待っている。


連絡機をしまい、クリストフはあたりを見回した。

馬が一頭、猛烈な勢いで戦場から帰ってきた。

「お」

「マルティンか」

「おお、我が友クリストフではないか」

口で咥えていた手綱をぷっと離して彼は溌剌《はつらつ》と言う。

馬に乗ると彼は別人になる。男らしく目を爛々と輝かせ、クリストフを見た。

両脇に男を抱えている。彼は馬に乗ると力まで別人になる。

「何拾ってきたんだ？」

「戦場に落ちてた、一筋金のある赤の馬鹿っぽいふさふさと、母親似の美しい銀髪を」

「うまい具合に落ちてるもんだなあ。これは生きてるのか？」

「おそらく。先ほどわずかに呻いた」

「そうかよかった。ポーションかけとこう。なあマルティン。一緒に規律を破って、D－2－14までロクレツァ王の首を取りに、一緒に死にに行ってくれないか」

「いいよ」

彼は馬を下り、抱えていた二人の男を地面に転がした。口で栓を抜き、じゃばじゃばとそこにクリストフがポーションをかける。

「君は友達だもの」

クリストフを見て柔らかく彼は笑う。ハンペンのように。


「お前の嫁……まじかよ」

「すごいだろう。地形を正確に把握しておいて、その上で愛する夫にここを登れって言うんだ」

「本当に愛されてるかクリストフ」

「えっ」

「こわいよう」

「鎧がミスラルで助かった。本当に空気みたいに軽いなこれ」

「浮くんだぜ」

「眉唾だろう」

言いながら鎖を摑んで崖を登りきった先に、背の高い草の生える草原があった。

「ふう。ロクレツァの王はあそこの洞窟から出てくる、と彼女は言っている」

「根拠は」

「勘」

「……来なかったら僕たちは決戦中に逃げ出したとんだ腰抜けになるわけだ」

「まあ、どさくさに紛れてわからないだろう。レオナールとガットはもう落ちていたんだし。うちは副将が話のわかる奴で助かった」

「どこに隠れようかな」

「マルティンならどこにする?」

「あそこ」

「なるほど」

クリストフは笑った。

「なんだか懐かしいな。草集めてくれ。あまり時間はないはずだ」

「わかった。オデン食べたい」

「フレモンド先輩元気かな」

「出世してるぞあの人」

「そんな感じだったなあ」

そうして草に身を伏せた。

◇　◇　◇　◇　◇

ロクレツァの王カンダハルは奥歯を噛み砕かんばかりに歯噛みしていた。

今日は勝利の日になるはずだった。

長きにわたる沈黙の日を耐えに耐え、着々と推し進めていた画期的な兵器を世に出し、誰にも文句すら言えないほどの強大な力にてこの大陸を制する最初の日になるはずだった。

魔法を戦争に用いない？　そんな馬鹿げた話があるだろうか。

より強大な力で相手をただ叩きのめす。焼き尽くす。何が外法だ。何が畜生だ。強いほうが正義だ。勝ち残ったものこそが世界だ。目の前にある、一瞬で廃墟を作り上げるような強大な力を争いに使わないなど、頭のおかしいのはそちらだろうと笑いたくなる。

魔術師たちはカンダハルの考えを一様に強く拒んだ。魔法を人に向けるなんてできない。これは魔術師の生まれ持つ本能、魔力とともに持って生まれた、曲げられぬ魂であると。

脅してもすかしても言うことをきかないので手法を変えることにした。なるほどそれが彼らの本能であり魂であるというならば、本能と魂のほうを殺すしかない。

いい薬ができたので使った。最初は分量や成分に問題があったが、やがてちょうどよくカンダハルの言うことを聞く、よき魔術師たちが完成した。こんなものは薬ではない、製薬の理念に反するなどとくだらないことを言って反抗する薬師もいたが、そんなものは首を切ればたちまち黙った。

あちこちの国から魔術師をかき集め、よき魔術師に変え、今日というすべてが報われるはずの日を迎えたというのに。

何故効かない。何故彼らが倒れる。戦場に響いていた、あの音なき音はなんだったのだ。

帰還し、策を練り直す必要があった。文官どもに文献を漁らせればきっとあの音がなにかもわかるはずだ。音が原因ならばそれのないところを狙えばよいだけの話。もはや戦争の形にこだわる必要もない。相手の一番弱いところ、一番柔らかいところを、一番強い力で一気に踏みつぶす。カンダハルは何一つ間違っていない。

「陛下、前をお歩きにならないでください！　ここは我々が！」

「やかましい。余は今荒ぶっておる。前に立つな。斬り捨てるぞ」

「……」

無能な側近たちが後ろで暗い目を見合わせている。

腰抜けどもめ、と王は思う。

魔法の研究を始めてから彼らは、時折魔物を見る目をカンダハルに向けるようになった。

狂ったか、と正面から止めにきた古い家臣もいた。当然斬って捨てた。

カンダハルは狂っていない。狂っているのはお前たちだとカンダハルは笑った。

力こそが正義。強さこそが真実。

カンダハルは狂っていない。この世の当然のことを言っているだけだ。

洞窟を抜けた。背の高い草が茂り風に靡《なび》いている。

「ん？」

その草の中に、不自然な盛り上がりがあった。カンダハルはにやりと笑う。

「ずいぶんと不自然な形の草があるものだ」

剣を抜き歩み寄った。

頭をかちわるつもりで縦に振り抜いた剣の先で、伏せた人の形に盛られただけの草が舞った。

「!?」

後ろから無言の剣が襲ってきた。刃にて防ぐ。

「つら！」

第一の剣と合わせていた刃を離し新手を受け止める。左手で短刀を抜きさらなる斬撃を受け止める。

いずれもなかなかに早くそこそこ重い。だが若い。甘い。実践が、人殺しの経験が圧倒的に足りていない。

戦闘王カンダハル。老いてなおその剣の腕は衰えてはおらぬ。


どちらもカンダハルの力と均衡して刃を合わせたまま止まった。よし今だ斬って捨てろと家臣たちを見たカンダハルは衝撃を受けた。

貴様ら、何故動かない。貴様らの偉大なる王が目の前で襲われているというのに。

彼らから向けられるのは暗い悲しみの目。

討伐される魔物を見る目で、彼らは彼らの王カンダハルを見ている。

「えい」

「とう！」

刃を引き第三、第四の刃を防いだ。

何故だ。

何故動かない。

何故貴様らの王を助けない。

カンダハルは狂っていない。ただ力を、当然に求めただけだ。外道ではない、畜生ではない、魔物などではない。強く、偉大なる戦闘王だ。

名を呼ぼうと思った。家臣たちの名を。

そしてカンダハルはそれらを思い出せないことに気づく。ともに食し、ともに飲み、互いの背を守って数々の敵と戦った、何十年もともに走り続けた家臣たちの名を。誰一人。

刃を合わせて襲撃を躱《かわ》し、切り返し、走って長い草に隠れながら一人ずつ仕留めようとしたカンダハルは、踏み出した足でそこにないはずのものを踏んだ。

「何故だ」

体が冷たい水に包まれる。

「何故こんなところに池がある！」

必死で草を摑み陸に上がろうとする。ふんぬと腕に力を入れる。

「べエ」

「？」

見上げた先に茶と白のまだら模様の生き物がいた。

それは黒く丸い目でじっとカンダハルを見つめたのち、蹄のついた足でカンダハルを蹴とばした。

体が再度池に落ち、重い鎧がずぶずぶと水の中に落ちていく。冷えた体がうまく動かない。

「なんなのだこれは！」

襲撃者が追いつき、ざぶんと池に自らも飛び込む。

カンダハルはもがいた。防御性を重視し作らせた重い鎧は、今やカンダハルを守らない。

カンダハルは目を見開き、声の限りに叫ぶ。こんなはずがない。今日は勝利の、新たな歴史の始まりの日になるはずだった。

「何故余を助けぬ！　我が家臣が！　我が国の土地が！　何故、何故誰も！　何故何も！　余を、救わぬ！」

次の瞬間彼の意識は途絶えた。

何故だ、何故だと問うたまま、答えを知ることなく偉大なる戦闘王カンダハルは雑兵《ぞうひょう》のごとく死んだ。


水から男が二人、水滴を垂らしながら陸に上がる。

切り落とした王の首を持ち、傷つきながらゼイゼイと息を切らして喘ぐクリストフとガットを、追いついたレオナール、マルティンが背で守り男たちを警戒する。

男たちは睨み合った。

「……」

「……持ち帰れ。我々は王カンダハルの死を国と戦場に報告する」

「……」

「長く傍らにありながら王の狂気を止められず、己の腕で弑《しい》し奉《たてまつ》る勇気もなかった、愚かな我々を笑うがいい。第一王子の死から、かの方のお心は日々病んでおられた。お止めできなかった我々にもその責はある。カルロ様ご戴冠ののち、貴国とはまた国交を結べることを期待している。拳を振り上げたほうの言い分ではないことは重々承知しているがな」

「……」

男たちは二手に分かれて去っていった。

その背が消えたのをしばらく警戒して眺めてから、ようやく彼らは力を抜き、地面に寝転んだ。

「……化け物だった」

「四人がかりだぞ!? あんのかこんなこと」

「……池と、あのヤギがいなければ、どうなっていたか」

「あそこに池はないぞ地図では。それにヤギだったかあれ。……そして、後ろの男たちだ。相当な手練ればかりだった。あの中の誰か一人でも動いていれば、俺たちは間違いなく全滅だった」

「うん。どうして誰も動かなかったんだろう」

「……どうしてだろうな」

「ミスラルは浮かなかった……」

「沈みもしなかったじゃないかガット」

「眉唾って言ったろう」

男たちは草の上に寝転んで満天の星を見上げる。

星が一つ、流れて消えていった。

荒かった息がようやく落ち着いてきた。

「……でも取った。戦いは終わる」

「ああ。実に神がかっていたね。今日の僕たちは」

「あの作戦意味なかったけどな」

「少しは役に立ったさ。多分。あれのおかげであっちのほうに走ったんだ。多分」

「どうかな」

「どうだろうな」

「そういうことにしようぜ」

「ああ」

「寒い」

「そりゃそうだ」

クリストフは革袋に入れていた連絡機を取り出した。

愛しい人はすぐに出た。

「ミネルヴァ。今、王カンダハルの首を取った」

連絡機の向こう側で、彼女が立てる音を聞いた瞬間、クリストフの目から涙が溢れた。

「……鶏と、トマトを、買っておいてくれ」

愛する人の嗚咽と爆発するような歓喜が、連絡機から聞こえた。

喜びに湧く広間で、玉座に腰を下ろした女王はその光景を眺めていた。

「のうジョーゼフ」

「は」

「何やらおかしくはないか」

「と、おっしゃいますと」

「あまりにも事がうまく行きすぎてはおらんか」

「うまく行きすぎております」

「わたくしは何もしておらんぞ」

「いいえ。陛下は地を均し、種をお撒きになりました」

「……出芽が早すぎ、その形があまりにも良すぎるというのだ」

「何故でございますかね」

人々が笑っている。

顔を赤らめ、喜びに目を輝かせて。

女王と補佐官はそれを静かに眺めている。

「何かに」

ぽつりと陛下が言った。

「これではまるで大いなる何かに、護られているようではないか」

「ええ」

また沈黙。

「ジョーゼフ」

「は」

「昔王宮の中庭に、夜に現れる不思議な生き物がおった」

「ほう」

「膨らんだしっぽに光る体を持ち、それは自由に現れ自由に消えた。子どもの、少年の姿で現れることも、老婆の姿で現れることもあった」

「ほう、しっぽに、少年に、老婆」

「……あれと遊ぶのは心から楽しかった。それだけだ。何故だか今それを、ふと、思い出した」

「左様でございますか」

恭《うやうや》しくジョーゼフは礼をし、微笑んだ。

「きっとその者は、星空の下にいた儚《はかな》くも美しい少女に、恋をしたのでしょう」

「……馬鹿を申すな」

「愛しき人のためならば身を削り、命をも削る。男というのは、実に愚かな生き物でございます」

「そなただけであろう。最愛の奥方殿は息災であるか」

「は。おかげさまで。お恥ずかしい」

やがてふっふっふ、はっはっはと女王と補佐官は笑った。

何十年ぶりかの腹の底からの、快い笑いであった。

二十四皿目　祝宴

『今日から卒業まで、もう王宮に来なくていい』

トマス公がアントンを氷の目で見据えてそう言った。


あの動乱の終結から、一月《ひとつき》。『熱雷』の妙薬『天神の涙』は順調に作られ運ばれ、国民の手に届いた。

薬を持つ配達人たちが人の手によって襲撃されることを恐れていたが、それに関しては一件の報告も入らなかった。

フーリィの声を知る人々の手はその日、団結して道々の大きな岩をどかし、壊れかけた橋を直した。魔術師、冒険者たちが各地に散り、魔物の脅威から人々を守った。その力なき人々は彼らのために食事を作り、休めるあたたかな場所を作り、手に手に星祭りのランプを持って、配達人の行く道を照らしたという。

報告を受けて泣くアントンを、トマス公は静かに笑って見ていた。

これから彼が治めるアステールの国民たちは国の危機の日、誇り高く、実に美しかった。

きっとどこかで大きな狐が金色の瞳で、その数え切れぬほどの眩い光を見ていたことだろう。

薬が予防したのか、あの黒い羽虫が死に絶えたのか、どちらかは不明だがもう熱雷の新規感染者の報告はない。薬学研究所への緊急指令は解除され、世界にはようやく日常に戻りつつある。

　トマス公の戴冠はそれぞれの後処理が終わり一区切りがついてからの牡羊月に伸ばされた。あと二月《ふたつき》くらい先だ。それはアントンがセントノリスを卒業し、補佐官候補ではなく正式な補佐官となる予定の月だった。

『…………』

『そんな顔をするなセレンソン。まるで私が君をいじめているようではないか。……クビではない。アントン＝セレンソンをセントノリスに返そうと思う。私は君の忠誠に甘えすぎていた』

『……』

『このあとの君の人生は容赦なく、すべて私に捧げてもらう。だから私が戴冠し君が正式に補佐官となるまでの間、君はセントノリスに戻りなさい。今回のことで君は私の傍らにある男として十分顔を売った。ゴタゴタうるさい面倒な老人たちもすでにしっかり君にたらしこまれている。君は実によくやった。これはその褒美だ』

『……お寂しくはありませんか』

『寂しいさ。だが君の友人たちも寂しがっているはずだ。あと二月は彼らに譲ろう。君に与えられた最後の自由時間だと思いなさい。正式に補佐官となったらどうなるか、覚悟はできているなアントン＝セレンソン』

『はい』

　アントンは笑った。トマスも笑った。

『しばらく君の絶妙な温度の茶が飲めないのは悲しいが、学生期間は二度と取り戻せない時間だ。

奪っておいて言うのもなんだが、全力で楽しんでおきなさい』

『はい』

『追ってオルゾ半島で今回の功労者たちと気軽なパーティーを行う。招待状を出すので補佐官ではなく私の客として遊びに来るがいい。一人じゃつまらないだろうから友人を数名連れてきなさい。セントノリスの制服で来るのだよ。君は客なのだから当日私の世話をしないように』

『はい』

『今を楽しめセレンソン』

『はい、トマス様』


そういうわけで本日はセントノリスの制服を纏ってここにいる。一号室、二号室のいつものメンバーと一緒に。

「あったかいなオルゾ半島」

「あれが転移紋か。中央から直通なんて便利だな」

「上着脱いでもいいかな。夏服で来ればよかった」

「平気だろ。会場が外だし。正装してない人もいるみたいだし」

「王の主催するパーティーが無礼講なんて初めて聞いた。まあ平民も多いようだから、王の寛大な配慮だろう。言葉どおり受け止めすぎないようにな、皆」

「はーい」

わいわいがやがや会場に向かって歩いている。

歩いている間だけ、と上着を脱ぎネクタイを緩めているアントンを、フェリクスが見ている。

「なんだい？」

「いや。誰にタイを渡すか決めているのかアントン」

「うん。僕の後輩であり師匠であるロニー＝ハンマーに。彼が欲しがればだけど」

「欲しがるどころじゃないだろう。感極まって、きっと泣く」

「決勝で、味方のエラーで大量得点されても最後まで乱れなかったエースが？」

「ああ。きっとだ」

卒業式の前に一号室から五号室までの卒業生から、自分が後を託したいと思う在校生にネクタイを渡す。セントノリスの伝統だ。その日胸元が開いている者がその年の成績上級者、学年の皆とは違う色のネクタイを締めている在校生が、彼らに見込まれあとを託された者ということになる。

「フェリクスは？」

「委員会の後輩だろう。欲しがればだが」

「欲しいに決まってるさ。天下のフェリクス＝フォン＝デ＝アッケルマン先輩のネクタイだぞ。一生の宝物だ。僕なら箱に入れて鍵をかけて、その鍵をずっと首に下げておく」

「言いすぎだ」

フェリクスが笑う。

彼はすっかり背が伸びて、大人の顔立ちになった。

初めて会った日のあの険も、隈も、神経質そうな痙攣《けいれん》も、今の彼には存在しない。

彼はいつでも礼儀正しい。真面目で、努力家で、正直で公正だ。

貴族にもかかわらず相手の身分を見て相手を見下すことなく、それどころかその繊細さをもってよく人を気遣い接するから、彼は貴族と平民の橋渡し的な役割になっている。卒業したら彼も同じ王家の文官。まだ部署は発表されていないが、彼ならどこでもやっていけるとアントンは思う。少々苦労性なので、それだけが心配だ。

高貴で優しげな顔が、わずかに汗を浮かべて風景を眺めている。

「フェリクスは上、脱がないの？」

「王族のおわすところで正装は崩さない。誇り高きアッケルマンの男だからな」

「アデルは脱いでるよ」

「そうか」

「そうかだってよアデル」

「俺は暑ければ脱ぐ」

「シンプルだなあ」

袖をまくったアデルの腕がアントンの倍くらい太い。

中級三年生のときに軍人から夢を変え、軍部文官を目指すと決めたのに、アデルは軍官学校用にしていたトレーニングをやめなかった。

もう習慣になってしまっているとのことでそれを毎日続け、持って生まれたものもあるだろうが、学年で一番たくましい体をしている。

元々大きかった背がぐんぐん伸びて、これまたラントと並んで一番だ。

目は相変わらず、成長した分、増して鋭い。でも彼が怒っていないこと、読書中に鳥が肩にとまっても払わないような穏やかな性格であることを、もう学年の皆が知っている。

「軍部にも寮があるんだよね？」

「ああ。独身の男なら強制的に入寮だ」

「僕らはそこまでじゃないけどみんな寮希望だ。安くて近くて慣れてるもの。……楽しいし」

「ああ。……楽しいしな」

二人とも少しだけ黙った。

「忙しいとは思うけど、休みが合ったら遊びに来て。僕は料理もできるようになるつもりだから。みんなに採点してもらうんだ」

「わかった」

「肉が好きかいアデル」

アデルが笑う。彼と初めてちゃんと話せた日の、懐かしい会話だ。

「俺はなんでも食べる。相変わらず野菜と魚が好きなのかアントン」

「そうだよ」

「相変わらず渋いな。だから小さいんだ」

「もっと伸びる予定だったんだ。でも言っておくけど君たちが揃いも揃ってすごく大きいだけで、僕は平均だ」

「平均？」

「……に、あと少しでなる予定」

「そうか」

アデルは優しいのでそれ以上突っ込まない。

微笑みながら日の光に満ちた道を歩む背の高い友人たちを見て、アントンはじわじわと泣きそうになった。

セントノリスが終わる。

夢の先に進めることは嬉しい。でも、別れが辛い。

同じ制服を着てこの友人たちと一緒に歩ける時間は、あとほんのわずかだ。

「何泣いてんだアントン。なんか泣くことあったか？　馬鹿じゃねえの」

「サロの声が愛しい……」

「なんだよ」

「好きだよサロ。こんなに大きくなって。こんなにかっこよくなって。あんまり腹黒くはなれなかったけど君はいつでも周りをよく見られるね。人の弱いところがすぐにわかるね。そこをちゃんとよけるように、人に気を遣える男になったね。よしよし、よしよしとっても素敵だよサロ。いいこいいこ」

「やめろ！」

「ああ愛おしい。ちょっとだけ肩を組んでも？」

「嫌に決まってるだろ気持ち悪りぃ！　バーカバーカ」

「あっ……」

「……」

「……」

「……」

「どうぞ」

サロが走り去り、ラントが言ってくれたのでアントンはラントの肩に腕をかけた。身長差があるので、辛いのは傾いているラントのほうだろう。

ラントがアントンの涙を見て穏やかに笑う。

「寂しいねアントン。大丈夫、みんな同じ気持ちだ。残りの日を、できるだけ笑ってみんなで過ごそう」

「うん。ラントはいつも大きくて、広くて、本当にあたたかい」

「サーヴァド族の男はそうなんだ」

「そうなんだ」

「そうなんだよ」

「そうなんだね」

どんなくだらないことでもいい。中身なんかなくていい。ただ彼らと話していたい。

「ハリー」

「あ？」

「こっちが空いてるよ」

「空いてちゃ悪いのか」

ハリーがかっこよく笑いながら腕を上げ、アントンの肩にかける。

これからも同じ場所で働いていく二人の友に挟まれて、アントンは笑う。

「これじゃあ僕が持ち上がる！」

「上げてみるかラント」

「せーの！」

「わー」

アントンがちょっと浮いている。フェリクスとアデルは笑って見ている。サロがちょっと交ざりたそうな顔をしている。

「あれ？　ハリーの左が空いてるぞ？　ラントの右もだ。おかしいなあ」

「……」

「……」

「空いてちゃ悪いのか？」

やれやれ、と言わんばかりに友人たちが歩み寄る。

「ギャー暑苦しい！」

「また僕が浮く！」

「浮いてろ浮いてろそのまま連れてってやる」

「重い！　アデルの腕が固くて重い！」

馬鹿馬鹿しい。やっていることそれ自体に特に意味はない。

でもここに今、彼らとこうしていることに意味はある。きっと。

パーティー会場が見えてきた。

今日の春子はお狐さんを睨んでいない。

なんだか睨みつけるだけで砕け散りそうなくらいのみすぼらしい様子だからだ。

もうこれはお狐さんというより石だろう。

だがしかしなんとなく、予感があった。

パン、パン。

柏手の音が響きわたる。


春だ、と思った。

柔らかく暖かい。花の香りのする甘い匂いの風が吹いている。

祭りか何かかもしれない。大勢の人がいる。

「あ？」

よくよく見れば見たことのある奴ばっかりだ。

皆しんと静まり返って、春子を見ている。

「これはご婦人。お変わりなく」

学生服を白くして長くしたような服を着て、じゃらじゃらと重たそうな勲章を揺らし爺さんが話しかけてきた。

「ああ、あんたか」

ざるから金のブローチを取り出した。

「もらいすぎだったから返すよ。何食う。酒は？」

「……では、受け取ろう。ご婦人のお勧めを三種類ほどいただけるかね。酒は冷たいので」

「はいよ」

ひょいひょいひょいと大根、昆布、がんもどきを置いて汁をかける。皿の端にからしをちょん。

とっとっとっとと一升瓶を傾けて、酒屋でもらったコップに注ぐ。

「おまちどうさん」

「ありがたく。おかげさまで最後に一花、咲かせられました」

「おでん一皿で咲く花かい。安いねえ」

「はっはっは」

皿とコップを持って爺さんは離れていく。


「お久しぶりです」

「ああ」

変な服を着て洞窟でギャーギャー騒いでたガキどもだ。

全員面構えが落ち着き、大人の顔になっている。

「出世したかい」

「自分たちではそう思っていましたが、まだまだでした。先日、それを痛感させられました」

「そんなもんだろ」

「……コン・ニャックをください。冷たい酒も。あとはお任せします」

「はいよ」

「僕も」

「はいよ」

「婆さん酒！」

「あ？」

「……お酒をくださいご婦人。冷たいの」

「はいよ」

代わる代わるに皿を取っていく。

「白歌の民が来ているみたいだぞジーザス。話しに行かなくていいのか」

「……いいんだ。僕は白歌の役割を捨てたからここにいる。僕なんかに話しかけられても迷惑なだけだろう」

「そうかなあ」

「勇気出せよ」

「……いいんだ」

「行きたそうな顔だぞ」

「頑張れジーザス」

「……食べてから考える」

「そうだな」

「いっただっきまーす！」

やっぱりギャーギャー騒ぎながら彼らは去っていった。


「……」

「……」

涙ぐんだ狸親父が春子を見つめている。隣にいるでかいのは初見だ。

「なんだよ」

「……おかげさまで、ゴットホルトは後悔なく生きております」

「何よりだね。何にする」

「お任せで、……熱い酒をお願いします。二人前」

「はいよ」

酒を温める春子を狸親父が見ている。でかいのが春子と親父を見てこちらも涙ぐみ、春子に頭を下げた。うん、と狸親父もでかいのに頷く。そしてまた二人して春子を涙目で見る。

「おかみさん」

「はいよ」

「今がどんなに熱かろうが、私はもうぬるむことを恐れません。誰になんと言われようとそのときそのときがすべて、ゴットホルトなのだから。命ある限りこの熱い魂を右手に込めて、私は打ち続けます」

「そうかい」

皿にたまご、こんにゃく、ちくわをのせる。温まった酒に猪口で蓋をして、親父に手渡す。

「おまちどうさん。あんたは」

「……同じものを、お願いします」

「はいよ」

「……」

親父とでかいのはぺこりと礼をして去っていった。

高校生くらいのガキが数人歩み寄ってくる。

顔を見て春子は、ああ、と思った。

「でかくなったね。もう女に追い回されてるかい」

「……いえ、好きな人たちを追い回しています」

「そりゃいいや」

かつてアントン＝セレンソンと名乗った男が目に涙を溜めている。

「泣き虫は変わらねぇなぁ」

「治そうと思っても治らないんです」

「そうかい。まだ飲める歳じゃねえな」

「いえ、飲める歳になりました。でも僕は弱いみたいで、友人にお酒を止められてます」

「やめとけ」

「やめとけ」

「ほらね」

昆布坊主の周りの背の高い男どもが一斉に言った。

こりゃあ、よっぽどだ。

「……やめときな。何にする」

「……コンブを」

「だろうね」

皿に昆布、たまご、はんぺん。

「稲荷も食うかい」

「いただきます」

皿に稲荷をよそう春子を、昆布坊主はじっと見ている。

さらりさらりと髪が太陽の光を反射している。

「……友達が、できました」

「そうみたいだね」

「夢を叶える道の、初めに立ちました」

「頑張ったじゃねぇか」

「……あの日、あなたが僕のところに来てくださったから」

ぽろぽろとまた、彼は泣いた。

「自分の、真っ暗なものに飲まれずに光のほうに進めた。明るいほうに。……ありがとうございました……」

「……はいよ」

友人たちは彼の涙には慣れっこなのだろう。慌てず騒がず興味深そうにおでんを覗き込んでいる。

「お久しぶりです」

その中にいた体格のいい男が光に長い髪を揺らし、微笑んで言った。

「……」

「パルパロの肉はありますか？」

「……あぁ」

爺さんと入れ墨のときに端っこに座ってた、あのふわふわした小さいのだ。

「ねぇよ。肉ならいいかい」

「はい。お願いします」

たまご、牛すじ、ソーセージ。

汁をかけてからしをちょん。

「酒は？」

「飲むと友達が可哀想なので、やめておきます」

「そうかい。握り飯は」

「いただきます」

揃いも揃ってよく食いそうな連中だ。

春子は竹の皮に握り飯をまとめて包んだ。一番端のにたくあんの黄色の汁がつくが、大丈夫、こ
こがうまい。

「持ってきな。みんなで食え」

「ありがとうございます」

男が春子の手から包みを受け取る。じっと春子を見た。

「外の世界は広かったです。考えていたよりも、遥かに」

「へえ」

「この先も。もっと、知らないことを、世界を知りたい」

「そうかい」

「地平線の先へ進む勇気をいただきました。ありがとうございました」

「おでん食わせただけだよ」

「ラント！」

しわがれた声が響いた。

爺さんと入れ墨が歩いてくる。

『先生！　父さん！』

『久しぶりだな。……友達といるところにすまんなラント』

『同じものを頼む。冷たい酒も』

『わしは軟らかいものをお願いします。冷たいので』

「はいよ」

「久しぶりだなアントン、ハリー。大きくなった。こちらの皆は初めてか。楽しんでるところ邪魔してすまん。ラントの父親のトゥルバ＝テッラと師のヤコブ＝ブリオートだ」

「お話はかねがねラントから聞いております。この度はロクレツァ軍侵攻の第一発見者となられたと。立派なお仕事、尊敬いたします」

「わしは報告しただけで、見つけたのはトゥルバよ。なんにもしておらん」

『なんて言っている？』

『敵を見つけて偉かったなと』

『なんだそんなことか』

『国を救ったのだトゥルバ。もっと誇ってくれ』

『パルパロを守っただけだ。誇るようなことではない』

『そうか』

「はいおまち」

『一緒にあちらで食べませんか？』

『おお、いい発音だ。前より上達しておるぞアントン』

『最高の先生が同じ部屋にいますから』

『そうか……邪魔するようで悪いが、いいのか？』

「みんな。ラントのご家族をお誘いしてもいいだろうか」

「いいよ」

「大勢で食べたほうがうまい」

『だそうです』

『では喜んで。学校の話を聞かせてくれ』

『はい。たくさんあります』

『たくさん聞きたい』

『喜んで』

ぺこりとお辞儀して彼らは去っていった。

わいわいと、楽しそうに笑いながら。


「ども！」

「おう。変わんねえなあ」

現れたのはヘルメットにでかい水中眼鏡をつけた髭、筋肉、大きいのに小さいの。

他の皆はちゃんとした服を着ているのに、こいつらだけは前のまんまで何故か泥だらけだ。

「ちょっとお手伝いしたら熱が入っちゃって。ここらは掘りがいがあるなあ」

「そうかい。なんにする」

「「じゃがいも！」」

「だろうね」

ぽんぽんぽんと芋ばかり。春子は髭を見る。

「あんたは？」

「ええっと芋ばっかじゃ悪いから……」

「遠慮すんな。今日は他の客もいるから食いたいもん食いな」

「……」

髭はにっと笑った。

「じゃがいも」

「はいよ」

ぽんぽんぽんと芋ばかり。

「酒は？」

「「「冷たいの！」」」

「はいよ」

ぎゃあぎゃあわいわい騒いで、変な歌を歌いながら去っていく。どうせ岩の上かなんかで食うんだろうなこいつらはと春子は思った。


「ずいぶん芋臭い連中だこと」

ハンカチで口を押さえて言いながら、女が現れた。

「ああ、あんたか」

「お久しぶり。全部茶色くて私には似合わないけど、せっかくだからいただこうかしら」

「言ってろ。なんにする」

「魚以外ならなんでも。あの服を着た、中がとろとろしたやつは入れてちょうだい」

「はいよ。酒は」

「冷たいの。今日は暑いし、うんと熱いと沁みちゃうから」

女は微笑んだ。

その顔には自信と、充実感が満ち溢れている。

「人様に褒められてますってツラだね」

「ええ、大絶賛の引っ張りだこ。女王陛下の素晴らしいドレスをデザインした初めての女、クイーン・バイオレットここにあり」

「おめでとさん」

皿を受け取りながら女は微笑んだ。

「……作るって楽しい。この歳になってわかったわ。富や、名声は大好きだけど、自分が心から作ることを楽しめたなら、感動したならば、それはもうそれだけで何にも代えられない価値があるのね」

「へえ。謙虚になったもんだ」

「私は生涯楽しみ続けるわ。まあその出来が素晴らしいから結局富と名声を得てしまうわけだけど。才能があるって罪ね」

「そうかい」

「ああその言い方。懐かしい」

楽しそうに女は笑う。

「ところであとで思ったんだけど、あの日私が食べたあの茶色い平たいの、魚じゃなかったかしら」

「なんのことだか」

「うふふ。……ありがとう。食べさせてくれて」

「おでん屋だからね」

「ええ。……ありがとう」

女は屋台の前から去っていった。


「ハロルド！　ホーカン！　急げ！」

「待ってくれシードル！」

「おいおい家族を置いてって！　後で奥さんにどやされるぞ」

「歩いている間に消えてしまったらどうするんだすいません！　ニギリメシをおねがいします！」

「おでんも食え。はいよ。全員呑兵衛だったっけ」

「下戸です」

「下戸です」

「下戸です」

「おうおう相変わらず田んぼかよ。はいよ」

とんとんとん、と出した皿の上の握り飯を持ち上げ男三人がむしゃぶりつく。

「ああ、この味だ。これこれ、この甘味！」

「ああ、やっぱり違う。ここだ。目指すのは、行かなきゃいけないのはこの味だ」

「夢にまで見たぞこの味！　そう、そうだ。これだ！」

「おでんも食え」

がつがつと男たちが握り飯を食っている。


「お久しぶりです！」

短い黒髪の女が頬を染めて言う。

「ああ」

その手の先には二歳か三歳か、それくらいの小さな男の子。

隣にはいつかの色男が立っている。子どもの顔が色男にそっくりだ。

それぞれ子どもや妻を連れた、ハンペンと、筋肉と、眼鏡の博士。

「元気そうじゃねぇか。なんにする」

「……」

お母さんがぽろぽろ泣くので子どもが驚いて見上げている。

「いいこ！　いいこ！」

「大丈夫だユリウス。嬉しいときでも涙は出るんだ。お母さんは今嬉しいんだよ」

色男が泣き出しそうな子どもを抱き上げる。そしてもう片方の手で、横の妻の手を取って春子に向き直る。

「おかげさまです」

そう言う色男の目も潤んでいた。

「……」

二人は目を見合わせ、やがて二人揃って姿勢よくビシリと頭を下げた。

「お任せでお願いします」

「俺肉！　酒も！」

「順番だガット！　まったく君は子どもの前ではしたない。ダイコンとツミレお願いします」

「ニギリメシも！」

わいわいがやがや。母親たちは子どもに食わすのだろう、軟らかいものを受け取って礼を言って去っていった。


「よう」

「生きてたか婆さん」

「そっちもな」

にっと婆さんと婆さんが笑う。

「固いのと粉っぽいのが好きだって？」

「死んじまうやめとくれ。熱い酒も頼むよ」

「はいよ」

婆さんの横に金髪の少年がいる。

綺麗な目がじっと春子を嬉しそうに見上げている。元気そうだ。

「大きくなったね」

「おかげさまでね」

それでも体つきがまだ子どもだ。稲荷を置いた皿を渡す。

「順調かい」

「まあまあさ」

「なによりだね」

温めた酒を渡す。

「はいおまち。長生きしなよ」

「まだまだ死ねないね。ピヨピヨうるせえひよっこばっかりさ」

「しぶといねえ」

「お互い様さ」

背筋をしゃんと伸ばし、しぶとい婆さんは去っていった。

それを上回る老人たちがよろよろと歩いてくる。

「おお、おおこれはこれはお久しぶりな」

「……」

「冷たい酒を頼みます。あの味が忘れられなかった！」

「袋はダメですよ。ダメ、絶対。おかみさん僕には袋をくださいいつもいつもいつも仲間はずれで可哀想なので。それと肉の串をお願いします。冷たい酒も」

「はいよ」

「エミール……」

「エェミィール……」

「……」

「僕はまだ怒っていますいつもいつもいつもいつも。……僕だけ」

「でもなエミール。お前もそろそろ同世代の仲間を増やすべきだぞ」

黒々とした爺が若い兄ちゃんに言う。

「……」

「いたじゃねぇかいい友達が。いつまでも俺たちにくっついてちゃダメだエミール。俺たちなんていつついなくなるかわかんねえんだから。若い奴らに、今度はお前が知識を広めてやれ。結構お前と仲良くなりたい奴、いるんじゃないか？」

「……僕は人付き合いが下手糞なんです」

「研究者なんてそんな奴ばっかりだ。薬の話してればいいんだからなんとかなるだろう。少しずつでもいいからやってみろ。一緒に飯食ったり、酒飲んだりさ」

「……あー……」

「な。少しずつ少しずつだ。妙薬は一日にしてならず」

「……うーん……」

「爺になっても一緒に飯食える奴を作れ。話し相手がいると長生きできるぞ」

「……んー……」

「そう言うだろうと思ってほら、あいつを呼んどいた。功労者には違いないからな」

「……なんであっちを呼んだんです？」

そうして彼らは去っていった。


「おっ！」

目のちんまりした白髪の親父が目を輝かせている。

あの糸こんにゃくのダメ親父だ。

「まいど」

「久しぶりですね、あっこれ娘です。あとその旦那」

親父に似ていない、色白で美人の娘が緊張した顔で頭を下げる。横にはなんだかどこか親父に雰囲気の似た、痩せた背の高い男がいる。前に言ってた『貧乏男』だろう。

「何にする」

「前に食べてないのがいいなあ。食べたのはどれだったっけか結んでるのは覚えてるんだが」

「嫌いなもんがないなら勝手に盛るよ」

「じゃあお願いします。熱い酒も」

「はいよ。あんたらは」

「ええと俺は……よくわからないなこの白いのと、なんだこれ穴空いてる？　のと、なんだかわかんないけどこの豆みたいな形の灰色のくださいい。俺も熱い酒を」

「たまごと、あとおまかせでお願いします。私も飲んじゃお。冷たいのをお願いします」

「はいよ」

ひょいひょいひょいひょいと皿に盛り、銚子とコップにとっとっとっと。片方をトンと出し片方はとぷん。ちょんちょんちょんちょんとからしをつけて。

「はいおまち」

親父が皿の上のごぼう天を凝視している。

「……そうか、芯を通すんだ。……別の固いもので！」

「うるせえ他所でやれ。相変わらずこんなかい娘さん」

「相変わらずこんなですおかみさん。……もう諦めました。どうやったって変わらないもの」

「賢明だね。どうやったって変わんねぇやこんなもん」

「どうしたって変わりませんかね」

「どうしたって変わんねぇだろうなぁ」

「どうしようもないですねえ」

「どうしようもねぇなぁ」

ふっふっふと娘と婆さんは笑った。


「おや」

「……ああ」

すぐ歌い出すうるさい親父だ。嬉しそうな顔で寄ってくる。

「先日は一口でしたが今日は一皿食べられますな。今日は余興にもと思い我が町の誇る若手歌手を二名連れてきましたぞ！」

「へえ」

きらんきらんの顔の、大きいのと小さいのが二人並んでいる。

小さいほうが頬を染めて、きらきらと目を輝かせて春子に礼をした。

「では行こうかね二人とも。『再会』」

「『町長！』」

「ん？　なんだね『再会』だよ」

「外はあんまり歌わないんです。ほら誰も歌っていないじゃないですかやめましょう」

「歌うんなら食べたあとに、余興としてちゃんとやりましょう。ここで時間を取らせたら迷惑です」

「ううむ……」

みじめったらしい残念そうな顔で親父は引き下がった。

「ではいただいたあとにするとしよう。おかみさんお任せでお願いします。あと冷たい酒を。あれはおいしかったなあ」

「……飲むかいフレデリク」

「いいんじゃないか？」

「うん、せっかくだから。すいませんお任せで、町長と同じお酒をお願いします」

「俺も同じものを」

「はいよ」

「あっ、すいません茶色の、カブみたいなのは入れてほしいです」

「大根な。はいよ」

「やった。今日はまるまる食べられる」

「食べても泣くなよロラン」

「泣かないよ」

小さいほうのきらんきらんが、大きいのを見上げきらんきらんと笑った。

「もう僕は悲しくない」

揃って礼をして、皿を持った三人は去っていった。


「ご無沙汰しております」

「その節はどうも」

愚痴ってた先生と、死にかけた若いのを連れてた渋い昆布親父だ。

「知り合いかい？」

「いえいえ今日が初対面です。どちらもひとりぼっちだったので。話し相手になっていただきました」

「ずいぶん博識な先生で。知識が奥深くて面白い。若いのに尊敬します」

「とんでもないことです。バッハマンさんの話はどれも実体験で、地に足がついていて本当に面白い。お任せで、ぬるい酒お願いします」

「はいよ」

「コンブを。あと何かお願いします。……それと熱い酒、お願いします」

「はいよ」

「お嫌でなければもう少しお付き合いいただけますかバッハマンさん」

「喜んで」

「……おかみさん」

「はいよ」

先生がじっと春子を見ている。

「人はきっと、また繰り返します。それでもどうか、見捨てずにお見守りください。どんなに愚かでも、醜くても、大多数のものはできることならば善く、正しく、美しくありたいと祈りながら生きています。どうか我々を諦めず、お見守りください」

「何言ってんだかさっぱりだ。あたしはおでん食わすだけだよ」

「……ありがとうございます」

先生が礼をした。

昆布親父が春子から皿を受ける。

「先日はありがとうございました。おかげさまで後輩が命拾いしました」

「はいよ」

それ以上言うことなく渋い昆布親父は去っていった。

いい男というのはつれないものだと相場が決まっている。

夫の胸元を奥さんが締め上げていたあの夫婦だ。

男と女が現れた。

「先日はどうも」

「こんにちは」

「……」

二人、だ。

春子は察した。

まあ、大往生だ。奥さんも肩の荷が下りたことだろう。

「まいど。何食う？」

「うまいやつ！　うまいやつ！」

「生きてやがったか爺。紛らわしい」

ぴょこっと夫の後ろから飛び出した爺さんが踊っている。

「……元気だねぇ……」

「ええ、でもあのあと、いいときが増えたんですよ。これをいただいたおかげでしょうか」

「見上げた奥さんだ。何食う？」

「前にいただいていないものがあったらお願いします」

奥さんはにっこり笑う。

「あと熱い酒」

「はいよ」

その言葉に、夫がオドオドと妻を見ている。

「……あるやつをお任せで。……酒はやめときます」

「はいよ」

「うまいやつ！　酒！」

「冷たいのにしましょうねお義父さん。今日は暑いし」

「いいよ」

「はいよ」

手を動かす春子を、奥さんがじっと見ている。

「……お義父さんがいいとき、陛下に上申したこと、お褒めのお言葉をいただいたことを伝えたら、涙を流して喜んで」

「……」

奥さんが目元をハンカチで押さえている。

「お義父さんのあんな嬉しそうな顔、初めて見ました。本当にありがとうございました」

「……はいよ」

皿と酒を持って彼らが去っていく。

一口酒を口に含んだ爺さんの横顔が、妙にキリリとして見えた。

「妙に楽しげにざわめいていると思い来てみれば」

女の声が響いた。

人々がそちらを向き、礼をする。

「よせ。せっかくのオデンがこぼれるわ。本日は身分なき宴、無礼講である。楽にせよ。せっかくだトマス、ジョーゼフ、あたたかいぞ。いただこう」

「……陛下」

「……貴方様もでありましたか」

「……その顔。すでに味を知っておるかジョーゼフ、トマス。まったくけしからん」

ふふふはっはっはと三人して笑う。

「トマス様」

さっきの昆布坊主が、皿を手にしたまま走ってきた。くるくる巻き毛の前で足を止める。

何をそんなにというほど必死で坊主が巻き毛を見上げている。

「今日は私の世話はいらないと言ったはずだぞセレンソン」

「はい。ですがどうか、コンブを食すときだけは公のお傍にはべることをお許しください」

「……」

昆布坊主を見ていたくるくる巻き毛がふと顔を上げて、じっと自分を見ている横の二人を見た。

「何か？」

「特に何も」

「忠臣に心から慕われ、何よりでございますな」

「うむ。そなたも昔は可愛かったぞジョーゼフ」

「陛下には言われたくございません。眩いほどでございましたぞ」

はっはっはと笑っている。

「では陛下を差し置いて恐縮ですが私はこらえ性がないのでお先に。コンブと、たまご、ダイコンを。スープは多めにお願いします」

「はいよ。酒は」

「冷たいのを。さてどこで食すセレンソン」

「もしお嫌でなければ、僕の友人たちと一緒ではいかがですか。僕の大切なものを自慢させてください」

「それでいい。では失礼いたします陛下。私は行ってまいります」

「ああ」


女と、からしの親父が残った。

からしの親父がそわそわ周りを見ている。

「今日は連れの親父はいねぇのかい」

「いえ、どこかにはいるはずですが……あ、いたいた。パウロ！　こっちだパウロ！」

呼ばれた爺さんが走ってきた。

だいぶはげて、だいぶ痩せた。

「……ご無沙汰しております」

「ああ。……病気でもしたかい」

「いえいえ、健康です。痩せたのはちょっと、まあ、いろいろとあって」

「上が無能なばかりに気苦労が多くてな」

「いえいえそんなまさか。体が軽くなってよかったですよ」

そう言ってからおでんをのぞき込む。

親父たちは目を合わせた。

「あの袋みたいなのと、あるものお任せでをお願いします」

背の高いほうの親父が言う。

「はいよ。からしたっぷりかい」

「いいえ普通に。あんなもったいないことは二度といたしません。しっかり味わいますよ」

「フン。酒は」

親父が後ろの女を振り向いた。

「よい。やれ。警護は別でいる。今日はそなたこそ労われてよいジョーゼフ」

「ありがたき幸せ。熱い酒をお願いします」

「わしも袋と、あとはお任せで。熱い酒をお願いします」

「はいよ」

温めた酒と猪口を、でかいほうのからし親父に渡す。皿二枚は小さいほうのからし親父が持つ。

「わたくしがいては気づまりであろう。どこかで適当にやれ」

「そのような」

「たまには一人で飲みたいこともあるのだジョーゼフ。察しろ」

「は」

ちらりとからし親父に見られたので春子はギロリと睨み返した。

「……そうでしたな。では私はあちらのほうで」


そうして女が残った。


「久しいな」

「……」

「……わからぬよな。わたくしもすっかり、お婆さんになってしまった」

女は春子を見てから下がった。

それからピンと伸びた背筋を倒し、ゆったりと、礼をする。

春子の頭に満天の星と、それを背に負い長い影を作った小さな少女が浮かんだ。

「ああ。今日はあのきんきらの服は着てないんだね」

女は白の、何の柄もない服を着ている。

「身分なき宴、無礼講だと呼び出しておいて本人だけ着飾るわけにもいかぬのでな。ここオルゾの一般的な服だそうだ。麻だから涼しくてよい。トマスに王位を渡したら私は毎日こういう服を着たい」

「ふうん。なんにする」

「まだあれば、あの日食べたものを」

「はいよ」

「……覚えておるのか」

「おでん屋だからね」

はんぺん、がんもどき、最後の大根。

汁を回しかけ、今日はからしをつける。

皿の上に、稲荷をちょん。

「酒は」

「……いただこう」

「熱いの、ちょっとぬるいの、冷たいのがあるよ」

「……熱いのにしようか」

とっとっとっとと注いで銚子をとぷん。

あたたまったそれを女の前に置く。

女の手が銚子を傾ける。

底の青い蛇の目模様が、女の注いだ酒で揺れる。

作法を知っているかのように女は猪口を上品に持ち上げ、口をつけた。

「……うまい」

ふうっと息を吐き、唇の端に皺を寄せて女は微笑む。

そうしている間にも誰かが皿を返しに来たり、おかわりできるか聞きにきたりと忙しい。

来るたびそいつらは腰かけている女に驚き、礼をし、そしてやっぱり笑いながら戻っていく。

女はその様子を眺めながら静かに食い、飲んだ。


やがて皆がわいわい騒いでいる場所から、歌が響いてきた。

あのきんきらきんの大小と親父、それに死にかけていた、ギャーギャーうるさい奴らの仲間の長髪が中央で歌っている。

まろやかで重みのある、艶めいた声が響く。

人々が笑い合っている。

つるはしを担いで歌に合わせて踊っている奴らがいる。

おでん以外にもたんまり並んでるうまそうな料理を皆が食い、酒を飲んでいる。

どこかで咲いているのだろう、赤、桃色、白の花びらが空を舞う。

「……美しいな」

「あぁ」

幼稚園くらいの女の子が走り寄ってきた。

「女王陛下！」

「なんじゃ」

「かんむりをどうぞ！」

女の子の手には花で編まれた輪が握られている。

子どもらしい不細工な、ぼこぼこした輪である。

「クリスティーナ！　やめなさい失礼な！」

走ってきたのはあの握り飯で大騒ぎしてた奴らの一人だ。ぺこぺこと頭を下げている。

「植物研究家シードル＝フロムシン。そなたの娘か？」

「は！　日に日に口が達者になっておりまして大変参っております。お食事中のところをお邪魔し誠に申し訳ございません！」

「よい。では受けようクリスティーナ。わたくしに冠を授けてくれ」

女の子の目が輝く。

座っている女の頭に、よいしょと伸びた小さな手が花の輪を置く。

「そなたの御代に幸せが溢れんことを」

「ありがたく」

「……いったいどこで覚えるんだろう本当に」

娘の手を引き、頭を下げながら男は去っていく。


さっきとは別の歌が聞こえる。

つるはし以外も踊り出している。

皆が笑っている。おいしそうなものに囲まれ、あたたかな光の中で幸せそうに歌い、踊っている。

皆がおなかいっぱいで、暑くも寒くもなく、怪我もせず。

風が吹きさっきよりも多くの花びらが舞った。

質素な麻の服を着て花冠をつけた女がそれを見ている。

「……」

女は春子を見た。

春子は菜箸を持ったまま笑った。

「叶ったじゃねぇか」

「……ああ」

ふっと女も笑う。猪口をそっと置く。

「なんと幼く、あさはかで」

風が吹く。赤、桃色、白を抱きこんだあたたかな風。

「……純粋な、夢であったことか」

女の頬を涙が伝う。

麻の服にそれは落ち、吸い込まれていく。

「……」

声もなく女は泣いた。

今回は一粒だけではなかった。ひたひたと、終わりがないかのようにそれは落ちる。

やがて女は顔を上げ、春子をまっすぐに見つめた。

「ありがとう。そなたは約束どおり、ずっと、見ていてくれたのだな」

女は微笑む。

「ありがとう。心から感謝する。おかげでわたくしは、わたくしの役割をやり切った。これまで幾度となく、心が凍り、ひび入り割れ、いっそ天へ渡りたいと願ったとき。そなたとのあたたかき思い出が蘇り、そのたびにわたくしをその冷たい暗闇から救った。……この世に生まれ、今日の日まで生きていてよかった。今生《こんじょう》が終わり生まれ変わり、子どもに戻れたらまたともに、鬼ごっこをしような。……長く付き合わせて悪かった。馬鹿馬鹿しいことばかり見せたな。もういい加減、わたくしに付き合うのにも疲れたであろう。ゆっくりと休んでくれ。……幼き日、わたくしはずっとそなたに向けてその名を呼びたかった」

涙がまた、一筋。

「ありがとう、フーリィ」

笑い合う人々を、舞い落ちる花びらを背景に。
花冠をつけた麻の服の女はそう言って晴れやかに笑った。

気がつけばいつものお狐さんの前だった。
じっと見つめる春子の目の前で、石にひびが入った。
春子はそれをじっと見つめる。
ひびは大きくなり、やがてがらがらとそれは崩れた。

「……」

ころんと転がった狐の首の動きがやがて止まり、春子を見ている。

「……満足かい」

返事はない。だが狐の細い目は晴れやかに、笑っているように見えた。

「……フン」

しばらくそこに立っていた。

だが彼はもうきっと何も言わないので、今日売るものがなくなった春子は、屋台を回し引っ張って、来た道を引き返した。


「お疲れさん」


背中の後ろに一言だけ付け足し、言い捨てて。

春子は偏屈な年寄りの、おでん屋台店主である。

酒は一人二合まで、銘柄は一つ。

冷やならそのまま、燗なら徳利に入れてとことこと温める。

変わってしまった街の中。

今日も春子は変わらずに、屋台に来た客におでんを食べさせる。

《おでん屋春子婆さんの偏屈異世界珍道中　第一章　完》

おまけの一杯　五皿目前

アントン＝セレンソンは考える。

考えたくないのに、ハリー＝ジョイスのことを考える。

アントン＝セレンソンはトイスの町に、役人の一人息子として育った。

小さいころから社交的ではなかったが、初級学校に入って、自分の人との関わり方の下手さを改めて強く実感した。

足が遅い。背が低い。白くてひょろひょろ。それだけで男子としては軽く扱われる。

集団の中で何かを発言すると、一瞬場がしんと静まり返る。あいつは何を言ってるんだ？　さあ？　という視線が交わされる。

だからアントンはだんだん俯いて、隅っこで本を読むようになった。

邪魔しない。邪魔しない。


アントンは隅っこから、輝く同級生たちの顔をそっと覗き見るのが好きだ。

足が速い子。皆を一声で笑わせるムードメーカー。歌がうまい子、話を優しく聞く子、ぶっきらぼうだけど本当は繊細な子。逆に大人しいのに強い芯のある子。もちろんこわい子、乱暴な子もいる。教室の皆にアントンにはない個性と、それぞれに憧れるようないいところがあった。

外から眺めるように、アントンはずっと、じっとそれを見ていた。

『ともだちのいいところさがし』の課題でアントンはたくさん、たくさん彼らのいいところを書いた。ドキドキしながら見たアントン＝セレンソンの欄には『頭がいい』『勉強ができる』という文字が並んだ。優しいとか、面白いとか、かっこいいとか、そんな文字はアントンの欄には書かれない。

アントン＝セレンソンは頭がいい。

アントン＝セレンソンは勉強ができる。

それがなくなったらアントン＝セレンソンの欄にはきっと何も書かれなくなるのだろうと、その文字をそっと撫でながら、アントンは思った。


セントノリスという学校があることは父に聞いた。

家に友達一人も連れてこず、外にも遊びに行かず、追い詰められたように必死で遅くまで勉強している息子に、父は何か目標を、夢を与えたかったのかもしれない。

学校案内を読み、その歴史を調べたアントンはたちまちセントノリスの虜になった。

歴史あるその学校はかつて大昔の王が開いた全寮制の貴族学校だった。

『平民に文字を』。教育改革の走りだったアルジャノン＝アディントンの熱心な進言により、彼を支えた多くの人々により、また当時のセントノリスの校長だったドナート＝バザロフの尽力によりセントノリスの門が一般に向けて平等に開かれたのがわずか九十年前。当初は貴族たちから猛反発があり、寄付金が減らされ、入学志望者が減る大変なことになったという。

王と一部の卒業生、学校関係者の尽力。何より夢に溢れ負けん気と根性のある優秀な平民の生徒たちがそれを立て直し、その歴史ある校舎は堂々とそこに立ち、門を開き続けている。学びたい全ての者たちのために。

涙が溢れた。絶対にここに行こうと思った。

ここにはもしかしたら一緒に本を読んで、アントンの言ったことに変な顔をせずに聞いてくれる友達がいるかもしれない。

繰り返しその案内を読み、大切に撫でながら、アントン＝セレンソンは夢に向かって勉強した。

あと数月でその人生を賭けた試験を迎えるというそのとき、その男は突然アントンの前に現れた。

ハリー＝ジョイス。眩しい太陽のような転校生。身なりは粗末だが、この町の子は皆同じような格好だ。逆にアントンのつぎはぎ一つない服のほうが浮いている。

背が高くて、かっこよくて、皆よりどこか大人っぽい。誰も知らない町の外を知っている。ガキ大将になったっておかしくないのに誰にも意地悪をせず、弱いものいじめをしてるやつがいたら相手の名誉を傷つけることなく止め、丸く収めて場を和らげる。

抑えるように皆に合わせているが、頭の回転が凄まじく速いのがわかる。発言の一言一言に説得力がある。誰にどのような言葉で伝えれば伝わるか彼は知っていて、その場その場で必要な言葉をなんでもないようにぽんと出す。

いつも彼は笑っている。軽やかに動く。力強く、いつも眩しく。

彼が転入してきてからどうしてか彼のことばかり見てしまうので、アントンは気を逸らそうと、その日は学校に好きな本を持っていった。セントノリス出身の作家の自伝書だ。

『十三歳のときの星降る夜、私はもう二度と出会えないだろう一生の友情に出会った』

そんな一文から始まるケヴィン＝マイヤーのその小説の中に、以前アントンにはどうしても理解できない箇所があった。

主人公ケヴィンが親友カスパールと喧嘩し、仲直りするシーン。

文学少年のカスパールが、木の幹に身を隠したケヴィンに語りかける。

『君の姿が見えなくて、声が聞こえないと、僕の心にはもう小夜啼鳥《サヨナキドリ》の声しか響かない』

そこから延々詩のような美しい台詞が続くのだが、最初のここだけがわからない。

小夜啼鳥はきれいな声の鳥だ。夕方に大きな響く声で歌うように鳴く。夕暮れの歌姫ともいわれるこの鳥の名を、何故友情を失ったことを嘆くカスパールが口にするのか。

気になった。辞書を調べ、翻訳された別の国の本を調べてわかった。ある国で小夜啼鳥は別名墓場鳥とも呼ばれる、安らかな死の象徴の鳥だったのだと。戦争によってその国を追われたというカスパールの悲劇性と、友人の国の文化をよく知るケヴィンの知性が、互いを理解し合う二人のつながりの深さがそこで、その鳥の名前だけで表されていたのだ。

そんなことも知らなかったなという恥と、自分で調べて理解したという誇りがあった。

誰かに聞かれたら言おうと思った。小夜啼鳥はカスパールの国で墓場鳥とも呼ばれているんだよと。ケヴィンとの友情を失った悲しみを、心が死ぬほどに辛くて苦しいということを、ケヴィンが鳥の名前だけでわかってくれると信じているからカスパールはこんなに美しく表現したんだよと。

だからアントンはこの本が好きだ。覗き込んだ誰かが、『なんで小夜啼鳥なんだろう。アントンはわかる?』っていつか聞いてくれるような気がするから。

『小夜啼鳥か』

後ろから覗き込んだ誰かが言った。

『これ以上が考えられない。十三歳のこの場面でこれを言ってたら、本当にすごいな』

全て理解している目で、かっこよく笑って彼は言った。

アントンはじっとハリー＝ジョイスを見た。

ああ今、大好きな本が急に大嫌いになった、とアントンは思った。

その日もアントンは遅くまで勉強していた。

教科書は読んでいる。ペンは動いている。それなのに全然頭に入らない。

今日算数の授業で、じっと教科書を読んでいたハリー＝ジョイスが後ろのほうのページを見ていた。授業ではそこまでやらない応用問題のところだ。そのペンが止まっていることにアントンはホッとした。

アントンだって一月《ひとつき》、基礎とその先を何度も問いて理解したところだ。さすがの彼でも難しいのだろうと思っていたところで彼のペンが動き出した。

呆然とアントンはそれを見ていた。猛然と動いたペンがやがてクルリと回って止まる。

アントンから彼の回答は見えない。だけどわかっていた。

きっと彼はそこに正解を書いている。アントンが一月かけて見出した、美しいものをそこに。

『どうしたアントン＝セレンソン』

先生に声をかけられ、アントンは自分が泣いていることに気づいた。

『……早退させてください』

アントンはハンカチで顔を覆った。

『……気分が悪くて。とても』

一人で帰れるかと心配されながらアントンは歩いて家に帰った。

アントン＝セレンソンは、気づいている。

あのときあの本の内容についてハリー＝ジョイスと語り合ったなら、きっと今まで誰とも交わせなかったような楽しい会話ができたことに。

アントン＝セレンソンは気づいている。

ハリー＝ジョイスがときどき、アントンに話しかけたそうな様子をしていることに。アントンに聞きたいことがあるだろうことに。それがセントノリスに関することであることを、先生から言われたから知っている。

アントンの頭の中にセントノリスの深緑色の制服を纏ったハリー＝ジョイスの姿が浮かぶ。ハリー＝ジョイスならば今からやってもあの学校に受かるだろうことにアントン＝セレンソンは気づいている。彼は天才だから。アントンと違って。

アントン＝セレンソンは気づいている。彼を妬むことなく向き合わず、ともに同じ方向を向けたなら、きっとそこには信じられないほど楽しい世界が見えることに。

でも、できない。彼が眩しすぎて。

アントンにないものが彼にありすぎて。アントンは彼をじっと見ずにはいられない。

ペンの先が紙に食い込みインクが広がった。その上に透明な水が落ちた。

「……うっ……」

ひたひたとそれは広がる。

「うぅ……」

『勉強ができる』『頭がいい』、アントン＝セレンソン。

『かっこいい』『優しい』『明るい』『運動ができる』、もっといくらでも他に書いてもらえるだろうハリー＝ジョイスが、唯一アントンに書かれたその言葉を持っていく日はきっとそう遠くない。

アントンの欄にはきっと近いうち、何も書かれなくなるのだろう。そうなってしまったら、もうどうしていいのか、アントンにはわからない。

アントン唯一の長年の夢さえもきっと彼のものになる。だってハリー＝ジョイスは紛うことなき天才だからだ。

紙の上の黒い染みが広がる。細かくぎっしりと書いた字が滲み、歪み、もう読めない。

消えてしまいたいと思う。彼に何の悪気も落ち度もないことを知っているのに、こんなにも黒い気持ちで彼を憎む自分が浅ましい。

『勉強ができる』。『頭がいい』。せめてそれ以外に、たった一つでもそこに他の言葉があれば、アントンはそれに縋れたかもしれない。

でも、アントンは他に何もない。

アントンには、これだけなのだ。

背中の後ろでぼんと音がした。

なんだろうと、アントンは涙を拭いて燭台を掲げる。

悪い心を持つ人間のもとに現れる、黒い魔物かもしれない。アントンはそういう心を、今持っているから。

どうにでもなれ、と思っていた。

「誰ですか」

アントンは暗闇に問いかけた。


『おでん屋だよ』

《了》

あとがき

異世界におでん屋の婆さんが飛んだらどうだろう。

どうも何もそりゃあおいしいだろうなというある日の思いつき、テーマがテーマだけに気の抜けたふやけた勢いで始まったこのお話。あの日のそれぞれのおでんの先の道が重なり、花びら舞う中での一章終結を迎えました。

当初は繊細な田舎町の少年があんなに象が踏んでも壊れない感じの性格になる予定はなく、老いた門番はただフムフムおでん食べてるだけのファニーな爺さんになる予定でした。

それがどうしてこうなったのかは、作者もわかっておりません。あの日の思いつきも、そして彼らがこうなったのも、きっとどこかにいる動物型の光の仕業なのだろうと思っております。

文章の最終チェックが今終わりまして、あとがきを書き始めております。今とてもおでんのたまごが食べたい気分です。

いえ失礼、訂正します。一番初めは大根ですこれは間違いのないことだ。はいこれですはいこれ分厚いくせにさっくりふわっと割れるね湯気がすごいねほっかほかですね正解です大丈夫熱いくらいでいいんですよあっふぅッ！

種を三つ選ぶならばいつもはこんにゃくですが二番手は昆布でいきましょう。煮込みすぎると柔らかく膨らんでしまうけれど、煮込んでないと固いんですよね真ん中が。ええあいい出汁。滋養が沁みる。

さあ最後だたまごを割って、箸でさらに四分の一に。最初はそのままパク。パサつくので汁。もう四分の一も同様にパク。これこれ黄身さん上あごに張り付かないでおくれでないかい君は粘り強いなあ。おっと冷たいのが空でしたおかわりください！

さあ残り、割って黄身を汁に溶かしましょう。濁ってるね濁ってるねえ。ええこの背徳感。悪いことしてないのになんだか悪いことをしているこの気分。黄身がほとんど溶けちゃった白身だけをパクリとやって、いざ最後。あっちょっとその前に口湿らせていいですかうめー。濁った汁と最後のたまご、さあどうぞご一緒にいらっしゃいませ。うん知ってた。黄身の溶けた汁がいいね知ってた！　うまいって知ってた！

飲み下して、余韻を味わってから口の中の若干のざらつきを流しに冷やをぐびり。はあ、うまい。うまい。

もちきんとツミレと糸こんお願いします。

申し遅れました。この度は『おでん屋春子婆さんの偏屈異世界珍道中２』をお読みいただきありがとうございます。

『あの日』の彼らの、形の異なるそれぞれの凛とした背中、ご覧いただけましたでしょうか。あの日おでんをハフハフしてた彼らの道の先の真剣な目と声、心は届きましたでしょうか。

彼らの姿をちゃんと正しくお伝えできているか。それだけが不安で、作者はとてもドキドキしております。

花びら舞うあのシーンまでお席を立たずに彼らの世界、彼らをお見守りいただきありがとうございました。感謝しかございません。

名残は尽きませんが、今日はここで店じまいとなります。もしお気が向きその機会がありましたら、是非また足をお運びくださいませ。

おいしそうなおでんやみんなを描いてくださったイラストレーターのあまな先生、編集・出版してくださった株式会社一二三書房様。文字を配置しデザインし確認し修正しきれいに仕上げ印刷し、それを運び、並べ、読んでくださる方の手に届けてくださった各界のプロフェッショナルの方々。もちろんこうして手に取り、読んでくださった皆様。

本作に関わってくださった全ての方々に心から感謝申し上げます。ありがとうございました。

紺染　幸

BRAVENOVEL
ブレイブ文庫

おでん屋春子婆さんの偏屈異世界珍道中 2

2023年 5月25日　初版第一刷発行

著　者　　紺染　幸
発行人　　山崎　篤
発行・発売　株式会社一二三書房
〒101-0003
東京都千代田区一ツ橋2-4-3 光文恒産ビル
03-3265-1881
印刷所　　中央精版印刷株式会社

■作品の感想、ファンレターをお待ちしております。

■本書の不良・交換については、メールにてご連絡ください。
株式会社一二三書房　カスタマー担当
メールアドレス：store@hifumi.co.jp

■本書は小説投稿サイト「小説家になろう」（https://syosetu.com/）に掲載された作品を加筆修正し書籍化したものです。

ISBN 978-4-89199-973-5 C0193